講談社文庫

玄《くろ》い女神

建築探偵桜井京介の事件簿

篠田真由美

講談社

目次

玄《くろ》い女神

――建築探偵桜井京介の事件簿

登場人物

一九八四年十月当時

狩野《かりの》都《みやこ》（22）——女優

那羅《なら》延夫《のぶお》（22）——W大政経学部四年

吉村《よしむら》祥子《しょうこ》（21）——W大文学部三年

猿渡《さるわたり》充《みつる》（20）——W大商学部一年

多聞《たもん》耕作《こうさく》（22）——W大理工学部四年

山置《やまおき》優《すぐる》（23）——W大文学部四年

桜井《さくらい》京介《きょうすけ》（15）——W高校一年

橋場《はしば》亜希人《あきひと》（39）—スナック・シャクティのマスター

一九九四年十月現在

狩野都（32）——恒河館オーナー
那羅延夫（32）——洋酒輸入会社勤務
吉村祥子（31）——レストラン経営者
猿渡充（30）——フリーライター
多聞耕作（32）——旅行会社勤務
山置優（33）——国立大文学部助手
桜井京介（25）——W大文学部大学院三年
蒼《あお》（15）——京介のアシスタント
ナンディ（22）——インド人、狩野都の養子
栗山深《くりやまみ》春《はる》（25）——W大生、京介の友人

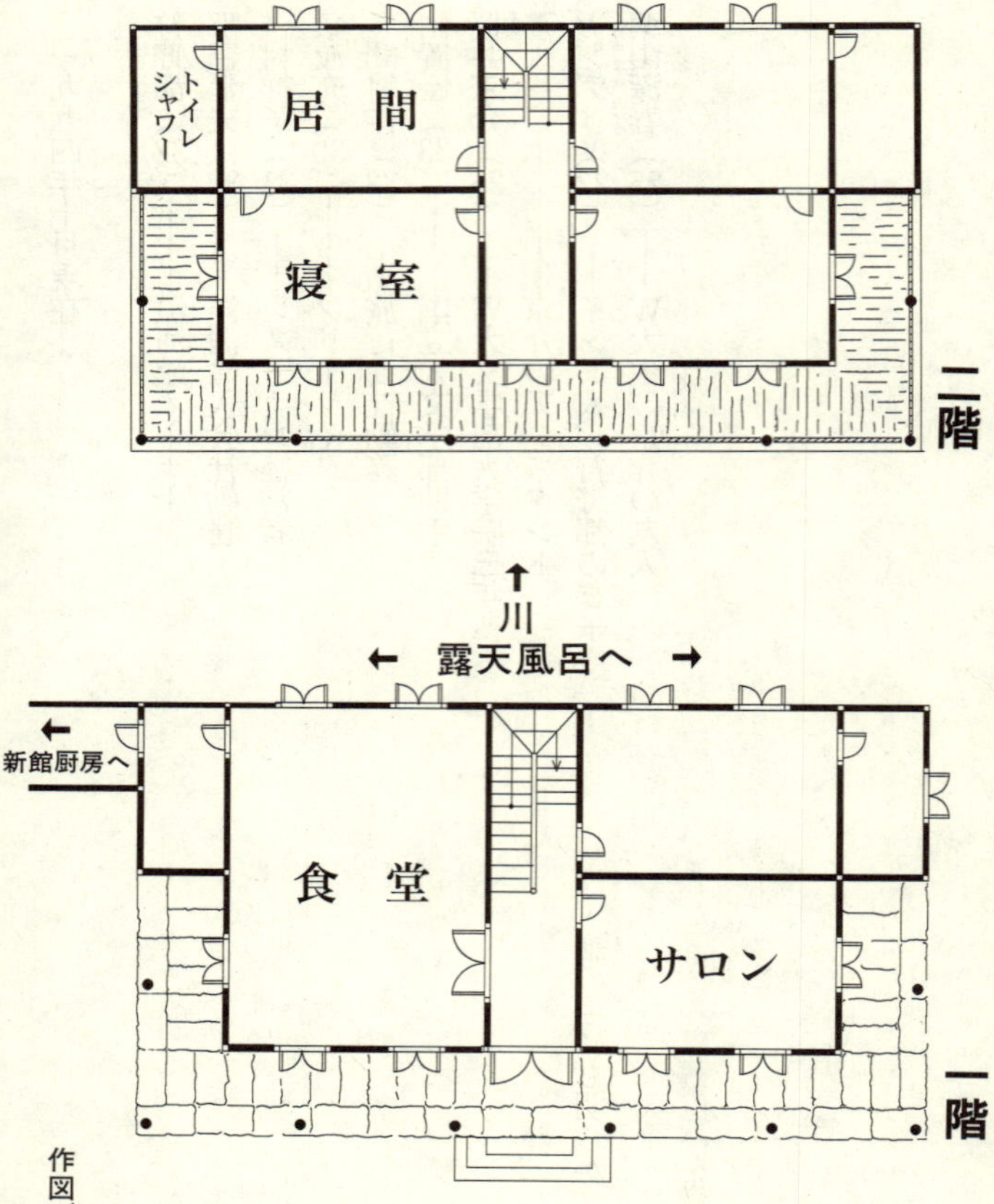
トイレ
シャワー
居間
寝室
二階
川
露天風呂へ
新館厨房へ
食堂
サロン
一階

作図／風来舎

恒河館本館

プロローグ――一九八四年十月十日

　がらんとした部屋の中央、古びて半ばつぶれかかった籐《とう》の寝椅子に仰向けに倒れて、男は死んでいた。手足はだらしなく四方に投げ出され、足の先には黒いゴム・サンダルが、脱げたままの場所に放り出されていた。

　遠目になら酔い潰れて寝ているのだと、見えないこともなかったかもしれない。だが椅子の肘掛けからずり落ちるようにして逆さまに垂れ下がった顔は、誰の目にも明らかに生ある者のそれではない。

　ぽかんと開いたままのまぶた、だらしなく落ちた顎《あご》。青ざめた唇からは黄色みを帯びた液体が胸まで溢《あふ》れ、上を向いた鼻の穴が白く粉を吹いて朝の光にひかっている。生前の彼が常に放っていた哲人めいた威厳も謎めいた空気も消え失せ、といって突然の死に見舞われた者の悲劇性もさらにない。口元から顎を覆う髭の下の弛緩《しかん》しきった死顔は、むしろどことなく滑稽《こっけい》でさえあった。

その死骸を囲んで日本人の若者が六人、輪を作っていた。赤いサリー、白いワンピース、あるいはインド製のクルタとピジャマ、あるいはTシャツにジーンズ。服装はてんでに、だが表情はいずれも茫然と、当惑しきって、いうべきことばもなすべきことも知らず立ち尽くしている。

男の名は橋場《はしば》。

橋場亜希人《あきひと》。

日本という、紛《まぎ》れもなくアジアにありながらもっともアジア的でない国に生まれ、現代物質文明の恩恵を当然のように享受して育った彼らを、その対極にあるような場所まで連れてきたのが彼だった。

ここインド、ウッタルプラデーシュ州ヴァラナシ。聖河ガンジスの二つの支流が合するところ。多くのインド人がその地で死ぬことを願って巡礼に訪れ、石の上で微笑みながら死んでいく町、階級制度と輪廻転生を教義の根幹とするヒンドゥー教最大の聖地に。

陽はわずかに地平線を離れていた。

雨季が明けてまだ日も浅いこの季節、朝の空は一面ほの白い叢雲《むらくも》に覆《おお》われている。大河ガンジスの東岸の地平もおぼろな靄《もや》の帷《とばり》に包まれて、ようやく姿を現わした太陽は小さな銀の円盤に過ぎない。

だがそれも束の間。

あとゆっくりと十も数え終えぬ内に陽は水蒸気の層を抜け、たなびく雲の間から、まばゆい光の箭《や》を投げはじめるに違いない。その光に招かれるように雲の群れは去っていき、あざやかな青を回復した天空からは、今日もまた三十五度を越す陽射しが、大地の上に生を営む人と獣たちに照りつけるはずだった。

しかしいまはまだ、地上を吹き抜ける払暁《ふつぎょう》の風は涼しい。聖なる河のほとりではこの朝も、これまで何百年と繰り返されていた同じ朝と変わることなく、敬虔《けいけん》なヒンドゥーの民たちが、来世を祈念しながら茶色い水に身を浸している。観光熱心なツーリストたちは昨夜のカレー料理のげっぷに悩まされながらも、小舟の上から人々の沐浴《もくよく》を見物し、しきりとシャッターの音を響かせている。

だが来世の幸いを求めてきた巡礼のヒンドゥー教徒でもなく、といって冷房完備のホテルとデラックス・コーチで一週間のインド観光を楽しむツーリストでもない、ヴァラナシの住民にとっては第三のカテゴリーに属する外来者たちがいる。

ヒッピーと呼ばれた貧乏旅行者たちの黄金時代は疾《と》うに過ぎ去ったとはいえ、バックパックを肩に、ロンリィプラネットのガイドブックを片手に、二等列車と路線バスを乗り継いでこの国を旅する異国の若者たちの数は少なくはない。旧宗主国イギリスを初めとするヨーロッパから、アメリカから、オセアニアから、そしてアジア各国から、絶えることない流れのように彼らはやってくる。

彼らが集まるのは、天井でゆるゆると回る扇風機のほかの冷房設備もなければ、いがらっぽいばかりで効き目も薄い国産の蚊取り線香を焚《た》き続ける以外、虫の攻撃を避ける術《すべ》もない河沿いの安宿だ。トイレは水で後を洗って、残りの水で始末をつけるインド式。風呂はといえばバケツで生ぬるい水を浴びるだけ。縄を張ったベッドの上には南京虫のいることが多い敷《し》き蒲団《ぶとん》一枚と、いつ洗ったとも知れぬシーツ。さして広くもない部屋にそんなベッドが五、六台詰めこまれた安宿のドミトリー・ルームで安眠することは、旅慣れない者にはいかにも難しい。

だが夜明け前後、一日の中ではあまりに短いこの数刻ばかりは、数日前にインドの土を踏んだばかりのハイティーンも、三年祖国の空を見ていないという年齢不詳の旅ゴロも、等しく甘美な眠りをむさぼっている。

いま、思いもかけぬ死骸を前に、茫然とした六人の日本の若者。彼らもまた、いささか状況は違うとはいえ、金をばらまくツーリストたちを軽蔑の目で眺める若い旅人たちと似たような日々を、すでに一週間もこのヴァラナシで送っていた。

朝の沐浴見物と、近郊サールナートの仏蹟見学は一日で済む。そしてこれを済ませてしまえば、この街で観光客のするべきことはほとんど終ってしまう。後は街をぶらついて小さなマーケットをひやかすか、河辺の沐浴場に座ってぼんやりと時を過ごすくらいしかやることはない。

それでもあてどない退屈に悩まされることは、あまりないだろう。乞食が次々と金をせびりに来る。一ルピーでこんなはした金と舌を出す者もいれば、その十分の一の十パイサで合掌を返す者もいる。ボートツアーの勧誘が来る。断るたびに値段が下がる。赤いガラス玉をルビーだと真面目に主張する数珠屋が来る。スパイスをまぶした煎《い》り豆や煎り米を売る豆屋が来る。ジンジャーの香りのする紅茶《チャイ》売りが来る。猿が来る。りすが来る。犬が来る。山羊が来る。牛が来る。人の食べるバナナを狙い、あるいはくれるのをじっと待ち、あるいは落とされた皮を喰い、あるいは人になど目もくれず糞や小便をまき散らす。孤独と清潔を無上に愛する人は、少なくともインドにだけは来ない方がいい。

若者たちが泊まっているのはホテルではなかった。彼らを修学旅行よろしく引率してきた男、橋場が、知り合いの持ち物だという家を宿に借りてくれたのだ。前世紀の末にイギリス人の商人が建てた古い屋敷は、元はそれなりの豪邸だったのだろうが、手入れが悪い上に壁といわず柱といわずペンキで塗りたてられて見る影もない。

だがその壁は厚く天井は高く、とにかく空間だけはたっぷりとしている。吹き抜けのヴェランダが室内に射し込む陽光をさえぎり、開かれた窓からは快い河風が通う。

だからこの家は冷房などなくとも、そこらの中級ホテルなどより遥かに涼しくて快適だと橋場はいうのだ。

その朝も。

無論のこと彼らは、なにも知らずに眠っていた。昨夜は河を目の下に見下ろす屋上で、満天の星を眺めながら夜半過ぎまで歌ったり踊ったりしたそのまま、騒ぎ疲れてごろ寝していたのだ。それをほんの十五分ばかり前に異常を知らせる声で叩き起こされ、寝惚《ねぼ》け眼《まなこ》のままここまで駆けつけた。

眠気もだるさもいまは吹き飛んでいる。次第に明るさを増してくる陽の光を半顔に浴びながら、動くことも声を放つこともできないでいる。

だが彼らの当惑は、ただ橋場が死んだというそのためだけではなかった。めくり上げたシャツの下から現われた彼の胸には、奇怪な傷跡がはっきりとしるされていたのだ。なにか巨大な鈍器でもって胸を痛打したとしか思えない、胸部全体に及ぶ陥没傷。血の気の失せた皮膚の下では、肋骨が砕けているに違いない。そのために椅子の上の橋場の体は、おかしなほど平たく潰《つぶ》れて見えた。

しかし彼らが駆けつけたとき部屋の中には、横たわる橋場の体のほかにはなにひとつなかったのだ。その胸を砕いた凶器も、それをふるったはずの犯人も。河に向かうヴェランダと廊下側のドア、二つの通路は完全に閉ざされていたにもかかわらず。

「どうしよう——」

「やっぱり警察を呼ぶんだろうな」

「いや、その前に大家さんに相談した方がいい」

「そうだ。あの人なら警察にも顔がきくかもな」

「屋上、かたしとけよ」

ようやく我に返った青年たちは、口々にいい合いながら駆け出していく。なににせよこの家を世話してくれた橋場の知人に、まず事の次第を相談せねばならない。警察が来たときつまらぬいいがかりをつけられぬよう、身の回りの整理もしておいた方がいい。

しかしふたりは残った。赤いコットンのサリーがインド人の少女のように似合う狩野都《かりのみやこ》と、白いワンピースの肩に茶色く脱色したロングカーリーを散らした吉村祥子《よしむらしょうこ》。祥子は灼《や》けつくような目で都を凝視《ぎょうし》し、しかし都は彼女を見ようともせず、格子扉の外にひかる河面をじっと見つめている。

「——あたしじゃないわよ」

切りつけるように祥子はいった。

「あんたが信じないのは勝手だけど、あたしは彼を殺したりなんかしない。そんなの、意味ないもの」

都は振り向かない。ふうっと、息の音がその唇をもれる。

ためいきか、それとも笑ったのかもしれない。

「そうね。あなたじゃないわね。あなたにとっては橋場なんてただの変なおじさん、所詮は一時の気紛れ、同年配の男の子たちとのお遊びに飽きたときの口直し」

祥子の豊かな頬にひきつれが走った。

「いって、くれるじゃないさ。狩野さん」

彼女は日焼けした腕を上げると、突き抜けるような勢いで恋敵の胸を指さした。

「だったらあんたはなんなのよ。自分の倍近い歳の男を、そんなに本気で愛してたとでもいうつもり？」

すぐには答えなかった。古典舞踏めいた身振りでゆっくりと、首を垂れ視線を落とす。伸ばした両手が橋場の胸に触れ、めくり上げられたシャツをそっと降ろしてその傷跡を覆う。口から垂れた液体をサリーの端でぬぐい、腫《は》れたまぶたとたるんだ頬と、開いたままの唇を静かに愛撫する。乱れた髪を指で梳く。

「——愛？」

眠っている赤子を慈しむ母のような仕草を続けながら、都のくっきりとした唇が三日月のかたちをなぞった。

「いいえ、そんなことばで足りやしない」

低く。

「どんなことばでも足りやしない」

低く、歌うような口調。

「あなたにも、誰にもわかりはしない」

都は初めて顔をもたげ、祥子を正面から見た。白瑪瑙《めのう》に黒曜石を象嵌《ぞうがん》したような、大きすぎる瞳が彼女を見つめた。その視線にたじろぐように、祥子は目をそらす。だから彼女は見なかった。都の右の目からただひとすじの涙が、その揺るがぬ表情に逆らうように流れ出るのを。

「橋場は、私のすべてだったわ」

会話はそれきり途絶えた。

朝の風がヴェランダの格子扉をぬって吹きこんでくる。目の前の河をツーリストを乗せた船が過ぎるらしく、陽気な歓声が風に乗って聞こえてくる。部屋の中にはインド香の甘い残り香が漂い、ふたりの生者とひとりの死者の頭上では巨大な扇風機が、ふざけたように首を揺すっている——

桜井京介《さくらいきようすけ》の不機嫌

1

一九九四年十月七日、金曜日。

長野との県境も近い群馬県東部の山中、紅葉にはまだいくらか早い緑の中を縫《ぬ》うようにして、一台の乗用車が上っていく。

白のスカイライン。それも十年以上前のタイプだ。

道はダートの林道で幅はぎりぎり一車線、しかも絶えず左右に曲りくねる。右は山、ろくに土留めもされていない土と岩の斜面。左は崖下に泡立つ渓流。そんな場所を走るにしては、車の動きは見るからにぎこちない。ハンドルを切るたびにタイヤが路肩から突き出たり、斜面に車腹をこすりかけたり。下りてくる車がまったくないからいいようなものの、ひとつ間違えば何回事故になったかわかりはしない。

ハンドルを握っているのは、黒のアポロキャップを目深にかぶったまだ若い男だ。荒っぽく掻き上げたらしい前髪の端がいくらか、鍔《つば》の下にはみ出している。目の表情は見えない。やけに大きなミラーのサングラスをかけているのだ。

だがその、どう見てもあまり似合っているとはいえない、帽子とサングラスの下から覗く鼻筋と唇だけでも、道ですれ違った者の目を十人中十人、釘づけにしてしまうくらいのものだった。

象牙細工師がその繊細な鑿《のみ》でもって彫り上げ、小筆の先でひとはきの紅を含ませたような、鼻と頬と唇。一目見たあらゆる女が、そしてもしかしたらかなりの数の男も、その口元がやわらかに微笑むのを見たいと願わずにはおれないだろう。しかしいま彼の唇は、不機嫌そのものの表情で固く引き結ばれている。

助手席には男の子がひとり。もじもじと膝を抱えたり、窓の外に目をやっては声を上げかけて自分で止めたり。気が気でない表情も落ち着かない様子も、そんな運転をずっと見せられていては無理もないだろう。

少し茶色みがかったくせっ毛から突き出た耳と大きな円い瞳、しなやかな体つきもそのまま猫の仔を思わせる。先程からものいいたげにちらちらと運転席を見遣《みや》っているのだが、相手は気づいたそぶりも見せない。まあ確かに彼としてみれば、それどころではないのかもしれない。

碓氷《うすい》峠を越えて軽井沢に通ずる国道十八号線を右に折れ、北に向かう道路に入ったときはまさかこれほどのことになるとは思っていなかった。ダムのかたわらを過ぎたあたりから道幅はどんどん狭くなり、それでもちゃんと舗装はされていたし、斜面には土留め、川側にはガードレールも設置されていた。

それが『国有林治山施工地』と書かれた看板のある、林道に乗り入れたとたんがらりと様子が変わってしまった。舗装されていない路面はタイヤに掘られて波を打ち、ガードレールなど影も形もない。隆起に乗り上げて車が斜めになったと見れば、左車輪のすぐそばに崩れた路肩が迫っている。あと十センチずれれば下は川だ。

ペーパードライバー歴七年の身にはやはり無謀に過ぎたかと後悔していたかもしれないが、もともとそんないってても仕方ないことは口にしない方だ。そして隣の少年も承知しているように、彼は常日頃の彼ではなかった。不機嫌だったのだ、どうしようもなく。ほんの十日ばかり前に来た一通の手紙を読んで以来。だから少年も、そっとため息をつくだけで我慢している。

『いまからおまえだけ戻るか、歩いて』

いつもの彼なら人の気を見透かしたように、そんな皮肉な声が飛んできていい頃だ。

『別にいっしょに来てくれと、頼んだ覚えはないぞ』

しかしいまの彼は皮肉どころか、ヘタしたら問答無用で人を車から放り出しかねない。確かに頼まれもしないのにどころか、駄目だというのをごり押しに押してくっついて来たのだから。

（まいったなあ……）

かといってこんな場所で車をUターンさせるなんて、もっとヤバい気がするし。というより彼の腕では不可能に近いのではないか。とにかくここまで来てしまったのだ。行くも戻るも同じくらい危険なら、覚悟を決めて進むしかない。

かくて私立W大学文学部大学院三年桜井京介二十五歳九ヵ月と、そのアシスタント蒼《あお》十五歳十一ヵ月は、なお道の途上にある。

目的地はまだ見えない。

2

その手紙は九月の末、大学に届いた。『W大学文学部神代《かみしろ》宗《そう》教授研究室気付桜井京介様』として。

神代教授は京介の指導教授だが、今年一年は在外研究でイタリア、ヴェネツィア大学に出かけている。それをよいことにしてか京介は、大抵の院生なら二年の一月に提出する修士論文に、三年の秋になったいまも手をつける様子もない。

ゼミにもめったに顔を出さず、教授が留守の研究室を我がもの顔に占拠して、学生でもない蒼や、留年や休学を繰り返していまだに学部を終えていない栗山《くりやま》深春《みはる》とごろごろしているのだから、大学当局からクレームがつかないのが不思議なくらいだ、とは最近、蒼自身も思わないでもない。

京介と深春はふたりそろって百八十を越すのっぽ、ただし体形の方は京介ががりがり、深春が筋肉ムキムキと対照的で、中に挟まった蒼はまだ百六十センチそこそこ。そんな三人組がタメ口をききながらキャンパスを歩いていれば、いやでも目につくだろう。

『なにかあっても俺がいねえんじゃかばってやれねえからな。せいぜいおとなしくしてろよ、てめえら』

と、教授にもちゃんと釘を刺されていた。念の為申し添えておくが、東京は江東区生まれ、生家は富岡八幡宮前で明治の初めから続く老舗の煎餅屋という、由緒《ゆいしょ》正しい江戸っ子の神代教授は、地金を出せばこのようなしゃべりかたをするのである。

教授にそういわれたからというのでもないが、京介や深春はともかく蒼は人間関係にも気を配って、研究室の受付けの女性たちにも嫌われないように、他人のいるところでは呼び方も行儀良く『桜井さん』。アシスタントらしく郵便物の整理やごみ出し、各階共用の給湯室の掃除だって毎日せっせとしている。

その封筒も蒼が受付けでもらってきて、取り敢えず机の上に載せておいたのだ。ちょっと見てただのダイレクトメールだと思ってしまったので。上品な卵色をした横使いの洋封筒で、差出人は『群馬県碓氷《うすい》郡松井田町霧積＊＊プティ・ホテル恒河館《ごうがかん》』と焦げ茶色で印刷されている。だから例によってバイトの合間の暇潰《ひまつぶ》しにきた深春が手紙の山をかき回さなければ、あと二、三日はそのままになっていたかもしれない。

「おい、京介。なんだよ、こいつは。この狩野都ってえのは！」

やけに興奮した声が聞こえて、本棚の整理をしていた蒼も首を伸ばした。いつものように教授の椅子にだらしなく腰かけて本を読んでいた京介も、けげんな顔で額にかかった前髪を掻き上げる。

「狩野、だって？」

印刷された住所の下に流麗な女文字で記された名前、『狩野都』。

「おまえいつだかいってたじゃないか。ユーラシアンやめた後の狩野都を知ってるって。だけどそれからまたすぐ彼女、消息断っちまったんだろう？　インドに行ったきり行方不明になったとか、もう生きてないとかいろいろ聞いたけど、無事だったんだなあ。よお、さっさと開けてみろよ。なんだって？」

「ねえ、深春。なにそんな興奮してるの？」

蒼は彼の広い背中をちょんちょんとつついて、およそ名前にそぐわぬ鬚面《ひげづら》を覗《のぞ》きこまないではいられない。

「狩野都って誰。ユーラシアンてなに」

「ああ、そーか。おまえさんの歳じゃあ知るわけないよな。ユーラシアンていうのは劇団、一九八〇年代の初め頃にあった小劇団のひとつでさ、W大のサークルから出発して、そのころはかなり一部じゃ名の知れた劇団だったんだ。唐十郎の状況劇場や寺山修司の天井桟敷、規模も知名度も到底そこまでは行ってなかったけどな。

狩野都ってのはそのユーラシアンにいた女優で、わかっているのは名前が本名だってことだけ。後は経歴も年齢も一切不詳のミステリアスな美女だなんて触れこみでね。俺は中坊のがきだったから、たまたま芝居好きの叔父貴に連れられて二、三度見にいっただけなんだけど。彼の前宣伝がやけに大げさだったから、内心へってなもんだったところが、いい役者だったんだよ。子供心にも一目見て忘れられないってやつさ。

見た目はせいぜい十八、九。神秘的で、パセティックで、そのくせ妖精めいたところもあって。見てくれは華奢《きゃしゃ》で小さくて女性そのものとしか思えないのに、生理的な生々しさはまるで感じさせない。といって青いとか、未熟だというのとも違う。女の肉体はまといながら、そのまんますうっとひとつ、抽象の高みに抜け出ているようなっていうか」

「ふーん」

そういわれても正直な話全然ピンと来ない。第一中学生の深春が美人女優にぽっとしてるとこなんて想像もつかないや、と思ったがなぐられそうなので口に出すのは止めた。

「ところがさ、あれは俺が中三の暮れだから八三年の末だよな。狩野都は劇団ユーラシアンを抜けちまったんだ。がっかりしたよ。受験が済んで高校入ったら、好きなだけ芝居が見られるってそれだけで我慢してたってのにさ。彼女、それきりプロの舞台には戻らなかったらしい。マスコミに取り上げられたことはなかったから、覚えてるやつはあまりいないだろうが、ま、伝説の名女優ってやつだな」

「でも、なんで京介がそんな人を知ってるの？」

「俺だって詳しいことは知らないさ。ただ、もう三、四年も前、学部でいっしょだったころにたまたま演劇の話しててさ、俺にとって最高の女優はいまも狩野都だっていったらこの野郎が、『それはたぶん僕の知っていた人だと思う。もう生きてないと思うけど』なんていいやがったの。うそこきやがって、こら、京介、読ませろよ、その手紙」

京介はなにもいわず口を開けた封筒と、『招待状』と印刷された二つ折の紙をすべらせてよこす。深春が開いたその紙を、蒼も脇から覗きこんだ。

プティ・ホテル『恒河館』開業のお知らせ

西条八十《やそ》の詩に謡《うた》われた霧積温泉からもほど近い群馬の山中に、明治別荘建築の名品がプティ・ホテルとしてよみがえりました。

背後の渓流に張り出した広いヴェランダを持つ、木造漆喰《しっくい》仕上げ二階建ての本建築は、明治十年代初頭の建造で、様式的には日本人棟梁《とうりょう》による西洋建築の我流模倣、『擬洋風』と呼ばれるものに属します。ただし現存する擬洋風にしばしば見られる和風要素の混入や、洋風の不正確な再現はほとんどなく、その一方ヴェランダやインテリアに極めて密度の濃いインド・ムガール風装飾の見られるのが、他にない特色です。これは建築の注文主が、当時の英領インドで財を成した、いわゆる冒険商人のひとりであったからだといわれております。

長らく忘れ去られていたこの建築史的にも貴重な建物を、厳密な考証に基づき、同時に現代人のリゾートにふさわしい快適さをかねそなえた贅沢《ぜいたく》なホテルとして再生させたのが『恒河館』です。日本の豊かな自然と遥かな異国の情緒が溶け合って、世界でただ一つの得難い作品となりました。百年余の時を経て復活した貴重な文化財、プティ・ホテル『恒河館』でエキゾティックな一夜をお過ごし下さいませ。

所在地…群馬県碓氷郡松井田町霧積＊＊
電話……〇二七三（九五）＊＊＊
交通……信越本線横川駅下車、山道約十キロ（駐車場あり）
設備……本館　明治建築（改装済）
　　　　大食堂、サロン、

客室（スウィート）シャワー・トイレ付　二室　四名様　ゲスト・ベッドを入れて八名様まで宿泊可能

……新館
客室（ツイン）　共同シャワー・トイレ　四室　八名様
……天然温泉露天風呂　二十四時間入浴可能

オープニング・パーティ
一九九四年　十月八日（土）午後六時より。
懐かしい皆様のお出でを、心からお待ちしております。

恒河館オーナー　狩野都

「しまったあ――」

深春が声を上げた。

「なんたる不運。俺ついさっき予約の最終確認を入れちまったよ」

予約というのは飛行機のこと。彼はこの夏スペインへの旅費をためるために、ひたすらバイトに精出していたのだ。運賃の高い旅行シーズンを避けて、格安航空券の値下がりする秋に出かける計画だった。

「出るのいつだっけ」

「十月七日金曜の昼。アエロフロートの乗り継ぎ便」

「そんなにパーティ出たいなら、一週間延ばせば？」

「駄目だ。あの代理店他よりは安いんだが、変更やキャンセルのチャージはしっかり取るんだ。いまさらそんなことになったら、きつい旅費がなおさらきつくなっちまう」

「まあっ。深春さんったらお金とあたくしを秤にかけるのね」

「なにをお？」

「最高の女優だなんていっときながら、会いにきて下さらないなんてひどいわッ」

「よさんか、ばかもの」

「——連れていくなんて誰が決めた」

ぼそりといわれてふたりは、えっ？　とそれまでずっと黙っていた京介を見返った。メタルフレームの眼鏡の下から覗く顔はお面をかぶったような無表情。なまじ整いすぎるくらい整った顔だから、これをやられるともうまるで、とりつく島がない。

「そんな冷たいこというの、京介ったら」

「第一こんなとこ、車でなくちゃ行けねえぞ」

「駅まで迎えに来てくれるらしい」

京介が手にしているのは、印刷の招待状に同封されていたらしい薄い便箋《びんせん》だった。だが蒼が首を伸ばすより早く、それは畳まれて彼の内ポケットに収まっている。

「十月七日に出る。十日が祭日だから、遅くとも十一日には戻ってると思う」

「そんなに何日も行ってるの？」

「おい、京介。そっちの手紙にはなにが書いてあったんだよ」

だが彼は、それには答えず立ち上がる。ばさりと前髪を引き下ろして、いつものように顔の大半を覆い隠すと、

「——たまにはゼミでも顔出すか」

わざとらしい独り言を残して、後も見ずに出ていってしまう。残された蒼と深春は、なんともわりきれない気分で顔を見合せた。

3

「あっ、左手に橋。分かれ道だよ、京介！」

蒼は叫んだ。車が止まると同時に身軽く飛び出す。林道沿いの細い谷川に架けられた橋は木製だがまだ新しい。いままで走ってきた道はそのままこの先の温泉まで続いているはずだが、小さな橋の向こうにはさらに細い道が山襞をかきわけるようにして木立の中に消えている。無論舗装はない。

背中から無愛想な質問が来る。小走りに橋を渡った蒼の後から、桜井京介も歩いてきていた。

「なにか目印は」

「ううん。なにもないみたい」

きょろきょろとあたりを見回していた蒼の目に、地面近くから鮮烈な色彩が飛びこんできた。オレンジに近い濃黄色と、あざやかな赤。

(血？……)

いや、そうではない。なにか赤い粉末だ。百合の花粉のようなもの、それよりもっと赤い。黒い石の上に黄色の小花を糸で綴《つづ》った花輪が二重ね載せられて、その中央に鮮血を思わせるほど赤いなにかの粉が、こんもり丸く盛られているのだ。

しゃがんでさらによく見ると、その石もただの石ではない。高さ三十センチくらいの、頭の丸い円筒形に削られた石の棒。それが低い円盤形の台座の上に据えられている。いかにも素人くさい、素朴というより雑な作りだが、自然のものでないことだけは確かだ。

「なんだろ、これ。道祖神かな？」

顔を上げると京介はもう、車の方へ引き返している。

「ねえ、見た？　これなんなの？」

「シヴァのリンガだな」

「なに、リンガって」

「シヴァ神の陽根、つまりペニスだ」

「へえっ？」

　蒼は思わずすっとんきょうな声を出してしまう。

「なんでわざわざそんなもの、石で作るの？」

「性神崇拝は別に珍しいものじゃない。奈良県明日香《あすか》の飛鳥坐《あすかにいます》神社には、おまえの身長より大きい石のペニスが立っている」

「はあ……」

「ついでにいっとくがその円い台座はヨーニ、女陰だ」

（げげげ……）

　蒼は思わず足を止めてその奇妙な石像をしげしげと見直さざるを得なかったが、京介が運転席から急き立てた。

「その道で間違いないようだ。行こう」

　橋を渡って脇道に入ると、急に夕暮れが迫ってきたように感じられる。左右は重苦しいほど茂った森で、道は恐ろしく狭い。それも車一台が、ぎりぎり走れるという程度の幅だ。タイヤの痕らしいものが、あまり固くない小石まじりの土をえぐっている。

森からはみ出てきた下生えや雨に流し出された土砂やで、その狭い道がさらに狭くなる。車はのろのろと上がり続けるが、窓から見えるのはどこまでも薄暗い森ばかり。道は確かに上に向かって続いているのに、空気がねっとりと濃くなって、息の詰まってくるような気分。こめかみのあたりでいつもの閉所恐怖が、じりじりとうずき出している。下へ、奥へ、深いところへと、果てもなく落ちこんでいくような気がしてならない。

「なんだか、別の世界に行っちゃうみたいな感じ」

我知らず声をひそめて、蒼はつぶやいた。車で上がっていくのでも、こんなに心細くて薄気味悪い。明治の初めなんて、道はいまとは較べものにならないだろうし、自動車はもちろんろくにないはずだし、よくこんな山の中に別荘なんて建てたものだ。

「山は異界さ」

期待もしていなかったのに返事があった。ハンドルをしっかり両手で握って前を見たまま、京介が答える。

「低地の村に住む農民たちにとって、山は恐ろしい別世界だった。人の世の習わしの届かぬところ。もののけが跋扈《ばっこ》し、山父《やまちち》が徘徊《はいかい》し、異人が暮し、神々が下りるところ。死者の行くあの世さえもが地の底でも西の果てでもない、目の前の山にあった。彼らにとって山は、他ならぬ黄泉《よみ》の国だったのさ」

「やだな、そんなの」

蒼は首を振った。

「恐いよ、マジでさ——」

どうしても連れていけとせがんだのは誰だと、今度こそいわれるかと思ったが京介はなにもいわなかった。


「おまえ、ついて行けよな」

そういったのは栗山深春だった。使い古しのバックパックに着替えをつめながら、ひどく断定的な口調で繰り返す。

「京介はおまえには甘いからな、おまえがせがめば嫌だとはいわないさ」

「どうして？　ぼく、そんな十年前の女優さんになんて関心ないよ」

「関心なんぞなくていい、とにかく行け。行ってくれ。なにもなけりゃそれでいいんだ。頼むよ。俺たちが後悔しないためにもさ」

「なに、それ——」

蒼はぽかんと口を開けた。日頃の熊男にも似合わない口振りだった。

「そんな思わせ振りなこといわないで、気になることがあるならすぱっと教えてってよ。なにがそんなに気になるのさ。温泉ペンションのオープニング・パーティで、いったいどんなことが起こるっていうの？」

すぐには答えず慣れた手付きで荷造りを終えた深春は、ぽんと倒したバックパックに腰を下ろす。

「俺の野性の勘、てだけじゃ駄目か？」

「ぶつよ、おまえさん」

「しょうがねえな。じゃなにごともなかったら、せいぜいおまえひとりで笑ってろや」

ぼりぼりと顎鬚を掻いた深春は、まず、と指を立てた。

「なにより解《げ》せないのは、この件に関する京介の態度だ。おまえ、おかしいとは思わなかったのかよ」

「なにが？」

「あの馬鹿はおまえも知ってる通り、三度の飯より女より古物の建築が好きって野郎だ。『近代建築総覧』にも載っていない、いままで全然知られてなかった明治の別荘だぜ。あの招待状なんざやつにとっちゃ猫にまたたび、食通の目の前に広げられたメニュみたいなもんだろう。昔の知り合いに、いまさら興味はなかったとしてもな」

「でも、だから行くっていったんでしょ？」

「だとしたら、もっと嬉しがって張りきってみせても不思議はないやな。で、そうなるとそのことだけで頭がいっぱいになって、口を開けば人がなにしてるもおかまいなしに、そっちの話しかしなくなっちまうってのがあいつのいつもの反応だろうが。誰も頼んでもいないのに、いきなり日本における別荘建築史の講義が始まったりしてな。

　ところがあいつあれ以来俺たちと顔を合せても、そのことにただのひとつことも触れようとしないだろう。狩野都の『か』の字もない。まるで、わざと避けてるみたいに」

「それは、そうだけど」

　いいかけて蒼は、あ、と声を上げる。

「でも最近京介、やっぱり明治の擬洋風建築について調べてるみたいだよ。大学の図書館だけじゃ足りなくて、こないだは本郷まで行ってたし」

「おまえを連れずにな」

「――うん」

　確かに京介はちょっとした調査でも図書館での調べものでも、できる限り蒼を連れていく。本運び、荷物持ちと口ではいいながら、半分はいま学校に行っていない蒼に勉強させているつもりらしいのだ。しかし今回はまるでわざとのように、自分は出歩いていながら蒼には毎日、急ぐはずもない研究室の片付けばかりさせている。

「それから昨日の電話」

「ああ、あれね」

　昨日の夕方まだ三人が研究室にいたときに、外線から電話がかかってきたのだ。何気なく蒼が取った。

『桜井京介さん、ですか』

細くて高くて震えているような、だがたぶん女性ではなく若い男の声。それも外国人らしいと、蒼はとっさに思った。アクセントが微妙に違う。それに『さくらい』の『ら』の音が、軽く巻いた『R』だ。いま代わりますが、どちら様ですかと尋ねると、

『ガンガ・ハウスのものです』

という。聞き返そうとした受話器を、しかし脇から京介が取ってしまう。『ガンガ・ハウス』とはつまり『恒河館』のことかと、気づいたのはその後のことだ。電話は結局都合で駅までの迎えが出来なくなったので、タクシーを使って欲しいという連絡だったのだが。

「あのときだって電話を体で抱えこんで、俺たちには一言も聞かせまいとでもしてるみたいだった。あったかよ、これまであんなことが」

蒼は黙って首を振る。

「そもそもあの手紙が来て以来、あいつどう見ても普通じゃないぜ。それも自分じゃ意識してないみたいなのが、またあいつらしからぬとこだ」

「うん」

蒼は今度ははっきりと首を縦にうなずかせる。確かにこのところの京介はおかしいのだ。

もともとあまり愛想のいい方でも、感情がストレートに顔に出るタイプでもない。その気になれば顔の筋ひとつ動かさないで何日でもいられそうだ。だがそれならむっつりしている

のはいつものことかというと、そういうわけではまったくない。知らない人間が見ればただの無表情でも、それなりにつき合いの長い蒼や深春の目で見れば、ある程度見当がつくほどの変化はある。

そして他人が自分に対してなにをいおうと思おうと、気にもならないしどうでもいい。いま自分がやりたいことをやりたいようにやる。それが邪魔されるようなら邪魔されない手段を講ずる。不機嫌になどなっている暇があったら、解決の道を考えるというのがいつもの彼だ。

誉めていうならマイペース、けなしていうなら傲岸不遜。つまり不機嫌になるのは彼ではなく、そういう彼に直面した相手だということだ。ひとつ間違えば傍若無人唯我独尊の誹《そし》りはまぬがれないが、そこを彼一流のマキャベリ的な外交手腕で、あまり角も立てずに乗りきるのも毎度のことだった。

その彼がこのところどうしたわけか、無口で、不機嫌で、そのくせ妙に放心している。すきだらけ。心ここにあらず。そんな感じだ。昨日なぞコーヒーといわれてわざと彼の嫌いな砂糖入りホット・ミルクを出したのに、なにもいわずにそのまま飲んでいた。あの調子だと代わりに極甘のぜんざいをカップに入れて出しても、気がつかずにそのまますすっているかもしれない。どうかしたの？　と尋ねるとそれでもむっとした顔でどうもしない、と答えるのだがそれで終ってしまうのだ。

「こないだはいわなかったが、劇団をやめてからの狩野都の消息について、俺はなにひとつ知らなかったわけじゃない。いまはとっくに建物自体ないが、以前大学の文学部近くになんとかいうスナックがあったんだ。都はしばらくそこで働いていて、そこのマスターのやってた素人劇団でまた舞台に立ったこともあったらしい。

というのは例の、芝居好きの叔父貴の情報だったんだがな。もちろん聞くなり飛んでったさ。ところがそのスナックは閉まってた。インド旅行のため二週間休業いたします、と張り紙がしてあったっけ。で、俺はまた二週間して行ってみたわけだ。ところが一ヵ月経とうが二ヵ月経とうが、店は開かなかった。なぜだかわかるか？」

聞かれたところでわかるわけがない。

「旅先のインドで、そのマスターが死んだんだ」

「殺されたの？」

「さあ、そこまではな。だがマスターはひとりでインドに行ったんじゃなく、自分の劇団の連中を連れていったらしい。ということは都もその中にいたってことだ。そしてもしかしたら、京介もな」

「京介があ？」

「やつが都と知り合ったとしたら、あのスナックでというのが一番可能性が高いと思うんだよ。八四年なら俺と同じく高校一年だが、あいつの学校はW校、つまりそのスナックのすぐ近所ってわけだしな」

「じゃあ、あの招待状にあった『懐かしい皆様』っていうのは、その素人劇団のメンバーのことをさしてるわけ？」

「そうとしか考えられないだろうが」

「つまり八四年のインドでなにかが起こって人が死んで、十年後のいまになってその関係者が集められようとしてるっていうんだね」

「そういうことになるな」

「なんのためだろう」

「なごやかな同窓会かなんかだとしたら、俺の取り越し苦労ってことだ」

「そうかー」蒼は唇を嚙んだ。そうでない可能性がある、と深春はいっているのだ。京介の奇妙な放心や、人ひとりが死んだという事実から。

「でも、じゃなんで京介だけが一日早く行くことになってるの？」

「おいおい、そうなにもかも俺がわかるわけがないだろうが」

深春は苦笑しながらまたぼりぼりと顎鬚を掻いたが、

「これだけはいえるんじゃないか。都にとって野郎は、他のメンバーとは違うなにか特別な人間なんだろうって。そしてそれは野郎にとっても同じなのかもしれない」

「京介にとって、特別」

「初恋のひとだったとかな。だとしても俺は驚かんよ」

最後に深春は引き出しを掻き回して、たった一枚という狩野都の舞台写真を見せてくれた。キャビネに伸ばしたモノクロームの素人写真。ギリシャの巫子のように髪は小さくまとめ、たっぷりと襞を取った長いドレスを着ているが、ほっそりと中性的な体形は布の上からもうかがえる。

だがなにより印象的なのは、その小さな顔からきっと前方を見つめている双つの目だった。

(強烈な意思——)

蒼は思う。しかしその視線は遠い。なにかを探している目だ。

(なにか、ここにはないものを……)

そして蒼は結局深春のいうとおり、京介にせがんでほとんど無理やり連れてきてもらったのだ。にべもなく撥《は》ねつける彼を相手にさんざん粘《ねば》って食い下がって、いちおう先方に電話で聞いてみようというところまで漕《こ》ぎ着けた。もっともこの時点ではまだ京介は、向こうに断られるものと思っていた節がある。承諾されて意外だったのは、彼の方だったらしい。

栗山深春におかしなおどかされ方をしたとはいえ、ほんとうのところ蒼はなにが起こるとも思っていない。起こるとしたら交通事故が一番確率が高いだろう。なにせ前日になって京介が突然どこからか借りてきた車ときたら、車庫の隅で何年寝ていたのか知れない埃《ほこり》だらけの白い（でもほとんど灰色の）スカイラインだ。まともなシートベルトさえついていない。その車を見せられたとたんの不吉な予感はまだ適中していないわけだが、もともと楽天的な性格なのだろう。蒼はこれまでの危なっかしいドライブを、それでもけっこう楽しんでしまっていた。

しかしこの暗く重い森の中をのろのろと進んでいると、忘れていた不安のようなものが胸底から立ち上ってくる。山の中の死者の国。忘却の中からよみがえらされた廃墟の別荘。もしかしたらそこで待っているのは、インドで死んだというその男なのかもしれない――

「――蒼」

いきなり京介の声がして、蒼はびくっと顔をもたげた。

「ちょっと下りて見てくれないか。この先の道はどっちになるんだ」

車はいま、いくらか広い林間の空き地のような場所に止まっていた。梢《こずえ》の上に見える空は明らかに黄昏《たそがれ》の色。道の進行方向は、かなり傾斜の急な土の斜面で終っている。見ると頼りないながら見ることのできたタイヤの痕跡も、その土の中に埋もれて消えていた。

土の斜面に木製の立て札が、あわてて突き立てたように少しかしいで立っている。ビニールで覆った紙が貼ってある。幸いその文字が読み取れないほど、暗くなってはいない。だが近づいてそれを読んだ蒼は、思わずひえっと声を上げた。

『桜井様
　昨夜の雨で自動車道の一部が埋まってしまいました。
　申し訳ありませんが、左手の山道を、赤いリボンを辿《たど》っておいで下さい。
　二十分ほどで到着します。
　狩野』
「大変だあ、京介。この先歩きだよ」

　車を離れて歩き出すと、高度千メートルの山の空気がひしひしと全身を押し包んでくる。Tシャツとトレーナーに綿ジャンパーを重ねていても、黄昏の迫る十月の山地はじっとしていれば寒いほどだ。荷物の少ないのがなんといっても幸いだった。道は普通のハイキング・コースといった程度で、特にけわしいということもない。

　ただあまり使っていない道だからだろう、樹の幹に巻いた赤い布リボンの目印がなければ、どちらへ進むのかわからなくなりそうな頼りなさだ。埋まってしまった自動車道の左手の斜面を軽く巻くようにして上がって、それから下りに変わった。かなりの坂道が熊笹の間を下りていく。分厚く重なり合った木々の枝に阻まれて、行く手はまったく開けない。せっかくあれだけ上がってきたのにと思うと、なんだかもったいない気分だ。

　下りにかかるとあたりはいっそう暗くなる。赤いリボンももう黒ずんでしか見えない。木立はますます深いし、熊笹の中では道はないも同然だし、完全に暗くなってしまったら懐中電灯片手でも相当苦労しそうだった。

「もう少しだな」

背後からいう京介に、足を止めて振り返る。

「どうして？　もう二十分も経った？」

「いや。だが川の音が聞こえる」

「——ほんとだ！」

小走りに斜面を飛ばした蒼は、目の前を覆っていたミズナラの間から足を踏み出したとたん声を上げていた。森が切り開かれて、ぽっかりと開いたあまり広くない空間。すでに暮れて微かに夕焼けのくれないをにじませる空を頭上に、くろぐろとした山の斜面に抱かれるようにして、その建物はたたずんでいた。ぽつんと一つ小さな電灯を扉の上に点し、古びた水彩画の一葉のように。

——恒河館。

恒河館

1

(どこかで見た、景色だ……)

そう思わないではいられなかった。

空はまだ青さを残して明るく、しかし背景を閉ざす森はあくまで黒く、そこに建つ家は夕闇の藍《あい》に染まり、ぽつんと点いた玄関灯の黄色い明かりばかりが、人恋しさをそそるように光と影を落としている。

ものの輪郭はすべて妖しいまでに鮮明で、同時にレンズを逆さに覗いたように遠い。秋の夕べの透明で冷たい空気の中に、それはガラスに封じられた一齣《こま》の永遠だ。見つめているだけで、心が吸い寄せられる。

(不思議だな。初めて見る風景なのに、ものすごく懐かしい——)

だが桜井京介は、蒼の隣に足を止めてぼそりとひとことという。

「マグリットか」

「え——」

「いつか竹橋の近代美術館で見たろう、『光の帝国』」

いわれてすぐにその絵を思い出した。原題は『L' EmpiredesLumieres』、シュールレアリズムの画家ルネ・マグリットの作品だ。空の色と木々の黒さ。その前景にぽつんとひとつ点った街灯の明かり。一目見て気に入った一枚だった。そういえばよく似ている。不思議な既視感覚の理由があっさり解けてしまって、蒼はなんだかがっくりした。

前に建っている建物は全体が五十センチばかりの石の基壇に乗っていて、一階二階とも円柱で支えたヴェランダが巡《めぐ》らされている。柱は白くて一見石のように見えるが、漆喰で化粧した木製だろう。壁も白の漆喰。薄水色のペンキで塗った鎧扉《よろいとびら》のある窓が四つ。床まで開いた、いわゆるフランス窓だ。そして真ん中に同じ幅の玄関ドア。

「これが擬洋風？　松本の開智学校なんかとは全然違うんだね」

蒼は京介の顔を見上げた。彼はサングラスを額に押し上げて、目の前の建物をと見こう見している。

開智学校というのは長野県松本市に健在の明治九年に建てられた小学校で、蒼は擬洋風といわれると真っ先にこれを思い出す。

建物は二階建てで中央には六角の塔が建ち、全体の印象は確かに洋風なのに、正面には東京下町の銭湯みたいな堂々たる唐破風が突き出し、その下にはでっぷり太った裸のエンジェルがふたり『開智学校』と書かれた巻き物を広げているという意匠は、写真を一目見ただけで忘れられない。

だがこの恒河館には、そんなへんてこでおもしろいものはなにもないようだ。フランス窓の上にはちゃんとガラスのはまった扇形の明かり取り、ファンライトがついているし、二階のヴェランダの手すりもあっさり木の棒を並べただけ。良くいえばそれだけ形が整っているわけなのだが。

「あ、ぼくこれと似た感じの家思い出した。やっぱり写真で見たよ。熊本の、ええとジェーンズ邸だっけ」

「最初期のヴェランダ・コロニアルだな」

京介は答えた。蒼はその顔を見上げて待ったが、後は続かない。普段の彼ならここでたちまち、南国の植民地で西洋館にくっついて日本までやってきたヴェランダの意味、といったあたりを頼まれなくとも講義し出すはずなのだが。

「あんまりインドっぽくも見えないよねえ。後ろを渓流が流れてるみたいだから、向こう側になにかあるのかな」

「行って、みるか」

あまり気の進まない口調でいう。だが石段を上がって手をかけた正面の扉は、鍵がかかっているようだ。鎧扉を透かしてみても、中に明かりは見えない。

「どうする?」

「あれが、新館らしいな」

そのまま京介が歩いていく先を見て、やっと蒼は気づいた。恒河館の左手少し奥に、屋根の大きな平屋の建物が建っている。ちょっと北欧の住宅みたいなふんいきの、ログハウス風の家だ。そちらでは引いたカーテンの中から、暖かな光がもれている。だがやっぱりドアは開かないようだ。

他の入り口を探すように、京介は新館の壁に沿って回っていく。ただ立って待っているのもつまらない。蒼は反対に本館の右手に回ってみた。建物の厚みは幅の半分くらいか。ヴェランダは四囲を取り巻いているのではなく厚みの半分まで終っていて、奥の部屋の方がその分広くなっている。

上を見ながら歩いていた蒼は、急に川の音を意識して足を止めた。

「危な――」

思わず声に出してつぶやいている。恒河館の裏手で地面はすぐ落ちこんで、渓流の速い流れに洗われていた。幅は大して広くない川だが、対岸も岩の崖らしい。大きく湾曲した流れの内側の弧に接して、いい換えれば流れに突き出た岩の上に土台が置かれている格好だ。

恒河館の裏壁と岩のへりの間には、まっすぐ歩くのもためらわれるくらいの余地しか残っていない。明治に建てられたままの場所なのだとしたら、長い間に地面が削られてしまったのかもしれない。だがこれからホテルとして営業するなら、ちょっと危険ではないかという気がする。せめて柵くらいあってもいい。

恒河館と対岸の崖に挟まれて、下の川面はもうほとんど見えない。建物の方を見上げても、二階にこちらは左右二ヵ所張り出しがあるのはわかるが、デザインのディテールを見るには暗すぎた。

あきらめて引き返したが、少し戻ると川へ向かって下りているスロープがある。一部は土に埋まりかかってはいるが、手のひらくらいの石を敷いてもあるようだ。上から覗いても下の様子は見えない。暗いためもあるが、ちょうど突き出た岩の向こうへ坂道が入ってしまっているのだ。

ちょっと行ってみようかな。蒼は足を踏み出した。京介が戻ってくれば勝手に動くなと怒られるだろうが、湿った土の匂いに混じって漂っている微《かす》かな硫黄臭は温泉の匂いに違いない。露天風呂があると書いてあったし、渓流沿いにある温泉の源泉はその川床から湧出しているものと相場が決まっている。

最近の温泉旅館といえばほとんど内湯の他に露天風呂があるが、庭や屋上に無理やり作った露天というのはつまらない。自然に湧き出た湯をためた、つまり温泉の原型ともいうべきが露天風呂なので、いくら立派な庭石や盆栽で飾ってみても、そんなものは屋根と壁のない風呂場でしかない。

とは、高校時代からオフロード・バイクをころがしてはマイナーな温泉に入りまくったという栗山深春の説だった。芝居、写真、旅行、温泉。趣味が豊かというよりは、ほとんど無節操な男なのだ。

(憧れの女性に会い損ねたあげく、そこにいい温泉があったなんて聞いたら、深春のやつもうひとつ悔しがる種が増えちゃうな)

ひとりで笑いながら蒼は暗い坂道を下る。道幅はそう狭くはないが、右手で川がごうごうと音立てて流れている。水量はかなり多いようだ。硫黄の匂いはしだいに濃くなって、夜目にもほの白く湯気が漂っている。平らになった道が、目をさえぎっていた大岩のへりを回った。と、靄のように行く手を包んだ湯気の奥に、明かりが点《とも》っていた。明かりの映る湯の中に、浸《つ》かっている人影が見えた。

(やばッ……)

思わず蒼は棒立ちになる。同時に人影は湯の中から飛び出した。距離は五メートルとない。そのまま走り出そうとして、しかし影は一瞬足を止めた。振り返ってこちらを見たその姿が、ランプの明かりを背に切り抜いたように鮮明に蒼の目に飛びこんできた。

だが——

それもほんの一刹那《せつな》。人影は足元からなにかを摑むようなしぐさをして、そのまま走り去ってしまう。反射的に後を追おうとして、しかし蒼はたたらを踏んだ。靴底が濡れた川石を踏んで、体が大きく泳いだのだ。危うく尻餅をつきかけたのをどうにか踏みとどまって、もう一度顔を上げたときにはもう目の届くところに人の姿はなかった。

明かりはガラスの火屋《ほや》にアルミの笠のついた、クラシックなかたちの石油ランプだった。建物下の岩壁から河原へ、コンクリート製の湯船が突き出ていて、その縁に置かれていたのだ。温泉は湯船の底から湧き出ているのだろう、溢れた湯はそのまま縁を越えて河原に落ちていく。かなり広い浴槽だが脱衣所の設備はない。剝《む》き出しの河原に湯をためた窪《くぼ》みがあるという、ほんとうにただそれだけだ。深春のいう理想の露天風呂そのものだった。

蒼は縁の上を歩いて、湯船の向こう端まで行ってみた。そこでもちょうど視界をさえぎるように岩が突き出ていて、やはり同じ様な坂道が続いているようだ。さっきの人影はそちらの坂を登って姿を消したのだろう。

(あれがじゃあ、狩野さんだったのかな……)

蒼は思う。まずったなあ、入浴シーン覗いちゃうなんて。なにも見えませんでしたっていっても、信じてもらえなかったらどうしよう。だけどあんなふうにいきなり逃げ出されちゃったら、ごめんなさいっていう暇もなかったもんなあ。

しかし蒼は親指の爪を嚙みながら、ほんの数分前の記憶をたぐり返す。湯の上から絶えず湧いては川風に吹かれて消えていく、白い湯気を見つめながら。

さっき見たもの。この湯の中から飛び出して、駆け去る直前こちらを見たあの姿は、どう考えても女性のようには思えない。シルエットに近かったから顔かたちまではわからないが、とてもスリムで胴も腰も直線的だった。動作もすごく敏捷《びんしょう》で、少年、いやいっそカモシカと呼びたいような感じだった。それにもうひとつ、あの人影にはひどくはっきりした特徴があった――

「――蒼！」

いきなり聞き慣れた声が飛んできた。懐中電灯を片手にした桜井京介が、右手の道のところに立っている。

「そんなところでなにをやってる。勝手に動き回っては駄目だ」

顔を上げてみるとあたりはすっかり夜だ。湯気の帷《とばり》の向こうでは谷に切られた細い空に、星の輝いているのさえ見える。そんなつもりはなかったのだが、温泉の縁に立ったまましばらくぼんやりしていたのかもしれない。

「いつまでぼおっとしてるんだ。早く来い」

「はいはいはいはい」

(自分だってこないだはコーヒーとホット・ミルクの区別もつかないくらいおおぼけこいてたくせに、うるさいったらまったくもう)

濡れたコンクリートの縁を歩いて石畳に立った蒼は、京介の後ろに立っているもうひとりの人物に初めて気づいた。白いサリーを頭からまとって、眼鏡をかけた小柄な影。

「御挨拶しなさい、蒼。こちらが狩野都さんだ」

「よくいらっしゃいました、遠いところを」

やわらかな声音とともに右手が差し出される。

「あ、こんにちは。お世話になります」

礼儀正しく右手を握り返しながら、蒼はその人のもう片方の手を見ている。サリーの脇腹にさりげなくそえられた左手。ではさっきの露天風呂にいた人影は、狩野都ではあり得ない。なぜなら蒼ははっきりと見てしまったからだ。顔はわからなくとも、それだけは見違えようもない。

その人物は左の、手首から先がなかった。

2

恒河館が擬洋風とはいいながら開智学校とはまるで違っていたように、いま目の前にした狩野都も、『まぼろしの名女優』といったことばから想像される人とはだいぶん隔たっているように蒼には思われた。

深春が劇団ユーラシアンの舞台でその姿を見たときは、十八か九のようだったといったはずだ。だとすると少し多めに考えても、まだ三十そこそこのはずなのだ。しかしいま京介の手にした懐中電灯の明かりに半顔を照らされて微笑《ほほえ》んでいるのは五十は越えて、いやそれ以上の初老の婦人としか見えなかった。

小柄で背は京介の肩より下、つまり蒼よりもやや低いくらい。だが胸も腰もぼってりと太く、ずいぶん太っているようだ。古い舞台写真に残されていた、ほっそりしたプロポーションは影もかたちもない。黒い長袖のセーターの上から白のサリーをまとい、その端で頭をすっかり覆っている。さらに白いスカーフで胸元から首と喉を包んでいるせいか、まるでカトリックの尼さんのように見える。

大きな黒い眼鏡フレームの奥の目はくっきりとして、かつての日本人離れした美貌を忍ばせるが、その目の下、口の脇、そして額には切りつけたように深い皺《しわ》がいくすじも刻まれている。

これじゃやっぱり深春は来ない方がよかったなと、蒼は思った。京介は例によって見事なポーカー・フェイスを保っているが、憧れの女優の変貌に、彼ならとても平然とはしておれなかったに違いない。

「ごめんなさいね、ほんとうに。この前までちゃんと車で来てもらえるはずだったのだけれど、今朝になって道があんなことになってしまったのがわかって」

しかし都の声は耳に快い。木の笛のような、やわらかで深い響きがある。ごく普通の声で話しているのに、音のひとつひとつがとてもクリアで聞きやすい。それは確かに演技者としての訓練を積んだものだと納得できた。

「でも電話や電気にはさわりがないから、滞在していただくには不便はないはずよ。どうかご自分の家のようなつもりで、ゆっくりとくつろいで下さいね」

「明日までには直りそうもないですね、あの道」

京介のことばに、

「そうね。でもいいのよ、あの人たちは来るはずだから」

あっさりとした口調で都は答えた。

「お部屋に案内するわ。せっかくだから今夜は本館に泊まってね。お風呂が先かしら、それとも」

そういわれたとたんわざとしたわけでもないのに、蒼の腹が見事にグウと鳴いた。

「あらあら」

都は若い娘のような笑い声をたてた。

「じゃあさっそくディナーにしましょうか」

恒河館の正面には青い鎧扉のついた、同じ大きさのフランス窓が並んでいる。その真ん中の玄関扉を開くとあまり広くない廊下がまっすぐに奥に向かっていて、左の壁沿いに二階への階段が上がっていた。廊下の突き当たりにはドアがひとつ。あれを開けると建物の裏に出るのだろう。もっとも勢いよく飛び出したら、そのまま川に転落しそうだが。

「あ、靴はいいのよ。マットで拭《ふ》いてそのまま入って。新館は日本式に玄関をつけたけど、こちらは洋式だから。左が食堂で右がサロン。台所は新館の方にあるの」

「レセプションはないんですか？」

「ええ。こんな小さなホテルですもの。でも本格的に営業を始めたら、やっぱりないと不便かしらね。――こちらよ」

　階段を上がりながら都が説明する。よく足音の響く木の階段だ。踊り場で一度折り返して二階に達する。登りきって左右の壁にまたドア。その右の扉を引いた。予想以上にひろびろとした部屋が現われた。

「右のカーテンを引くと川の側に開くヴェランダよ。奥のドアはトイレとシャワー。左のドアがベッド・ルーム。お支度が済んだら食堂に下りていてね。部屋の鍵は鍵穴に差してあるけど、古い家なので合鍵もマスターキーもないの。なくさないようにお願いします」

　てきぱきとした口調でいいながらドアの脇のスイッチをぱちりと入れると、電気が点ったときにはもう出ていってしまっている。やけにせわしない。

「お夕飯、急がせちゃって悪かったかなあ」

蒼がつぶやいたが京介は答えない。足元にバッグを置いたまま、腕を組んでなにか考えこんでいるようだ。狩野都の歳に似合わぬ老け方は、やはり彼にもショックだったのかもしれない。取り敢えずそっとしておくことにする。

入った部屋はビジネスホテルなら、ツインルームがふたつ取れそうなくらい広い。床はオイルで磨《みが》いた茶色の寄木《よせぎ》にところどころ小型のラグを敷き、壁は装飾のない白塗りだが、鏡の小片を縫《ぬ》いつけた色あざやかな刺繍《ししゅう》布が幾枚も壁掛けのように吊るされている。

廊下から入った左の角には暖炉があって、その前にロー・テーブルと革張りの椅子が二脚。暖炉の周囲は白い大理石で、先のとがったアーチのかたちをしていた。なるほど、このへんのデザインはインドっぽいなと蒼は納得する。

ヨーロッパのホテルのように照明はかなり暗い。部屋はこれだけ広いのに、明かりといえば壁の二ヵ所に、磨《す》りガラスでできたアンティークな壁灯がついているだけだ。高い天井の中央にはシャンデリアではなくて、大きな三枚羽根の扇風機が取り付けられている。直径が一メートルはありそうな古風な鉄のファンだ。このあたりなら夏も涼しいだろうに、あんなものがいるのだろうか。

左手のドアを開けると、入った部屋と同じくらいの広さの寝室があった。正面から見えた、二階のヴェランダに二方を接した部屋だ。フランス窓が長辺にふたつ、短辺にひとつ。ただしいまはどちらも鎧扉が閉まっている。

そして部屋の中央に大人三人は横にならんで寝られそうな大きなベッドが二台。ベッドの頭側に小さなスタンドを載せたナイト・ボード。廊下側の壁につけて鏡つきのクローゼット。あとは暖炉。あるものといえばこれだけだ。この広すぎるくらい広い空間が贅沢というべきなのだろうが、兎《うさぎ》小屋の住人としてはちょっと落ち着かない気もする。

　下げてきたバッグをクローゼットに入れて、戻ると京介はまださっきと同じ場所に同じ姿勢で立っていた。その、またぞろ放心症（？）に取り憑《つ》かれたような彼を急《せ》き立てて下へ下りる。部屋だけでなく階段も廊下もほんとうに暗い。明るくすると傷みが目立つのだろうか、などと思いたくなるほどだ。

　それでも暖炉と同じ葱花《そうか》型アーチを透《す》かし彫《ぼ》りにした階段の手すりや、壁にかけた細密画の額などに気がつく。階段を下りるとき正面に見える壁の高いところにも、かなり大きな額がかかっていたが、画面いっぱいに描かれた黒い人物像、それも仏像みたいに腕がたくさんあるらしいとしかわからない。これではせっかくのインテリアがもったいない。もしかすると電圧が足りないのかもしれないが。

　食堂は蒼たちが通された客室の真下にあって、一階の左半分を占めている。天井が高く、やはり照明は心細いほど少ない。ここでも暖炉回りや窓のアーチにインド風のデザインが見られた。

「ねえ、ちょっと手伝ってくれる？」

奥の扉から都が顔を覗かせている。蒼は急いで飛んでいった。二階では風呂にあたるその小部屋は配膳室らしく、作りつけの戸棚にはグラス類がぎっしり並んで電灯に輝いている。都はステンレスの覆いのかかった皿が並ぶワゴンに、戸棚の引き出しからナイフやフォークをそろえていた。

「気が利かなくてごめんなさい。このワゴン、押しましょうか？」

「こちらこそ、お客様を使ったりしてごめんなさいね。ワゴンはいいから、その水差しを運んで下さいな」

明るい光の下でにっこり笑った都は、さっきよりずっと若やいで見えた。ガラスの水差しはふたつ。ずっしりと持ち重りがする。ひとつはどうやらレモネードで、ひとつは牛乳みたいな白い液体だ。蓋がかかって料理は見えないが、ワゴンに近づくとぷーんと鋭いスパイスの香気が立ち上る。

「インド料理？」

「ええ。好きかしら」

「カレーは好きだけど、ちゃんとしたインド料理って食べたことないんだ」

「お口に合うといいのだけれど」

「大丈夫。ぼく嫌いなものないもん」

都はもう一度にっこりと笑った。

食堂の中央。暖炉に短い一辺を向けて、分厚い胡桃《くるみ》材のダイニング・テーブルが置かれている。十数人は座れるテーブルの中ほどに向い合せて二枚と一枚、手織布のランチョンマットが敷かれていた。蒼の運んだ水差しを中央に、グラス、ナイフ、フォーク、スプーンを各自にセットすると、蓋をかぶせたままの、皿というよりは盆と呼んだ方がふさわしい大きさの食器を一枚ずつ、これは蒼が置く。

「どうも大変お待たせいたしました。なにもありませんけど、どうぞ召し上がれ」

向かいに座った都に舞いのように優雅な手振りで勧められて、蒼はかぶせてあった蓋を取った。鮮烈で複雑なスパイスの香りが一気に鼻先に押し寄せてくる。ステンレスの平皿の中央に、黄色い色をした御飯が山形に盛られ、その回りをステンレスの小鉢がぐるりと取り囲んでいる。

「水差しの白いのはラッシー、ヨーグルト・ドリンクよ。甘みはほんの少し。もしアルコールがあった方がよければビールもワインもあるけれど、インド料理はあんまりお酒と合わないの。どうなさる？」

「いや、止めておきましょう。いただきます」

京介はむっつりと首を振って、そのままフォークを取り上げる。

「お料理、説明しましょうか。蒼君？」

「あ、はい」

「一口にインドといってもあんな広い国だから、ずいぶん色々な料理があるわ。この器はターリーっていうの。北インドで始まったやり方らしいけど、だんだん他の地方にも広まっているみたい。

黄色い御飯はサフラン入りのピラフ。そばのふくらんだおせんべみたいのはプーリといって、パン生地を油で揚げたもの。となりはチャパティ、同じ生地をバター・オイルで焼いたパン。そのちくわみたいに穴があいたのは、ラムを叩いてスパイスとまぜて焼いたの、カバブっていうのね。それからその小さな器に入っているのは、一番右端はトマトときゅうりのヨーグルト・サラダ。

あとの三つは一応、カレーと呼んでいい種類のものね。端から、ほうれんそうとカテージ・チーズのカレー、鶏とヨーグルトのカレー、じゃがいものカレー」

そうはいわれても目の前にあるものは、見慣れた茶褐色のカレーとはずいぶん様子が違っている。じゃがいものカレーはやけにあざやかな黄色だし、鶏はよどんで赤の混じった黄土色、ほうれんそうときたら不気味な灰緑色で、食べ物とはちょっと見えない。

だが思いきって最初に口をつけた緑色のカレーは、思わず、

「あれ、おいしいや！」

と声を出してしまったくらいだった。ちょっとくせのあるほうれんそうの青っぽさが、生姜《しょうが》となにかわからないスパイスの香りに混じって、あっさりしているのに深みのある味を出

している。試してみると他のカレーもラムのカバブもそれぞれスパイスの香りはするものの、味や辛みにくっきりとした階調があって飽きることがない。

「カレーっていっても、全部味も香りも違うんですねえ」

「それはそうよ。スパイスの組み合わせを変えてありますもの」

「なにとなにが入ってるんですか？」

「生姜、大蒜《にんにく》、唐辛子《とうがらし》、胡椒《こしょう》、ターメリック、コリアンダー、カルダモン、フェンネル、クミン、シナモン、クローブ、サフラン、今日はせいぜいそれくらいかしら」

「すごーい。既製品のカレー粉使うのとじゃ、全然違うわけだ！」

蒼は心から感嘆の声を上げた。

「そんなに感動してくれると、作る方も張り合いがあるわ」

嬉しそうにうなずく都を見て、蒼はあれっと思った。

「あの、手で食べてるんですね」

「ええ。これがほんとうのインド式なのよ」

彼女の右手はまるで蝶が飛ぶように、優雅に食器の上を舞っては料理を口に運んでいる。サフラン・ライスに小鉢のカレーをちょっとかけ、親指と人差し指と中指の三本で軽くまぜては口に運ぶ。一粒の米もこぼれない。今度はまたその指でパンを裂いて口へ。使うのは右の手だけだ。

「左は、使わないんですか？」

「そうよ。覚えておいてね。インドでは左は不浄の手。食事だけでなく人になにか渡したり、触れたりするのも右手だけなの。なぜだかわかる？」

都の口元にいたずらっぽい笑みが浮かぶ。

「いいえ」

「インドではお手洗いで紙は使わないの。水で洗い流すのよ。そのときは必ず左手だけを使うの。だから」

「合理的なんですねえ」

蒼は大いに感心した。ちゃんと根拠のある習慣ではないか。

「それに年中暑くて、細菌の繁殖しやすい土地でしょ。他人の使ったスプーンよりは自分の手の方が安心だって、衛生学の知識なんてなくとも経験的にわかっていたわけね。もちろんそれだけじゃなくて、カースト制度のタブーも関係してはいるのだけれど」

「ぼくも、手で食べてみようかな」

「止めとけ」

さっきからひとこともいわず黙々と食べ続けていた京介が、ぼそりと口をはさんだ。

「おまえじゃテーブルを汚すだけだ」

「ヘンだ。そんなのやってみなきゃわかんないじゃない」

だが蒼にとっては悔しいことに、京介のいった通りになった。御飯はつまむそばからぽろぽろこぼれて落ちるし、カレーは垂れて手首まで流れるし、右手だけでパンをちぎろうとすると皿がテーブルから飛び出しかけた。ようやく食べ終わったときには、手全体がべたべたになっている。その蒼の前に、都が右手の指を広げて見せた。彼女の手は三本の指だけ、それも第一関節のところまでしか濡れてはいなかった。

「すごいなあ」

蒼はまた声を上げてしまう。

「別のもの食べてたみたい。どうして？」

「ただの慣れよ。毎日していれば、それがあたりまえになるだけ」

「あ、そうか。狩野さんはずっとインドにいたんだ」

「ええ——」

都はすっと視線を下げて立ち上がる。

「手を洗うでしょう？　配膳室の手前に水道があるわ。ここは下げてサロンの方でお茶にしましょうか」

「ぼく、皿洗い手伝いますよ」

「とんでもない。お客様にそんなことさせられないわ」

「でも——」

「だいじょうぶよ。ちゃんと向こうで手伝ってくれる子がいるから」

皿を載せたワゴンを押していく都を、蒼は小走りに配膳室まで追いかけた。

「あの、狩野さん」

「なあに」

手をワゴンに預《あず》けたまま、顔だけでこちらを振り返る。

「ぼくさっき、勝手に崖の下の露天風呂のところへ下りて、そこで会っちゃったんです。誰かと。手伝いっていうのは」

ちょっと間があって、

「そうだったの。あの子なにもいわないから」

「いきなりだったんで、驚かせちゃったかなと思って」

「名前はナンディっていうの。カルカッタの生まれで、いまは私の息子」

「息子――」

「養子なの。小柄だけど歳は二十二よ」

「もしかして、日本語はできます？」

「ええ。御挨拶させれば良かったわね。連れてきましょうか」

「会ってみたいけど、でも嫌なら無理しなくていいです」

ふっと、息をもらすように都は笑った。

「——気がついたんでしょう？　あの子の左手」

「ええ……」

「やさしいのね、あなた」

ささやくようにいって、背を向けた。

3

都はなかなか戻らなかった。京介は、ちょっと部屋に行ってくるといって食堂を出ていってしまう。蒼は壁につけて置かれた低い長椅子に座って、足を投げ出していた。満腹と、一日中車に乗り続けていた疲労と。ぼんやりしている内に知らず知らず、うとうとしかけていたかもしれない。

ナンディ……日本語のできるインド人の青年……じゃきっと研究室にかかってきた電話の声は彼だったんだ。Rの音が巻き舌になった、細くて高い声……それでも廊下の足音や扉の開け閉めの音は、ぼんやりと聞こえていた。

「——サロンに、お茶をお出ししました」

たったいま思い出していたその声だ。蒼は弾《はじ》かれたように起き上がった。しかしインド青年の姿はなく、廊下側の扉がゆっくりと閉まるところだった。

サロンに行ってみると狩野都だけでなく、京介ももう腰を下ろしている。こちらの広さは食堂の半分ほどのようだ。都は着替えていた。やっぱりサリーだが真紅に金糸の縁縫いをしたすばらしく豪華なのをまとい、頭から首にかけては金の刺繡《ししゅう》を散らした黒いヴェールをたっぷりと巻きつけている。眼鏡は外していた。

ふたりは部屋の中央に置かれたソファに向い合せにかけていたが、食堂より廊下よりまだ暗いと思ったら、ここの明かりはなんとテーブルの上の三本枝の燭台だけだった。微かに揺れる蠟燭の炎に、サングラスをかけたままの京介の顔と、ヴェールに囲まれた都の面が浮び上がる。その光と影のためか、刻まれた皺がいっそうくろぐろとして、都はまるで魔法使いの老婆のように見えた。

「お使い立てしてしまってごめんなさい。お茶をついでくださるかしら」

いわれて蒼はこれもかなり大型のティーポットを取り上げた。ずっしりした銀製だ。アンティークかもしれない。カップの方もいかにも古めかしい、薔薇の花を手描きしたボーン・チャイナだった。

「桜井君、あなたはいまもコーヒー中毒？」

「ええ、相変わらず」

「相変わらず？」

右手を口元にあてて、くすっと笑いをもらす。

「変わらずなものですか。私が知っているあなたは十五歳よ。こんな立派な青年になっているなんて、思わなかったわ」

京介はなにもいわず、都の方を見ようともせず、蒼がついだティー・カップを取り上げる。やっぱり変だ、蒼は思う。怒っているのか、ふてくされているのか、放心しているのか。とにかくこの反応の鈍さは、尋常な桜井京介ではない。

しかし都はなんとも思っていないようだった。

「なんてひさしぶりなのかしらね。会いたかったわ。ほんとよ」

甘えたような口調でいう。老残の媚態《びたい》というのは端で見ていても、正直な話あまり気持ちのいいものではない。

「ね。そのサングラス、取ってくれない？」

うつむいた京介の唇から、ふっと息がもれた。顔が上がった。

「取ってもいいです。でもその前に狩野さん、あなたこそ仮面を外してくださらなくては」

「私の仮面？」

都はおどけたように、両手を頰にあてて見せる。

「これが仮面だったらどんなにいいかしらね。すっぱり外した下から、あなたが覚えていてくれる十年前の狩野都の顔が出てきたら」

「違うんですか？」

「自分を老けて見せたがる女がいるかしら」

「だがあなたは、まだ三十二のはずだ」

「ええ、私は三十二。でも私は人の倍の密度で生きてきたから、歳も倍とって不思議はないの。六十四、それならこんな顔で当然でしょう?」

「十年前のあなたは、むしろ十代のようにしか見えなかった」

「魔法が解けたのよ」

「そんなお伽話《とぎばなし》を聞かせるために、僕を呼びつけたんですか」

それはそばで聞いている蒼さえ、思わずひやりとするほどの冷たい声だ。都はふっと体を引いた。一度取り上げかけたティー・カップを下ろす。カップの底が受け皿にあたって、小刻みに固い音が鳴った。その手で首を包んだヴェールを摑む。外そうというように引きかけた布に、だが逆に顔を埋めてしまう。その下から呻《うめ》くような声がもれた。

「——ひどいことを。それがあなたの返事?」

京介はなにもいわない。

「なにがお伽話なものですか。私はインドに十年いたのよ。あそこでなら人は、それだけで半世紀分も歳を取れるわ。陽に灼《や》かれて、虫に喰われて、病気に取り憑かれて、顔は皺、体はぼろぼろ、髪は白髪《しらが》だらけ」

顔をヴェールに埋めたまま、都はくっくっと笑い声をたてた。聞いている者が胸苦しくなるような、暗い笑いだった。

「でも私、それでいいと思っていた。誰も昔の私を知らない国なら、私が三十だろうと六十だろうとかまいはしない。ただ生きられるだけ生きて、死んだら薪《まき》で焼かれて灰はガンガの水に流れて、そうして消えてしまうつもりだった。そしてそれはもう、あまり先のことじゃないはずだったの」

ふいに背筋に水を浴びたように、蒼は悟る。この人、病気なんだ。もう長くは生きられないって、自分で気づいている。たぶんずっと前からわかっていて、でも治療なんて受けないで、病気が内側から自分を侵《おか》していくのをじっと待っているんだ。

（でも、わからない。なぜそんなゆっくりした自殺みたいなことを、この人は選んだんだろう……）

蒼の胸に浮かんだ疑問が聞こえたように、都はことばを継ぐ。

「十年前、私の大事な人がインドで死んだわ。私にあの国を教えてくれた人、そして私のようなものでも生きていていいと思わせてくれた人が。

あの人の体は茶毘《だび》に付されて、遺骨は日本に送り返されたけれど、私はひとにぎりの灰を誰にもいわずにガンガに撒《ま》いた。きっとあの人もそれを、望んでいると思ったから。そうして私もあの国で死ぬまで生きて、ヒンドゥー教徒のようにガンガの水に溶けたなら、生まれ変わってもう一度あの人に会えるかもしれない。そう思ったの」

「だがあなたは、そうはしなかった」

感情のうかがえない声で口をはさんだ京介に、都はきっとして顔を振り向けた。ヴェールの上からふたつの目が、激しい光をたたえて彼を見つめた。その目は確かに蒼が見た写真の中の、狩野都そのままの目だった。

「ええ、そう。私は帰ってきたわ。もう二度と戻らないつもりだった日本へね。でもそれは断じて、あの国でひとり死ぬことが恐くなったからじゃない。生まれた国が恋しかったからでもない。あのとき起こったことはなんだったのか、誰がほんとうにあの人を死なせたのか、私とあの人の間に立ち塞がったのは誰なのか、それを明らかにしてからでなくては死ねないと思ったからよ。

誰かがあの人を殺した。あの人の命を奪った。それは私のものだったのに。あの人の生も死も、私ひとりのものだったはずなのに。

いまさらそんな真相なんて、なにほどのことでもないと思おうとしたけど駄目だった。だって私の望みは、もうじき叶《かな》うはずなのだもの。私の体はガンガの水に溶けて、私の魂はあの人の後を追って旅立つはずなのだもの。こんなに心が迷ったら、あの人を見つけられないかもしれない。それだけは嫌なの。——私には真実がいるの」

「つまりあなたは気づいたというのですね。これまで自分が真実だと思ってきたのは、そうではなかったのだと」

質問とも確認ともつかぬ京介のことばに都はゆっくりとうなずいて、

「インドの夜は長いわ。そして暗いわ。その長い夜をひとりきり、数えきれないほどあのときのことを思い返しているうちに、どうしてもそうとしか考えられなくなったの。だから私、あの人たちに手紙を書いたわ。明日の夜には五人残らず、ここに来ることになっている。その中にいるはずなのよ、真実を知っている人が」

「あのインド旅行に、僕はとても行きたかったけれど行けなかった」

独り言のように、京介はつぶやく。都の視線を避けるように、目は手にした紅茶の水面に落としたまま。

「そう。だからあなたなら、私を助けてくれると思ったの。あなたなら私たちみんなを知っているし、でも絶対に犯人ではないんですもの」

「犯人、か」

京介は苦いものを口にしたように、唇をゆがめてそのことばを繰り返した。

「どうしてわかるんです、犯人は必ずその中にいると」

「どうしてですって？　あの人は路上で死んだわけではないのよ。私たちと寝泊まりしていた洋館の彼自身が使っていた部屋で、誰もがいた夜の内に起こったことなのよ。盗むものもないからっぽの部屋に寝ていたあの人の命を、なんのかかわりもないインド人がどうして奪うというの？」

「つまりあなたは僕に、探偵の真似事をしろというんですね。十年振りに会う旧友たちに疑いの目を向けて、記憶も薄れたあの日の出来事を思い出させろと。そしてその中から虚偽と矛盾をえぐり出して、昔の傷を晒《さら》して、殺人犯を見つけ出せと」

都の左手は顔のヴェールを押さえ、右手は固くこぶしに握られて膝の上で震えている。

「あなたはもしかしたら、パンドラの箱を開けようとしているのかもしれませんよ。ともかくも平和に生きている旧友たちの記憶をこじ開けて、古い憎悪や嫉妬を掻き立てて。箱の底から真実は見つかるかもしれない。けれどそれ以上の災いを引き起こすことにもなるかもしれない」

「わかっている、そんなこと。でも私はもう始めてしまったわ。いまさら引き返すことなんてできない。——嫌なの？」

「ひとつ、聞かせて下さい」

「なに」

「犯人がわかったら、どうするつもりです。警察に訴えますか」

都は小さく首を振った。

「いいえ、そんなことはしないわ」

「ではあなたひとりが知れば、それで満足ですか」

しかし都はふたたび首を振る。

「では、どうするつもりです」

「わからない、そんなことまだ」

握りしめた右手が、胸のあたりに上がっている。轟《とどろ》く心臓を押さえつけようとでもいうかのように。

「いま決めることなんて、できるわけがない」

そして狩野都は、叩《たた》きつけるように同じ問いを口にした。

「答えて、京介。嫌なの？」

「嬉しくはないです」

「だったらいいわ。帰って。明日になったら、他の人が来る前に！」

そういいながらも都は、石と化したように姿勢を変えない。見開かれた目の中には、蠟燭《ろうそく》の炎が映って燃えている。動いたのは京介だった。カップを下ろすと目を上げて、ゆっくりと首を左右に振る。

「帰りません、カリ。十年前、あなたを成田で見送ったとき、もう日本に戻るつもりはないといったあなたに僕は約束した。それでもあなたが戻ることがあったら、そしてそのとき僕の助けを必要とすることがあったら、どんなことでもすると。あなたもこうして覚えていてくれたその約束を、破るつもりはありません」

くっ、と息を呑む音がした。都だった。

「僕はお望み通り、あなたの探偵になりましょう。そして僕たちの旧友の中から、橋場亜希人を殺した犯人を見つけ出すよう努めましょう」

京介は両手でゆっくりと、サングラスを外した。

ヴァラナシで死んだ男

1

鳥が鳴いていた。鋭く、きしるような声を上げて――

心地好い眠りの淀みに突き刺さる、いばらの棘《とげ》のようなさえずり。ひっきりなしに降りかかってくる、棘だらけの鞭《むち》――

(なんて声だろう……)

固く目をつぶり、枕を両手で抱えこんで、逃げかかる眠気を引き止めようと寝返りを打ちながら、蒼はつぶやく。

(なんだってこんなに、鳥が騒ぐんだろう。まるで……)

「蒼――」

枕元で声がした。

その声に記憶の中の声がだぶる。聞き慣れた、やさしい、少女のような声が。

『朝ですよ。お起きなさい、お寝坊さん』

それを聞いただけで蒼の胸は、絞り立てのミルクのような甘い香りでいっぱいになる。目を開けるのを少しだけ先に伸ばしたくて、蒼は枕に顔を埋める。それは一日で一番嬉しい瞬間だから。

（……さん）

『ほおら、どうしたの？　お目めを開けて。小鳥があんなに鳴いてるわ』

汗ばんだ額に触れる、ひんやりとした手の感触。耳元にささやく声がくすぐったい。蒼は目をつぶったまま、甘えた声音で尋ねる。

『ねえ』

『なあに』

『どうして小鳥は、あんなに大声で鳴くの？』

『あれはね、朝ですよ、早く起きましょう、今日もいっぱいすてきなことがありますよって鳴いているのよ』

そう、あなたはいつもそういった。あの朝も、あの朝も。でもそれは——　ふいに蒼の胸の底で、なにかがざわりと音をたてる。

『うそだよ。違うよ。だってそれならなぜ小鳥は』

いってはいけない……　心のどこかで止める声がする。それをいってはいけない。でも、もう遅い。いいかけたことばは止まらない。

『なぜ小鳥はあんなに嫌な声で鳴くの？　あんな、首をしめられてるみたいな、恐くて、苦しくて、たまらないみたいな声で』

『そんなことないわ、気のせいよ。誰もかわいい小鳥の首をしめたりなんてしませんよ』

変わらないやさしい声でささやきながら、額に触れていた手は頰の脇をすべってそっと喉の上にかかる。目をつぶったまま首を振る。手は動かない。

『なにしてるの？　嫌だ、止めてよ』

『なんでもないわ、気のせいよ。誰もかわいいあなたの首をしめたりなんてしませんよ』

そういいながら喉の上で、重くなる手、力のこもる指。……さん。叫ぼうとしても声が出ない。

『気のせいよ――』

『気のせいよ――』

『だってあなたは私のかわいい……なんだもの――』

「おい蒼。蒼ったら」

「嫌だ、嫌だよ！」

自分で上げた声の大きさに驚いて、ぱっと目が開いた。

「こら、なにが嫌だって？」

「——きょーすけ……」

枕の上に首を突き出すようにして、覗きこんでいたのは桜井京介だった。うっとうしい前髪は辛うじて額に掻き上げていたが、ミラーのサングラスはちゃんと顔の上半分を覆っている。

「目は覚めたか？」

蒼はこっくりと頭をうなずかせた。たったいままでなにか恐い夢を見ていたような気がするが、目が開いたとたん、雪の溶けるみたいにすっと消えてしまった。まだ少し心臓がどきどきいっているが、これくらいならなんでもない。

「いま何時？」

「午前十時二十分」

「あはっ、早いじゃない」

普通なら京介こそ、まだとても枕を離れていない時刻だ。

「ぐずぐずしていると後の客が来てしまうからな。その前に一通りの事情を話して聞かせろとがんばっていたのは、おまえの方だと思ったが？」

そうだった。昨日は結局途中で眠くなってしまって、蒼は先に引き上げてきてしまったのだ。

「あれからまだずっと話してたの？」

「いや、ほんの三十分足らずだ」

「で、ほんとにやるんだよね。犯人探し」

「約束だからな」

「あの狩野さんって、京介の初恋のひと？」

思いきって尋ねたが、彼は耳のないような顔でこちらに背を向ける。

「京介ってば！」

「下で朝飯だ。さっさと着替えて下りて来い」

閉まりかかるドアの向こうから、そんな声だけが聞こえた。


朝食は一階の食堂外のヴェランダに、白く塗った鋳鉄の椅子とテーブルを出して並べられていた。茹で卵とロールパン、オレンジジュースと牛乳、バターとジャムと蜂蜜にプレーン・ヨーグルト。蒼が出ていくと先に座っていた京介が、コーヒー・サイフォンのアルコール・ランプに火をつけた。

「狩野さんたちは？」

「カリは出かけたらしい」

京介が目で示したテーブルの上に、便箋が一枚広げたまま載っている。

『よくお休みになれましたでしょうか。横川まで買物に行ってまいります。もうしわけありませんが、朝食はおふたりで召し上がって下さい。昼はナンディに用意するようにいっておきます。二時ごろまでには戻ります。　都』

「ナンディに会った？」

「いや」

短く答えて彼は、コップのオレンジジュースを飲み干した。

「先に食べてしまおう。話はそれからだ」

2

恒河館の前はさほど広くもない草地になっていて、その草地は雑木林で取り囲まれている。林は少し入ればすぐ登り斜面になってしまう。屈曲する渓流に削られた、谷間というより小さな窪地のような場所なのだ。建物の背後は川と崖だから、散歩でもするとしたらせいぜいそのへんをぶらぶらするくらいしかない。

それでも秋の空は今日も気持ちよく晴れて、紅葉にはまだ早い樹々の緑を風が鳴らしていく。陽の下を歩いていると、軽く汗ばむほどだ。目を上げれば淡い白雲が、山の上を流れている。

「橋場さんっていったっけ。その、インドで死んだ男の人」

「橋場亜希人、といっても名前の方は本名ではなかったらしいけれどね」

「本名じゃないって、芸名とか？　あ、そうか。劇団やったりしてたんだっけ」

「どちらかといえばペンネームかな。僕の知っている橋場氏はスナックのマスターで、芝居をやったこともあったけどそれは趣味の程度で、それ以前は旅行家っていうのかな、トラベル・ライターとしてもけっこうあちこちに書いたりしていたらしいんだ」

「ずいぶんいろんなことをしてた人なんだねえ」

蒼は首をひねる。

「どういう人なのか、てんでイメージが湧かないや」

「そうだな」

なにか苦笑するようにつぶやいて、京介はそのまま口をつぐんでしまう。だがそんなところで、話を止められてしまってはしょうがない。

「その人のやってたスナックが、大学のすぐ近所にあったんでしょ？」

「ああ。文学部キャンパスの向かいの八幡神社の下さ。スナックっていっても昼は軽食も出す喫茶店でね、よく高校をさぼってコーヒー一杯で本を読んでた」

「それが一九八四年？」

「八四年の、五月あたりからかな」

「十年前か。京介がぼくの歳だよねえ」

その頃はいったいどんな顔をしていたんだろうと、蒼は足を止めて彼を振り返る。

「そこで狩野さんたちと知り合ったんだ」

「そういうことだ」

どちらにしてもあまり進んで、しゃべりたいことではないのかもしれない。すぐとぎれてしまう京介の話を、聞き出し聞き出ししてようやく蒼にも飲みこめたところは——

橋場亜希人はその学生時代、まだ海外を自由旅行する日本人などあまりいなかった一九六〇年代の半ばに、数年をかけて世界を回るような旅をした。バックパック一つでシベリア回りでヨーロッパに入り、ロンドンから一度アメリカに渡って南に下り、今度は大西洋を北アフリカに渡ってアフリカ大陸を南下する。さらに戻って南ヨーロッパから中東、そして東アジアへ。働けるところでは働いて、ぎりぎりの金でする旅だった。

帰国後、その体験を綴った旅行記や若者向けの自由旅行ガイドなどが二、三出版された。現在のように旅行情報の豊富な時代ではなかったので、ほとんど宣伝もされなかったが、橋場のガイドブックはよく売れた。一般的な有名人というのではなかったが、当時世界を旅する日本人たちの中で彼の名前は、一種伝説的な響きさえ帯びていたほどだった。

その彼がどういう経緯でW大学前のスナックのオーナーとなったのか、詳しい事情は京介も知らない。個人的な過去を語ることは、あまり好まない人間だったようだ。一時期旅行会社で働いて、営業や添乗員をしたこともあったが、勤めは性格に合わなかったともらしたのを聞いた覚えはある。

スナックの名前は『シャクティ』といった。特にインドらしい飾り付けもない店にそんな名前のついているのが不思議で、カウンターの向こうにいたマスターに話しかけた、それが彼と知り合うきっかけだったのだと記憶している。

そのとき彼の隣でコーヒーを入れていた、エキゾチックでボーイッシュな細身の女性——と京介が思ったのが狩野都だった。

「なんだっけ、シャクティって。インドの神様の名前？」

「まあ、そういっても間違いではないな」

「ちゃんと説明してよ」

「シャクティというのは特定の神名ではなくて、女神が体現する活動力を指し示すことばなんだ。世界はすべてシャクティによって機能し、活動する」

「じゃあヒンドゥー教では、女神の方が男の神よりえらいの？」

聞き返した蒼に、

「いや。最高神は常にシヴァ、もしくはヴィシュヌ、どちらも男神さ。シヴァの妃はウマーまたはパールヴァティー、ヴィシュヌの妃はラクシュミー、それぞれ男女一対で静と動、完璧な神性の顕現とみなされる。

ヒンドゥーは多神教ではあるが、多くの神々を最高神の化身ないしは顕現として体系化する傾向があるからね、すべての女神は元は一つ、根源としてのシャクティの顕現だということも可能だし、男女一対の神も結局一柱の神であると考えてもいいんだ。一神教と多神教といっても単純に二分法で考えるのじゃなくて、イスラムのような純正の一神教と古代オリエントの宗教みたいなはっきりした多神教を両極に置けば、ヒンドゥーはその中間に位置させるべきなんだろうな」

「なにそれ」

蒼はぷっと頰をふくらませた。まったく京介ときたら、どうしてこう関係ない話になると急に口数が多くなるんだ。

「そんなこといわれても、ぜーんぜんわかんないよ」

「当然だろう。宗教は理解するものじゃなく信ずるものだからな。きちんと知りたいなら人に説明なんかさせずに、自分で本をお読み」

「いいけどさ、橋場さんの話はどうなったの?」

「もうそれほどする話もないよ。確かそうしてカウンター越しにインド神話のことをしゃべった後で、今度芝居をやるから見にこないかって誘われたんだと思う」

場所は近くの小さなジャズ喫茶を借りて、日曜日の昼夜二回。演目はシェークスピアの『ハムレット』。ところがその役者たちがインド風の衣裳をつけて演ずる、というのが橋場の考えた趣向だった。

「女性は色あざやかなサリー、男も大衆宗教画みたいな赤や緑の腰布にきんきらの飾りをつけてね。クライマックスの決闘シーンは、右手に湾刀、左手には大きな棍棒を振り回すんだ。奇を衒《てら》ったといえばそれまでだが、舞台効果としてはなかなかおもしろかったよ。デンマークの宮廷劇が『ラーマーヤナ』みたいに見えたな」

「それに狩野さんも出てたの？」

「ああ。ガートルードをやってた。他の役者はみんな『シャクティ』の常連のW大生でいわば素人だから、カリひとりがすごく目立っていた。妖艶な、女そのものって感じでね」

深春がいっていた女優狩野都とは、ずいぶん違うなと蒼は思う。それはやはり役柄のせいなのだろうか。

「そのときの打ち上げで、誘われて僕もついていったんだが、インド旅行の話が出たんだ。橋場氏は確か最初は、あんまり乗り気じゃなかったと思う。だけど学生たちの方ですっかり乗ってしまって、ぜひってことになって、それじゃあ向こうの知り合いと連絡を取ってみようか、ホテルより安く泊まれるところが見つかるかもしれない。その晩の内に話はそこまで進んでしまった。あの後は『シャクティ』に行くといつもその話題で持ちきりでね、芝居そっちのけでインドの勉強会みたいなことを夏中続けていたのじゃなかったかな」

「結局何人行ったの？」

「橋場氏とカリを含めて七人だったと思う」

「その五人がこれから来るんだね、ここへ」

「来るんだろうな」

なげやりとも響くような口調で、桜井京介は答えた。でもほんとうにその中に橋場亜希人を殺した者がいるとしたら、呼ばれてノコノコこんなところまで来るかしら。来なければ疑われるとしても、ぼくだったらどんな口実を作っても逃げてしまう。しかし都はそれについては、少しも心配していないようだった。

それで容疑者はそろうとして、でも事件は十年前に起こって、すべてはとっくに片付けられてしまっている。死体もなければ、現場の保存もくそもない。証言が食い違ったとしても、忘れてしまった、記憶違いだったといわれてしまえばそれまでだ。いまさら京介がつつき回してみたところで、どんな成算があるとも思えない。

「他のメンバーは全部W大の学生で、でも狩野さんはそうじゃなかったんでしょ？」

「ああ」

「彼女は橋場さんの恋人だったんだ」

「だと思う」

「なんでそれまでいた劇団を止めたんだろう。なにかトラブルでもあったのかな」

「――」

京介が立ち止まっている。右手で前髪を掻き上げて、じっと前方を注視している。その向こうにあるのは恒河館。一階のヴェランダで黒い人影が動いている。銀色の食器が昼の光を反射してきらりとひかった。都の息子であるインド人青年が昼食の支度をしてくれているのだろう。

振り返って、戻ろうか、といいかけて蒼は声を飲みこんだ。向こうを見ている京介の横顔が、なんだかすごく恐く見えたのだ。

「——どうか、した？」

やっとかけた声に、彼はゆっくりと顔を戻す。

「いや、なんでもない」

けれどその返事は、どこか別の場所にいるもののようにしか聞こえなかった。

3

恒河館に戻ると今朝と同じ外のテーブルに、皿とフォーク、新しいグラスがきちんとセットされている。立食パーティで見るような、下にアルコール・ランプをつけて保温しておく容器があって、蓋を取ると山菜のスパゲティーが湯気を上げる。飲み物は発泡性のミネラル・ウォーター。だがナンディのいる気配はどこにもない。

避けられてるみたいだな、と蒼は思う。料理は熱々で水は冷たい。ふたりが戻ってくる寸前に出して、さっと隠れてしまった感じなのだ。なぜだろう。ぼくたちが気に入らないのかしら。まさか女の子でもあるまいし、お風呂に入っているところをいきなり見られたから、なんてわけもないよな。

(とするとやっぱり……)

左手のことを気にしているのだろうか。話してみたい気持ちは強かったが、無理に追いかけたりするのはかえって良くないだろう。待つしかないか。まだ時間はあるわけだし。

「少し昼寝するかな……」

京介がつぶやく。サングラスを外したまぶたを、こぶしでごしごしこすっている。

「待ってよ、さっきの話まだ終ってないじゃない」

「そうだっけ——」

「例のインド旅行さ、いつ出かけていつ帰ってきたの？　帰ってきてから京介は、他の人たちと会ったりしたわけ？」

「出たのは確か九月の末で、デリーからヴァラナシに入って、そこで一週間くらい橋場氏の知り合いの家に滞在していたんだと思うよ。彼が亡くなったのは、いやその遺体が見つかったのは、十月十日の朝だった。そして一行は十四日に日本に帰ってきた、彼の遺骨といっしょに」

「そんなに早く？」

蒼は思わず大声で聞き返す。

「だって、殺人事件だったんでしょ？」

そうでなければ昨夜の、都のことばは理解できない。

「当時僕が聞かされたのは、橋場氏が急病死したということだけだった」

ぼんやりとした口調で、桜井京介はことばを継ぐ。

「マスターが死んで『シャクティ』は閉店してしまったから、そのまま他の連中と会う機会もなかった。橋場氏の病死というのも、噂のように耳にしただけでね。連絡先はわかっていたんだから、別に誰にでも電話して聞けばよかったんだろうが、それもなんとなくする気になれなかった……」

結局京介が関係者に会ったのは、同じ年の十二月。またインドに行くという狩野都から電話をもらって、成田まで会いに行った。他のメンバーもいるのかと思ったが、見送りに来たのは京介ひとり。そこで初めて聞かされたのだった。橋場の死は病死ではない、あれは他殺だった。それもそのとき同じ家にいた、誰かのしたこととしか思えない状況だったのだと。

「でも、インドには警察ってないの？」

京介は、まさかね、とでもいうように苦笑をもらす。

「詳しいことまで聞くほどの時間もなかったんだ。それきり都は日本に戻らなかったし、他の連中と顔を合せることもなかった——」

やっぱり十五歳の桜井京介は、狩野都に恋していたのだろうと蒼は思った。だからこそもう日本に戻らないといったその人に、自分にできることがあればなんでもすると約束したのだ。他に差し出すべきなにも、彼は持っていなかっただろうから。

それきり。

そして十年。

消えたはずの初恋は戻ってきた。美しかった思い出の人は、変わり果てた老婆の顔をして。そして彼に約束を果たしてくれと迫る。十年前に殺された恋人の、死の真相を明らかにしてくれと。

(それってちょっと、辛すぎるよね……)

だれが悪いというわけではなくとも、少なくとも京介にとっては。

「ねえ、京介——」

ところが目を上げてみると悩める美青年は、いまにも椅子からずり落ちそうな格好でぐっすりと眠りこんでいるのだった。

こうなってしまうと当面京介は死体と同じだ。起こそうなんて無益な努力は止めにして、ひとりで暇潰しの種を探さなければならない。

裏に回って露天風呂に行く坂道を下ってみる。渓流の幅は二メートルくらいだが、水量は豊富で流れも速い。上流を見ても下流を見ても、両岸から崖状に岩が張り出している。ただ逆Sの字に湾曲した川筋の、上流側の出っ張りの下にコンクリートの湯船が作られていて、その下流に大小の石が重なる小さな河原がある。

湯船の正面に当たる川の中央には、高さ二メートル余りの大岩が突き出ていた。そして絶えず流れに洗われてはいるものの大きさも頃合の石が、湯船の縁から大岩に向かって並んでいる。蒼はスニーカーを脱いで、ジーンズを膝までまくり上げた。はだしになってしまえば、濡れた石でもすべる心配はない。大岩にも階段状の刻みがあって、簡単にその上に立つことができた。

目を上げれば恒河館の裏壁と窓。その下には露天風呂の緑色っぽく濁った湯と、浅瀬を勢いよく流れていく透明な川の水。

だが後ろを振り返ると、

（うわッ……）

対岸の崖と大岩の間で、川は急に深くなっているらしい。一メートル以上の落差を流れ下りながら、ちょっとした滝壺のように水は飛沫を上げていた。こちら側に足をすべらしでもしたら、けっこう危ないかもしれない。

河原に戻って石拾いをして、それも飽きたからえいやっと裸になって風呂に飛びこんで、またすぐ退屈になって建物の中に戻る。温泉は嫌いではないが、五分も浸かっていればもう充分だ。指がふやけるほど入っている気にはとてもなれない。

後は仕方ない。せっかくの『貴重な文化財』を、昨日は暗くてちゃんと見られなかった分、せいぜい見物でもさせてもらうとしよう。

近代建築史が専門の京介にくっついているおかげで、蒼も門前の小僧、ほんの端っこをかじった程度には、建築に対する知識も興味もある。うろ覚えの断片的な知識なぞ、知識の内には入らないというのが常日頃から京介の冷やかな断定だが、尋ねたくとも当の先生はお休み中だ。ヴェランダの椅子から消えていたので起きたのかと思ったら、食堂のソファでしっかり眠っていた。

よく見ていくと恒河館は、西欧の古典様式とインド風の奇妙な混交だった。その西欧風もポタージュに味噌を混ぜたみたいに少し和風がかっていて、インド風といっても妙に見覚えがあると思ったら、前に写真で見た鹿鳴館のヴェランダの柱と、そっくり同じデザインがあったりする。田舎の大工が見よう見真似でした仕事なのかもしれない。

もう疾うに二時は回ったのに、都が戻った様子はない。買物といってもここまで車がつけられないのでは、ずいぶん大変だろうに。なんとなく気分が落ち着かなくて、持ってきた本を読む気にもならない。バッグの中をごそごそかき回していたら、入れた覚えのない小さな巻尺が出てきた。五月に伊豆に行ったとき放りこんでいったのが、そのままになっていたらしい。

昨夜の様子だと京介は今回、建築探偵ならぬ普通の、人間相手の探偵業に精を出すことになるらしい。そうはいってもこれだけの明治建築を前にしてなにもしないのでは、近代建築史研究者の名がすたるというものだろう。もしかすると調査したいのにできない欲求不満で、あんなに不機嫌な顔になっているのかもしれない。

よしっ、と蒼は立ち上がる。ここはひとつ彼に恩を売ってやろう。せっかく巻尺が出てきたのだから、後で図面作りの足しになるくらい、あちこちの寸法を計っておいてやるのだ。きちんとした建築の調査に使うのは三十メートル尺といったかなり大きなもので、こんな二メートル尺では精度なぞ望むべくもないが、そこはないよりましということで我慢してもらう。

いちいちメモを取るのもめんどうだから、寸法はそのまま暗記してしまおう。視覚的な記憶力に関しては人並外れた蒼だ。巻尺の数字を場所といっしょに覚えておけばよいのだ。その気になればカメラ同様、目の前の映像を頭に焼きつけることができる。カメラと違ってその映像を、元のままアウト・プットできないのが難点だが。

あんまり長いところは大変だから止めておいて、暖炉の内外、イスラム・アーチを浮き彫りにした廊下の腰板、床を張った寄木のパターンなどを計ってみる。

(なあんだ。こんな割り切りのいい数字なら、覚えるのも簡単だ)

フランス窓から二階のヴェランダに出た。時刻は四時を回って、今日もそろそろ黄昏になろうとしている。恒河館前の草地、それを囲む雑木林、その外側のゆるい山並。見渡す限り動くものは一つもない。

(ついでだ、このヴェランダくらい計っておいてやろうかな。ええと、まず奥行。それから柱の円周と、柱と柱の間、手すりの高さ……)

二メートルあれば軒から手すりまでの柱の寸法もなんとか計れるだろう。もっともほんとうはひとりが上で押さえていて、もうひとりが下で目盛を読むとならなければうまくないのだが、そこは適当だ。閉所は大の苦手だが高所は得意。身軽く手すりに飛び乗って巻尺を垂らした蒼だが、いきなり、

「ちょっとあなた!」

大声で下からどなりつけられるとは思わなかった。

「なにそんなところで遊んでいるのよ。お客が荷物かついで苦労して来てるのよ、さっさと出迎えて手伝うくらいしたらどうなの!」

(お客う……?)

首を伸ばすとソバージュヘアを振り立てた派手な化粧の女が、恒河館の前につっ立ち、両手を腰に当ててこちらを睨み付けている。

「さっさと下りてらっしゃいってば。それにしてもいったい都はどこにいるの？　十年間音沙汰なしで、いきなり人をこんな山の中に呼びつけたと思ったら、車が前まで入れないから歩けですって。冗談じゃないわよ、ほんとに！」

　そのいつとぎれるともしれないヒステリックな叫びを、

「お久しぶり、吉村祥子《よしむらしょうこ》さん」

　京介の声がさえぎった。彼女の視線が蒼からは見えない下のヴェランダを向き、一度閉じた口がぽかんと開く。

「誰、あなた……」

「僕がわかりませんか？　なにせ十年ぶりですからね」

「もしかして、桜井君？　あの、高校生だった？」

「ええ」

「いやだ、全然わからなかったわあ——」

　吉村祥子は急に顔を赤らめて、恥らうように体をねじった。

十年目の再会

1

『お客』とは自分のことを指してのことばに違いなかったが少なくとも、京介に吉村祥子と呼ばれたその女当人が『荷物かついで苦労して』いるわけではまったくなかった。彼女の肩にかかっているのは文庫本一冊入れるのがせいぜいといった大きさの、ショルダーバッグひとつにすぎない。

しかしその背後に視線を巡らせれば、敢えて尋ねるまでもなく事情は知れる。後ろの林から前後して現われて、いまこちらに向かっている三人の男。そのひとりが下げている馬鹿でかいローズピンクのサムソナイトが、彼女の持ち物に違いないと蒼は思った。

階段を下りていくと外のヴェランダで、桜井京介が客たちを出迎えているらしい。蒼は玄関から外に出ることはしないで、足音を忍ばせて食堂に入った。到着した『容疑者』たちの顔を、取り敢えず邪魔の入らないところから観察してやりたいと思ったのだ。カーテンの開いたフランス窓に身を寄せると、外の様子はすっかり見えるし声も聞こえる。椅子は二脚しかないのでそのひとつに女が座って、残りの男たちは彼女を取り囲む格好だった。

「それにしても、こんなところで君に会うとは思わなかったなあ」

京介と同じくらい上背のある男が、妙に芝居がかった口調で声を張り上げる。こんな山の中にはおよそそぐわないブラック・ヴェルヴェットのスーツ。あざやかなルビー色のネクタイを締めて、長めの前髪を額に流している。顔立ちは充分ハンサムの部類だが、どこか崩れた雰囲気もあって蒼はあまり好意を持てない。

「山越え谷越え来てみれば、十年前詰襟の高校生だった桜井君が、こんな人里離れた西洋館のヴェランダに涼しい顔で立ってるんだからな。いったいどうなってるんだい、としかいいようがないよ。これも我らがヒロインの、意外性の演出ってわけかい？」

「僕だって驚いてますよ、那羅《なら》さん——」

「おっと待った、そいつあどうかな」

答えようとした京介をさえぎって、脇から口を入れたのは遠目にもやけに四角い体つきの男だ。背も高ければ横幅も広い。体も大きいが声も大きい。ボディービルでもやっているのか、服の上からでも肩筋の盛り上がりがはっきりとわかる。自分の荷物らしいデイパックを右肩に、左手で大きなスーツケースを軽々と運んできたのはこの男だった。

「おまえさんはお客どころか、俺らを招いた側なのじゃないか？　これはただのホテル・オープニング・パーティなんかじゃない、狩野都嬢との結婚披露宴てわけだ。どうだい、図星だろう」

「ええっ？」

大声を上げたのは祥子だった。派手なアイ・メイクに彩られた目が、まん丸く見張られて京介を見上げる。

「ちょっと、それほんと？」

「まさか、とんでもない」

「そうよねえ、ああ驚いた」

胸をなで下ろす仕草がいかにも大げさだった。

「考えすぎですよ、多聞《たもん》さん。僕はただの客です、たまたま皆さんより一日早く着いただけのね」

「へえ、たまたまね」

「ええ、たまたま」

まだ疑わしげな相手をさらりとかわして、黙っているもうひとりの男に声をかける。

「山置《やまおき》さんもお久しぶりです、お変わりなく」

こちらはいやに暗い感じの男だった。体つきも痩せて貧弱なら、顔もげっそりと頬がこけ落ちている。耳が隠れるくらい伸びた髪を七三に分けていて、その髪がやけに嵩高《かさ》いためによけい顔が小さく見えるのだ。

「お変わりなく、か。その通りだよ。三十過ぎても代わり映えしない万年助手でね」

顔つきにふさわしい陰気臭い声音でぼそぼそといいかける山置を、多聞の大声がさえぎってしまう。

「そういやあ、サルのやつまだ着いてないの？」

「サル――、猿渡《さるわたり》さん？」

「そう、あいつ。さっき道の行き止まりのところにつっこんであったジムニー、あの野郎のじゃないかと思ったんだよね」

「ああ、あのボロ車？　でもあんた、よく知ってるわねえ」

遠慮ない口調で祥子が尋ねるのに、

「二、三年前あいつ、俺んとこでチケット買ったことがあるんだよ。さんざ見積書や領収書や、それもノーマル料金のと実際のといろいろ作らせたあげく、受け取りに来る暇もないほど忙しいってんでわざわざ届けにいってやったのさ。道端に止めたあの車の中までな。そしたら引き換えに金払う段になってまた値切ったりしやがったから、もうごめんだっていってやったんだ。だいたいその車でなにやってたと思う？　某テレビタレントのマンションの前で、二十四時間の張りこみだとさ」

「ええ？　あいつ、カメラマンでもやってるの？」

「兼フリーライターだと。週刊誌に売りこむネタでもあさってたんだろう」

「それが三十過ぎた男のやること？　くっだらないわねえ」

「はは。――そら、噂をすればってやつだぜ」

那羅が軽く笑って指さすところへ、

「やあやあやあ、どうも皆さん、お久しゅうござんす」

やけに調子のいい声とともに、軽い足音がヴェランダの床を鳴らした。

「これは吉村嬢、お変わりもなく美しい。おおっ、那羅さん、三十過ぎても男前。アルマーニですか、決めてますねえ。多聞氏はまた筋骨隆々、トライアスロンでもやってんの？　よっ、山置さん、歩く知性。――ええっとそちらは、え？　桜井京介？　あの高校生！　や、驚いた！　こいつはほんとにびっくり！」

太鼓持ちでもあるまいに、やたらと騒がしい男だ。

「うるさいわねえ、ほんとにあんたは。車降りてからどこでふらふらしてたのよ。私たち、あんたの後に着いて先にここまで来たわよ」

「やー、そうだったの？　実をいいますとね、途中で道を間違えたらしいのよ――」

そっと腕を触られて、蒼はびくっとなって振り返った。立っていたのは都だった。

「ごめんなさい、驚かせて。少し手伝ってもらっていいかしら」

声をひそめてほとんどささやくようにいう。

「あ、はい」

後についていきながら蒼は尋ねた。

「いつ戻っていらしたんですか？」

「さっきよ。ナンディに荷物を運んでもらっていたのだけれど、あの子が急にちょっと具合が悪くなってしまったものだから」

「え——」

「少し熱があるようなの」

「病気なんですか？」

「風邪だと思うわ、ただの」

つぶやいた口調に力がない。客たちを迎えるためなのだろう。今日の都はあざやかな銀と藤色のサリーに身を包み、髪と首には銀のヴェールをまとって、化粧も前夜より濃く念入りにしている。だがその横顔は昨夜より、さらに疲れてやつれているように見えた。

その上ナンディまで具合が悪いというのでは、蒼も心配せずにはいられない。ただの風邪といってもこんな山の中で、急に具合が悪くなりでもしたら大変だ。電話で救急車を呼ぶわけにもいかない。都自身さえ、相当な病気を抱えているとしか思えないのに。

「薬あります？　あんまり良くないようなら、夜になる前に医者に連れていくとかした方がいいんじゃ――」

しかし都は前を向いたままかぶりを振った。

「大丈夫、いままでの疲れが出たのだと思うわ。やっぱりインドと日本では、環境が違いすぎるのでしょうね」

「荷物運びくらい、いってくれればぼくがしたのに」

すぐ近くで具合の悪いまま働いている人がいたのに、自分は暇を持て余して遊んでいたなんて、知らなかったとはいえなんとも申し訳ない気がする。

配膳室には紅茶の用意がされていた。都を助けて蒼は昨日も使ったワゴンに、茶器やスプーンを揃えて手際よく載せていく。

「なんでも遠慮なくいって下さい。ぼく、こういうの慣れてるから」

「――ありがとう。さっそく甘えるようで悪いのだけど、今夜のディナーのときも少しだけ手伝ってもらっていいかしら」

「はい、もちろん」

「助かるわ、とっても」

都は蒼が照れるくらい、深々と頭を下げた。

2

都の用意した晩餐《ばんさん》は、ビュッフェ・スタイルのインド料理だった。暖かいもののためには例の、底にアルコール・ランプを置く式の食器があったので、蒼が手伝うといってもそれは最初だけ。都が厨房からワゴンに載せてきた料理の大皿をテーブルに置き、取り分け用の小皿やフォーク、グラスの類を並べるだけで済んだ。

スパイス入りのヨーグルトに漬けこんで焼いたタンドリー・チキン、鶏の挽き肉にパン粉をつけて揚げたインド風チキンカツ、ラム肉とカシュー・ナッツのピラフ、ココナツミルクで煮たマイルドな海老カレー、粗刻みのナッツが香ばしいインドパン、じゃがいものマッシュをパン生地で包んで揚げたサモサ、プレーン・ヨーグルトとミントであえた野菜サラダ、揚げたチーズ・ボールをシロップに漬けた甘いデザート。

銀色の大皿やきらきらひかるガラス器に盛りつけも美しくよそわれた料理が、大テーブルいっぱいに並んで照明を浴びる。昨夜は妙に薄暗かった部屋も、今夜は普通に明るく電気が点けられていた。

新館の客室に案内されて一息入れた客たちは、珍しい料理に興じ、食堂のインテリアの美しさを口々に誉めそやした。

六本木でレストランを経営しているという吉村祥子が、こんなおいしいインド料理は東京の有名店でも食べたことがないと断言し、洋酒の輸入会社に勤めている那羅延夫《のぶお》が、しかしインド料理は酒と合わないのが最大の難点だと嘆じた。ビールなら合うだろうと旅行代理店で働く多聞耕作《こうさく》が反論し、国立大学の助手をしている山置優《すぐる》がインド料理は水で食べるのが本式だといい返す。

狩野都は座の中心にゆったりと座って女主人らしく料理や飲み物を勧め、フリーライターの猿渡充《みつる》は道化よろしくいちいち人のせりふの揚足をとっては、騒がしくはしゃいでみせる。誰が見てもそれは久しぶりのクラス会のような、和気藹々《あいあい》とした、気の置けない友達同士の会食風景だった。

しかし——

蒼は例によって人の輪から少し離れたところで、顔を揃えた七人を観察する。桜井京介が常以上に口数少ないのは当然としても、他の五人の客たちも明らかに、装っているほど無邪気なわけではなかった。

さっき。狩野都が初めて一同の前に姿を現わしたとき、一同の中に走った驚きと意外の思いは、口に出していうことができないほど深刻なものだった。

昨夜はあれほど明かりを暗くして、変わってしまった容貌を京介の目から少しでも遠ざけようと努めるふうだった都も、今夜は心を決めてしまったのだろうか。サリーの下には手首まで届く長袖のものを纏《まと》い、頭から首を包むヴェールも離さぬものの、深い皺に刻まれた顔はもはや隠そうともしない。その代わりのように眉は濃く長く、目の縁や唇もあざやかに彩られていたが、その化粧も容貌の衰えを和らげることはできなかった。

よくおいで下さいました、という型どおりの挨拶に、誰もが一瞬怪訝な表情を浮かべた。そして次の瞬間ようやく気づいた。そこに立っているインド人の老女のような人物こそ、紛れもない狩野都なのだと。

祥子は音たてて息をひき、那羅はとっさにことばをなくし、多聞は大きな口を開けた。山置さえ小さな目を引き剝いて二の句が継げぬありさまで、猿渡だけが引き攣ったような笑い顔を浮かべていた。

無理もないことだろう。十年といえば決して短い年月ではないが、かつて自分たちと同年代であったはずの知人が、自分たちを遥かに越えて、老年としか思えないほどの変貌を遂げているのだ。

いったいこの十年で、狩野都の身になにが起こったのか。いや、そもそも都はこれまでどこで、なにをしていたのか。誰もが真っ先にそれを聞きたいはずなのに、聞けない。一つには、そのあまりの凄惨な変貌ぶりのために。

そして昨夜の京介のように率直に尋ねることができないとしたら、敢えてそれに触れないように、気づかないような顔でいるしかない。

そして一番気になること、驚いたこと、問い質したいことを避けて通る以上、賑やかに口にされるそれ以外の話題が、どこかしらじらしい響きを帯びるのはどうしようもないことだった。

だが彼らが避けている話題は、それだけではなかった。京介を除く六人が十年前最後に顔をそろえたのは、橋場亜希人が死んだあのインド旅行のときに違いない。そうでなくとも彼らを繋ぐ糸といえば、スナック『シャクティ』とそのマスター橋場亜希人以外にはないのだ。ところが申し合せたように誰ひとり、橋場の名に触れることもなければインド旅行の記憶を口にすることもない。

忘れているはずはなかった。食堂に足を踏み入れたとき、

「やだ。この部屋、なんだか思い出しちゃう……」

そう祥子がつぶやいたのを確かに聞いた。それが都のサリー姿を見、インド料理を口にしていながら、誰もなにもいおうとはしないのだから、事情を知っている蒼にしてみればこれほど不自然な話もなかった。

料理があらかた片付いたところで、都は小テーブルにかけておいたクロスを払う。

「那羅さんからお土産にすてきなワインをいただきましたの。さっきのお話ではないけれど、ビールや国産のロゼワインならともかくも、ボルドーのシャトー物をカレー料理で飲んでは罰があたると思って、お食後に残しておきました。コルクを抜いて立てて二時間は経ち

ましたから、そろそろ頂戴してもよろしいわね。チーズも少し用意してあります。素人料理のお口直しに、皆さんいかが？」

「よし、それじゃあこれはぼくがつがせてもらおう」

那羅が立ち上がった。

「グラスは一、二、三、四……八個だな。そっちの坊やも飲むだろう？」

「なにを持ってきたの？」

覗きこむ祥子に、手にしたボトルのラベルを隠して、

「いや、こいつは全然大したものじゃないんだ。他ならぬカリのパーティならロマネ・コンティくらい担いでこなけりゃいけないんだが、ほら、どうせ車で揺すってきて、その晩に飲むんじゃ味の方がどうしてもさ」

「だからなによ。ああら、ラトゥールの八四年。さては売れ残りね」

「ひでえなあ」

都の並べたグラスにボトルを傾けながら、那羅は顔をしかめた。

「そりゃあ八二年あたりと較べりゃあヴィンテージのレベルは少し下がるが、痩せても枯れてもシャトー・ラトゥールだぜ。メドックの一級シャトー元詰なら、十年が二十年でもまだ飲むには早いかってなもんじゃないか。十年で売れ残りなんていわれちゃあ、酒が瓶の中で泣いちまうよ」

やはり仕事柄なのだろう、那羅は急に饒舌になる。

「ろくに味もわからないくせに名前だけで名酒を買いあさる輩《やから》といえば、大昔はジョンブル、昔はヤンキー、いまやジャップさ。高くて名の売れたワインなら、飲み頃もなにもおかまいなし。ただしかじかの何年を飲みましたと、いいたいがために飲むんだ。そう、君の店にむらがるようなスノッブどもがね」

「ああらまあ、いまさらなにをおっしゃるのかしらね。これまでそういう店にさんざメドックの銘醸物でござい、トゥレ・トゥレ・ボンのグラン・クリュでござい、なんてめったやたら高い酒売りつけてもうけた会社の人が」

祥子は辛辣な口調で切り返す。

「パトロンなしに育つ文化はなしよ。ジャパン・マネーを吸い上げたおかげで、どうにか息を継いだ名門シャトーがなかったとはいわさないわ。それにおあいにくさまね。そんな結構なスノップなんて、この不景気で雲散霧消しちゃったわよ」

「不景気の風はいずこにも厳しい、か」

「ほんとうよ。——でも都、あなたは大したものね。明治の初めの建築ですって？　これだけの建物、修理費用だけでも相当かかったでしょ？」

ことのついでのようなさりげない口調。都も平然と微笑で答える。

「あなたこそ大したものだわ、吉村さん。こんな山の中のあばら屋と六本木のレストランじゃあ、とても較べものにならないじゃないの」

「それがいまや火の車なのよ。あなただって知ってるくせに」

「大変ね」

「ええ、大変だわ」

なごやかな雑談のように見えて、二人の交わす視線に冷たい火花が散る。

「まあ、飲もうや。乾杯ってことで」

「なにに乾杯するのよ」

取り持つようにいいながらグラスを配る那羅に、問い返す祥子の口調にはかなりとげがある。都の事業の成功を祝ってなどとは、お世辞にもいいたくないという顔だ。

「十年目の再会を祝して、じゃどう？」

都がゆったりと微笑んだ。

「そりゃいいや。ともかくも、一同無事で顔を合せたわけだしな」

なんのつもりか猿渡が、けたたましい笑い声を上げた。

「よし、十年目の再会を祝して！」

つきあいにグラスを掲げて、蒼も飲んだ。口元に上げただけでその芳香は、鼻に抜けるほど強く深い。黄色い電灯の光の中で初めて口にするシャトー・ラトゥールは不吉なまでに赤く、ぬとりとした感触を舌に残した。

3

食事の後の皿を片付け出しても、客たちは当然のように手伝うそぶりも見せない。蒼はさっさとワゴンを押して配膳室に入った。都がすぐ後についてくる。

「ここまででいいわ。ちょっと待っていて、いま氷と水を持ってくるから」

「ぼく、皿洗いしてもいいですよ」

昨日はナンディがするといっていたが、彼はまだ寝ているのだろうから。しかし都は首を振る。

「それはいいの」

「でも……」

「遠慮じゃないのよ、蒼君。あなたにも見ていて欲しいの、あの人たちのこと。きっと私が席を外したら、いままで口をつぐんでいたこともしゃべり出すと思うわ」

「十年前の、事件のことを?」

「ええ。それを聞いていて、そして私に後で教えて」

「そうか。あなたはそのために、京介や彼らを呼び集めたんですものね」

都はうなずいた。

「だけどあの中に犯人がいるんだとしたら、よく来たと思いませんか？　逃げ出しもしないで」

「それはそうよ。ずっと考えていたんだもの、どうやったらひとりも残さず集めることができるか」

ふっと都の口元が笑う。口の両脇に刻まれた皺が深くなる。凄惨な笑み。ことばを失った蒼を残して、ワゴンを押しながら都は出ていく。

(それじゃたぶんあなたはすべて計算済みなんだね、都さん)

その背中に向かって蒼はつぶやいた。

(京介があなたに恋していたこと。そのためにした約束を忘れてはいないだろうこと。彼ならあなたがどれほど変わっていても裏切るなんてできないこと。いまのあなたを見たら余計に、帰れといわれても帰らないだろうこと。それも、すべて……)

十年前に死んでしまった恋人のために。その解明と復讐のための場を築くことに十年という歳月は費やされたのだろうか、かつて持っていたはずの若さも美貌もすべて失ってしまうほどに。

都から渡されたアイス・バスケットとミネラル・ウォーターを盆に載せて蒼が食堂に戻ると、確かに座の雰囲気は僅かの間にがらりと変わっていた。

それまでのしらじらしい行儀の良さが薄らいで、その分砕けた親密さは増している。座の中央に高く足を組んだ祥子。到底客には見えない格好だ。その隣にいまにも揉み手でも始めそうな猿渡。フランス窓をすかせてたばこを吸いながら話している那羅と多聞。ちらりと聞こえた話では、多聞の家は古い質屋らしい。こんないかつい大男には、およそそぐわない職種だろう。

少し離れた椅子に山置と京介。こちらも家の仕事を話題にしている。大手のディスカウントがひどくてねなんていっているが、山置の実家は葬儀社なのだ。多聞とは逆に彼の陰気な顔つきと、似合いすぎているのがおかしい。あまり全員が顔をそろえて、一つのテーマで話すという感じではないようだ。

「おっ、氷がきた。それじゃウィスキーでも飲ませてもらうかな」

多聞が壁際のカップ・ボードを勝手に開けて、封も切っていないオールド・パーのボトルを摑み出す。

「ぼく、やりましょうか？」

「おっと、気が利くなあ」

別にボーイの真似が好きなわけではない。話の継ぎ穂が欲しかっただけだ。

「君、いくつだい」

「来月で十六です」

「へえ、それじゃ桜井君が俺らと知り合った頃と同い年ってわけだ。同じ年齢でもずいぶん違うもんだなあ」

「どんなだったんですか、京介は」

「無口、無愛想、傲岸不遜、傍若無人」

打てば響く口調でそういったのは、ロー・ソファに足を組んでいた祥子だった。

「顔はお人形さんみたいにきれいなくせに、それはそれは性格悪くてさ、手がつけらんなかったわよお。ほんとに」

「手をつけそこねてアッチッチ、てやつですな」

猿渡は小さな声でそれでも聞こえるようにつぶやいて、祥子がじろりと睨んだとたん大げさにソファを逃げ出す。

「おおっとっと、恐い恐い」

「君、桜井の助手だって？」

蒼の作った水割りを受け取りながら、今度は那羅が話しかけてくる。

「あいつまだ大学院生だろう。助手を使うような仕事なんてあるの？」

「雑用ですけどね。それにちゃんとバイト代はもらってますから」

「学校は？」

「ぼく、登校拒否なんです」

「へええ、十五歳にしてドロップ・アウトの青春てわけか。——おい、猿渡。おまえもタレントの不倫スキャンダルなんか追いかけてないで、そろそろ硬派のルポでもやったらどうだよ。沢木耕太郎みたいにさ」

「遠慮しときますよ。俺なんかいくら旅行したって『深夜特急』て柄じゃないし」

ソファから立ってひとりスツールに腰を落としていた彼が、首をすくめる。そこに今度は多聞の声が飛んだ。

「そうだ。確かおまえ、俺んとこで値切り倒してエジプト航空バンコク行きのチケット買ったときもさ、自分でそんなこといってたじゃないか。今度は社会派でいくんだなんて。あの後インドまで飛んだんだろう？　どんなネタ狙ってたんだ？」

「えっ、あ、あれ？　なんだったっけ。忘れちまったよ、もう」

猿渡は急に顔を赤くして、手にした水割りのコップを持ち上げる。

「忘れたっておまえ、たかだか二、三年前の話だろう？」

「それだけ経ちゃあ充分昔だよ。とにかくさ、俺もー嫌なの、あの国。暑いし、臭いし、泥棒多いし、いちいち値切らないとなんもできないし、料理はみんなカレーで、中華はまずくて、菓子は死ぬほど甘くて、酒は飲めないし、疲れちまったから」

「やっぱりアルコールがいいか？」

「そっ、酒が一番。それにさ、もういまどきインドったって貧乏旅行なんたって、珍しくもなんともないでしょ。ただ陸路で長い旅したことが飯の種になる時代でもないしねえ、——橋場さんみたいにさ」

夜も更けた恒河館の食堂を、沈黙の天使が通った。

ともかくもなごやかな雰囲気を保って続いていた会話が、ぴたりと跡切れたのだ。その名前、『橋場』が猿渡の口から出たとたんに。

「——あ、その橋場さんって、皆さんの知っていた有名人なんでしょ？」

蒼はすかさず底意のない口調で、誰へともなく問いかける。

「ぼく『深夜特急』はこないだ読んだけど、橋場さんの本は図書館にもなくて読めなかったんだ。どんなもの書いた人なんですか？」

ちらちらと視線が交差して、誰が口を切るか、声のないやりとりが交わされたようだった。那羅と多聞はお互いに押して押されてをやっているし、祥子は女の特権とばかりにとぼけたまばたきを繰り返し、当の猿渡は下を向いて酒をすすりこむ。京介はもとより知らぬ顔だ。結局根負けしたように山置が、ぼそぼそした口調で話し出す。

「有名人っていっても、ぼくらが知っている頃はもう、そうでもなかったんじゃないかな。七〇年代の後半あたり、まだイラン革命もソ連のアフガン侵攻も起こってないいわゆるヒッピー旅行者の黄金時代に、日本人旅行者の間でそれなりに名前を知られた人だったわけさ。

自分の足で集めた資料で『第三世界を旅する』っていう、徹底的に陸路と安い交通手段にこだわった若者向けのガイドブックを書いてね、いまと違って日本語で書かれたそういう本はまるでなかったからロングセラーになってたらしいよ。あと、タイトルはなんていったか、小田実の『何でも見てやろう』みたいな感じの旅行記があったかな」

「ふうん」

飽くまで無邪気な顔で蒼はうなずく。

「幾つくらいの歳の人でしたっけ」

「旅行してたのは二十代、かな。でもあのスナックを始めたのは、確か八〇年、三十五歳のときだって聞いたよ」

「じゃあ皆さんが知ってる頃は、もう旅行も止めて普通の人だったんだ」

「普通の人、ねえ」

多聞がこらえきれないというように、小さく吹き出した。

「そりゃあ背中に羽根が生えてもいなかったけど、普通というにはどっか違ったおっさんではあったよな」

「どんなふうに?」

「時代遅れのヒッピーなキリストみたいよ」

祥子が突然いう。

「八〇年代も半ば近いっていうのに長髪に口髭、でも顔はけっこう彫りの深い、インドの哲人て雰囲気でね、ときどきはすてきだったわよ、——ときどきは」

ふらっという感じでソファから立ち上がった。酒や氷を置いた小テーブルに歩み寄ると、

「ウィスキーちょうだい、私にも」

「酔ってるぞ、吉村」

那羅が冷やかな口調でいった。

「ええ、酔ってるわよ。酔わなきゃできるもんですか、こんな話」

「どうぞ」

蒼は彼女に水割りのグラスを持たせた。

「あら、ありがと」

口紅の剝げた口でにっと笑った祥子は、さっさとソファに戻るとその背に腰を落とす。短いスカートから突き出た脚をぐいっと組む。

「だいたいあたしはねえ、気に喰わなかったのよ。なあに、さっきからみんなてんですましちゃって、いいたいこともいわないでさ。なんで橋場さんの『は』の字も口にすまい、なんてするのッ。誰がそんなこと決めたのッ。あの人がいなけりゃあたしたち、そもそも知り合うこともなけりゃ、こうして再会することもなかったわけでしょ。なあにが『十年目の再会を祝して』よ。それをいうなら『橋場さんの十周忌に』じゃないよ」

がぶっと手にしたグラスをあおって、

「なによ、この薄い水割り」

今度は蒼を睨み付ける。

「でも酔い潰れたら、話もできないと思って」

「失礼ね、これっくらいで潰れるもんですかッ！」

大声を出した拍子にぐらりと体が傾きかかる。当然だろう。彼女は食事中から、シェリーにビール、ウォッカ、ロゼワインとすごい勢いで飲み続けたのだ。いくら強くとも利いてこないわけがない。

「おっと危ない」

多聞がすばやく太い腕を出したが、祥子はそれにぶつかる前に体を立て直した。顔に垂れかかった前髪の下から、酔いに据わった目が蒼を見つめている。

「教えてあげるわよ、かわいい坊や。あの頃あたしと都は橋場さんをはさんで三角関係してたの。どっちかっていえばあたしが彼に恋して、奪ってやろうとしてたの。それで他の男連中はどうだったかっていうと、ひとり残らず、桜井京介も含めてひとり残らずよ、狩野都にベタ惚れだったの」

「おい、吉村――」

「なによ」

口をはさもうとする那羅を睨んで黙らせて、そのまま祥子は男たちの顔を眺め回す。

「誰かなにか文句はある？　否定したい？　できないでしょ。だってその通りなんだもの。仕方ないわよね、確かにあの頃の都ときたら魅力的だった。女っていうより魔女よ、さもなけりゃ女神、ううん、むしろ天使。橋場さん自身がそういってたもの。

　あたしたちがやった芝居、ヒンドゥー版『ハムレット』。あれは那羅君、ハムレットやったあなたが主役じゃあないのよ。もちろんあたしのオフィーリアでも、山置君のホレーショでも、猿渡君のポローニアスでも、多聞君のレアティーズでも、そして橋場さんのクローディアスでもない。あれはカリのための芝居、彼女がやったガートルードのための芝居だった。忘れられないわね。あなたたちだって忘れてやしないでしょ。あれが演技力っていうのかしら。そうね。あたしたちは素人だけど、彼女は本物の女優だったものね。でも、それだけじゃあないわ。

　彼女は神がかりの巫子みたいに体に役を憑けてしまうの。前の劇団にいたときは、演出家の趣味だったんじゃない、中性的な少年みたいな役ばかり演じていたけど、あのガートルードはまるで別人だった。愚かで、血腥《ちなまぐさ》くって、淫蕩で、母でありながら無邪気な娼婦。貞淑な王妃と同時に孤閨《こけい》に耐えられぬ色情狂の大年増。体つきでいったらあたしの方がずっと女っぽかったのに、彼女と並ぶとほんとにただの小娘にしか見えなかった。あれは骨の髄まで女そのもののガートルードだったわ」

そこまでいって彼女は、ふっと口を閉ざす。

「おい、祥子――」

「それがなに、あれ。見て見ぬふりしてるのが、礼儀だってわけ？　むしろ友達がいに聞いてあげるべきだったのよ。どうして、――どうしてあんなふうになっちゃったのか」

喉につまっていたことばをやっと吐き出したとでもいうように、祥子は肩で荒く息する。

「病気なんだわ、きっと。痩せたなら癌かもしれないけど、彼女の場合逆に太ってるみたい。サリーとヴェールで隠してたけど、体の線は崩れてるし、ちらっと見えたわ、首にもすっかり肉がついちゃって、顎はひどい二重顎。ホルモンの異常かなにかね。ぐずぐずしてないで、すぐに医者に行くようにいわなけりゃ」

祥子はふたたび立ち上がると、よろめく足を踏み締めて歩き出そうとした。その腕を那羅が後ろから摑み止める。

「止せよ」

「どうして？　離してよ！」

「止めた方がいい。君の口からそんなことをいわれるなんて、彼女にはむしろ屈辱だ」

しかし祥子はきつくかぶりを振る。

「そんなはずないわ。もしそう思うならあたしたちの前に、出てくるはずがないでしょ。違う？」

4

凍りついた沈黙を破るように——

天井の照明が消えた。同時に軽い足拍子にも似た打楽器のリズムが聞こえてきた。柔らかな木の笛の旋律が、それと絡み合うように流れ出す。ヴェランダ寄りのソファに集まっていた客たちは、一斉にその聞こえてきた背後を振り返った。

食事の間は重たげなカーテンで覆われていた、渓流側の窓が現わされている。窓の鎧扉も開かれて、その窓の外に燭台でも置いているのだろう、青みを帯びたガラス窓が明るんで、その前に立つ人影を黒いシルエットに浮び上がらせている。食堂の一角を左右から垂れ布で仕切って、背後の窓を背景にした舞台のように使っているのだ。

踊っていた、その黒い影は。打楽器のリズムを体の動きに映して、ゆるゆると。明かりは窓の外にしかない。辛うじて踊りの動きを見て取れるというほどだ。

初め折っていた両の膝が、片方ずつカクカクと音立てるように伸び、ついで両の腕が上がって左右に伸びる。

波打つ蛇のような蠕動《ぜんどう》、しかしそれは関節の動きを際立たせるような、操りめいた動き方だ。糸操りのマリオネット、人形振りの踊りなのだ。

両足を小刻みに動かしながら回る。回りながら右腕が上がり、次いで左腕が。明るい窓の表に、横向きの影がくっきりと浮かぶ。

顔の前に差し上げられる左右の手。精巧な人形のように動く右手。その動きに引かれるように、少し遅れて左の手が動く。カクカクと、カクカクと。響く打楽器、うねる笛。高まり、低まり、いつ終るとも知れない音楽。

やがて始まったときのように唐突に、音楽はとぎれた。同時に窓を見せていたカーテンが落ちる。客たちはまだそのまま茫然と、闇の中に立ち尽くしている。

「カリ?……」

呆けたような声でそうつぶやいたのは誰だったか。

電気が点いた。壁際のスイッチのそばに立っていたのは、白い布ですっぽりと頭から全身を包んだ都だった。

「あー、嫌だわ。脅かさないでよ。心臓がひっくり返るかと思った!」

ようやく祥子が大声を上げる。

「踊り見せてくれるならくれるで、ちゃんとそういってくれればいいのに」

「ごめんなさい、そんなに驚いた?」

イスラムの女がまとうチャドルのように白布から顔だけを覗かせて、都は低く笑う。

「どうだったかしら、踊りの方は」

「すてきだったよ」

那羅がすばやく答えた。もう少し明るかったら良かったのに、といいかけたことばを蒼は飲みこんだ。やはり都はその崩れてしまった体の線を、影に紛らわせずにはおれなかったのだろうから。あれだけの踊りの技量なら体形など目に入らない、といってもそれは他人の感想でしかない。

「ありがとう。だったらデザート代わりに、もう少しおつきあいいただけない？」

「まだなにか趣向があるのかい？」

「ええ、この二階にね。それじゃどうぞ、皆さん」

亡霊めいた白い裳裾《もすそ》をひるがえして、都は廊下側のドアを開いた。

川を見下ろす部屋

1

八人の靴音がそれぞれに木の階段を鳴らす。明るい食堂から来ればなおさら暗く感じられる廊下を通って、白衣の都が一同を導いたのは、京介らが昨夜泊まったのとは廊下を挟んで反対側の客室だった。

都は固い音をたてて鍵を回し、扉を押し開く。床をこするぎっという音が耳に刺さった。明かりが点く。後に従っていた者たちは、まだ廊下に立っていた。次の瞬間、最後尾にいた蒼が聞いたのは、吉村祥子のきゃあッというかん高い悲鳴だった。

彼女はそのまま後退りに逃げ出そうとしているらしい。だがすぐ背後にいる男たちが邪魔で、動くに動けないのだ。激しいあえぎに重なるように、多聞の野太い声が聞こえる。

「おい、カリ。いくらなんでも悪趣味だぜ、こりゃあ」

しかしそれに答えた都の耳に、その抗議のことばは届いているのかどうか。

「ようこそ、皆様。橋場亜希人終焉《しゅうえん》の間へ」

立ちふさがる体の間に頭をつっこむようにして、蒼はようやく室内を見ることができた。反対側の客室とは違って、がらんとなんの家具もない剝き出しの部屋だ。広さだけは同じようだが壁も天井も、白い漆喰を塗っただけでなんの装飾もなく、寄木のはずの床にはなぜか灰色のビニールタイルが貼られている。

そして部屋のほぼ中央、狩野都の立っている脇の床の上に、奇妙なものがあった。古い籐の寝椅子らしい。ホテルのプールサイドに置かれているような、人ひとりが横になって頭から足先までを乗せられるかたちの椅子だ。その上に白い人の体のようなものが、頭を肘掛けからずり落ちるようにしてぐったりと横たわっている。

ずかずかと大股に部屋の中に入っていった多聞は、腕を伸ばしてその椅子の上のものを摑み上げた。戸口に固まっている者たちの方へ、それを差し上げて見せる。白いパジャマの上下と枕と筒に丸めたシーツでできた、服を着た人形《ひとがた》を。

「あんたいったいなんのつもりなんだ、こんなものを見せたりして」

睨《ね》め付《つ》ける大男の手から静かに人形を取り返し、都は低く笑う。

「なんのつもりって、だからちょっとした食後の余興よ」

「――狩野さん」

今度声を上げたのは山置だった。右手で戸框《とがまち》を摑んでいるが、中に踏みこもうとはしない。貧相な顔には怒りのためか血の色が上っている。

「意外だな。というより残念だ、ぼくは。他ならぬ君があの人の死を、こんなかたちでもてあそぼうとするなんて」

「それは違うわ、山置さん」

「だが君はたったいまいったじゃないか。余興だと」

「………」

「ぼくの専門分野は日本の近代文学だが、未だにインド哲学にはこだわり続けている。それは橋場氏がぼくに与えてくれた感化のおかげなんだ。ぼくがおよそ自分の柄でもない芝居に参加したりしたのも、誰でもない橋場氏の勧めだったからだ。彼とつきあうことができたのは一年足らずだったが、彼が与えてくれた多くのものを忘れたことはない。そしてぼくたちの中でぼく以上に彼の記憶を大切にしていたのは、君だとこれまでは信じていたのだけれどね」

彼のことばを黙って聞いていた都は、ひとつうなずいて語り出す。

「おっしゃることはよくわかるわ、山置さん。だったら一番最初にあなたの考えをお聞きしたいわね。十年前の十月十日の未明、ガンガを見下ろすヴァラナシのあの洋館の一室で、起こったことはなんだったのかしら。橋場亜希人はなぜ死ななければならなかったの。私が知りたいのはそれなの」

「じゃ、そのために？」

悲鳴のような声で祥子が叫んだ。

「そのためにあなたはあたしたちを、こんなところまで呼び出したの。あたしたちの中に橋場さんを殺した人間がいると思って、それで」

しかし都は祥子の方を、見ようとはしないでことばを続けた。

「みんなにはまず安心して欲しいわ。私はなにもいまさらその人を、司直に告発したいわけじゃない。ましてこの手で復讐したいわけでもない。あのとき彼を病死として葬ろうと動いたのは私もいっしょですもの。

でも、それをいまさらとはいわないで欲しいの。この姿を見ればおわかりでしょう。私の命はたぶん保ってあと一年。だからなの。いまはただ知りたいだけなの、ほんとうのことを。改めて保証します。これからここでどんなことばが語られようと、どんな事実があばかれようと、私はそれを外に持ち出すことも、それに基づいて誰かに危害を加えるようなこともありません。だからお願い。知っている人は話して、ほんとうのことを」

誰も答えなかった。動こうともしなかった。自分たちが招かれた真の理由を知らされた五人は戸口近くに固まったまま、目を伏せ口をつぐんで、石の像のように立ち尽くしていた。

中で一番先に動いたのは祥子だった。動いたというよりは体が痙攣するように震え、開いた扉にふらふらと倒れかかる。だがそばにいた京介が支えようと手を伸ばすと、彼女はその手を荒々しく振り払った。

「――それで、それでわかったわ！　なんであんたが桜井君までここに呼んだのか。彼はあたしたちを知ってる。でもインドには行かなかったから犯人のはずはない。それでなのね。彼にあたしたちを、犬みたいに探り回させるつもりだったのね。

おまけにこの家。どこからどこまでヴァラナシの、あのときの洋館を思い出させる家！　よくも日本でこんなもの見つけたものだわ。あと一年の命ですって？　そんなことで同情なんてするもんですか。なんて嫌な女なの、あんたは！」

それまで黙っていた那羅が、そっと彼女の肩を押さえるように手を置いた。

「君は病院に行くべきだ、カリ。体だけでなく心のね。いくら過去をほじくり返しても、死んだ人間は還らない。そんな不健全なゲームにつき合うつもりはぼくはないよ」

都は灼けつくような視線を彼に浴びせたが、なにもいおうとはしない。一人部屋の中に足を踏み入れていた多聞も、ゆっくりときびすを返す。

「すまないが俺も明日になったら帰らせてもらうよ、カリ。確かに橋場氏の死に方は奇妙だったが、俺はあれは結局事故だったんだろうと思っている。しかし君はどうやら、そんな結論で満足するつもりはないようだ。

君は冷静なつもりなのだろうが、俺にいわせれば到底普通だとは思えない。誰か生け贄《にえ》を祭り上げることなしには、君の強迫観念は満たされないだろう。そこまでつきあうつもりはないよ、残念だがね」

「同感だな」

山置がつぶやいて、上着のポケットに両手をつっこんだ。

「あのとき起こったことについては、ぼくにもひとつの考えがないじゃない。橋場氏の突然の死を悼《いた》んだのは、なにも君だけじゃないんだ。あのときも、そしていまもさ。だがいまこんな場所で、それを口にするつもりはないよ。多聞がいった通り、君が喜んで聞くとは思えないからね」

「そうよ。あんたおかしいわ、カリ」

高ぶった口調で祥子がいい出した。

「それとも――それともあんたまさか、またあのときと同じことをいうつもり？　あたしがうそをついているか、さもなければ」

「もう止せよ」

那羅が彼女の二の腕を摑んだ。

「明日帰るんだから、それでいいだろう」

「だって、あたしは」

その体を半ば引きずるようにして、那羅は歩き出す。山置と多聞が前後して続き、とうとうなにもいわなかった猿渡が最後までぐずぐずしていたが、それも置き去りにされるのが嫌だとでもいうように後について行ってしまう。残ったのは部屋の中の都、そして蒼と京介だけだった。

2

桜井京介という男は、情緒の面で相当の欠落があるのではないか。蒼は時折そう思わずにはいられない。このときも彼は五人が足音荒く階段を降りていくのを無表情に見送ると、残された部屋の中へ大股に歩み入った。そして歩幅で計るように歩きながら、立ち尽くしている都に平然とした声で尋ねる。

「この部屋は、橋場さんが亡くなった現場の部屋と同じ大きさ?」

「あ、——ええ。だいたいのところは」

「違いを教えて欲しい」

「違い……」

「じゃあひとつずついって下さい。壁は?」

「壁は、こういう白い漆喰塗りだったわ。もちろん本体は石で、漆喰の上にペンキが塗られていて、それもまだらに剝げたりはしていたけれど」

「床は」

「スライスした大理石のブロックを貼ってあったわ。でもそれがあちこち割れてなくなって、コンクリートで補修したりしてあった」

「当然、あんなものはなかった？」

暖炉を指さした京介にうなずいて、今度は都が右にある寝室へのドアを示す。

「あのドアもなかったわ」

「シャワールームも？」

「そう。ここと同じに」

蒼たちが入った左の客室では、浴室のドアがついている場所だが、都の視線が差したところには白い壁しか見えない。

「すると出入口は廊下からの、この一つだけだね」

「あとはヴェランダ。廊下のドアとヴェランダの位置関係はここと同じ」

京介はなんの緊張感もない歩き方で、今度はヴェランダに向かう。向こうの客室と同じ天井近くから床までのフランス窓。外は渓流に向かって突き出した、腰くらいの高さの手すりがあるヴェランダだ。京介の後を追ってきた都は、窓についた両開きのガラス戸を左右に開く。鉄棒を並べた細かい格子扉が、その外にある。

「ヴァラナシではこのガラス扉はなかったわ、格子扉だけ。でも指一本入らないでしょう？　そしてそれぞれかんぬきがかけてあった。これも同じよ」

「ヴェランダの広さは？」

「幅は同じほど。奥行はこの一・五倍くらいあったかしら。ああ。ただあそこのは建物の外に張り出しているのじゃなくて、部屋がその分ひっこんでいるっていうか」

「わかりますよ」

「手すりの高さは一メートルくらい、つまりこれと同じね。ここは鋳鉄の柵だけどあちらのは、風通しよく穴の開いた陶の煉瓦が積んであったはずだわ」

「するとこのヴェランダから、部屋に出入りしようと思えばできたんですね」

「格子扉はかんぬきがかかっていたわ」

「格子の隙から糸を使うくらいなんでもないでしょう」

「でも、それは無理よ」

　都はあっさりと首を振る。

「あの家は屋上のある二階建てで、大きなLの字形をしていたの。表に向いた本棟が太い横棒で、背後に伸びた細い縦棒が、半分くらいはガンガの水上に突き出ていた。部屋はその縦棒の先端にあったのよ。ヴェランダの前だけでなく、建物の左右も下は水。水面から測ればヴェランダまでは、たぶん五メートル以上あったわ」

「隣接する建物は？」

「いいえ。敷地だけはたっぷり広くて、高い石塀に囲まれていたから、両隣にも届きそうな位置に、窓やヴェランダはなかった」

「舟を浮かべてロープを垂らしたら？」

「帰りはいいかもしれないけど、行きは？　ロープの先に鉤をつけて投げる？　まるで忍者だわね」

「一番簡単な方法だと、橋場さん自身が引き入れたことになる」

「ヴェランダから縄を垂らして、ラプンツェル、ラプンツェル？――おもしろいわね、それは。でもナンセンスよ」

口元をゆがめるようにして、都は笑う。

「なんでそんなところから忍んで来なけりゃならないの。登ってる最中を外から見られたら、まるで泥棒じゃないの」

「もちろん目を盗むとしたら、それは外のじゃない、中の誰かのということになる」

「誰かのって、誰かしら」

「たとえば、君を気にしたとか？」

「私が彼の愛人だったから？　とんでもない」

都はまた笑う。聞く方が胸苦しくなるような、苦く乾いた笑いだ。

「あなただって知っているはずでしょう？　橋場は少なくともあのグループの中では、偉大なる導師でありカリスマだった。東京にいてさえそうだったのだもの、インドにいけばなおのことよ。私たちの誰が彼に逆らえた？　彼がなぜ私たちの目をはばからなけりゃならないの？」

「しかしその橋場氏を殺した人間がいる、とあなたは考えているわけだ」

都はそれには答えずヴェランダのそばを離れる。そして彼女はこの部屋で唯一の家具である籐椅子に腰を落とした。

「私疲れたわ。まだなにか聞きたいことがある？」

「あとひとつ、いやふたつ」

「どうぞ」

「その彫像はヴァラナシにもあったもの？」

京介が指さしたのはフランス窓の左右の足元に置かれた、二体の石製らしい黒い像だ。内一つはここへ来るときに、分かれ道で見たものとよく似ている。

「象頭のガネーシュとシヴァのリンガ。ええ、そうよ。あのとき部屋にあったのは橋場がヴァラナシのバザールで買ったもの。そこにあるのはだいたい同じものを、私が買って持ってきたの。それでいい？」

「すみません、もうひとつ。天井の様子はどう違う？」

都は頭を寝椅子の背に落としたまま、ぼんやりと上に目を上げた。

「高さは同じくらいかしら。電灯はでも壁灯じゃなくて、昔のシャンデリアが壊れたところに鎖で吊るしたガラスの笠があって」

「扇風機も？」

「ええ……」

「——下へ行こうか、蒼」

いきなり声をかけられて驚いた。京介はもう部屋を横切って、戸口まで戻ってきている。そのまま蒼の肩を押して、さっさと廊下へ出てしまう。白衣の都はねじった顔を椅子の背に伏せたまま、疲れきったように動こうともしない。いいの、あのままで？　蒼は京介を見上げたが、彼は視線を返そうともしなかった。

3

とっくに新館の寝室に引き上げただろうと思っていた五人は、そのまま食堂に残っていた。かぎなれない匂いの煙が、天井の高い部屋の中にたちこめている。さっきまでいたロー・ソファのそばの絨毯に車座に座って、背中を丸めるようにしてそろってタバコをふかしているのだ。

ひとりだけ離れてダイニング・テーブルの上に行儀悪く座っているのは猿渡で、こちらは生のウィスキーをついだグラスを脇に置いて、小型ラジオのイヤホンを耳に入れている。入ってきた京介を、祥子が目ざとく見つけて振り返った。

「ああら、京介君。どう、あなたも一服やらない?」

「結構」

嫌煙人間の京介は首を振る。そばに寄ろうともしない。逆に少し戻って廊下側のドアを透かす。

祥子はそれを追いかけるように、床から立ち上がる。片手に吸いかけのタバコ、片手にウィスキーのグラス。

「だったらそっちの坊やはどう? まだやったことないんでしょ?」

蒼が返事する前に、京介がぴしりといい返した。

「止めて下さい、吉村さん」

「なあによお、冷たいのねえ。あんたときたらあの頃から、そうやっていつも自分だけ別の空気吸ってるみたいな涼しい顔してさ。十年経ったってちっとも変わってないじゃない、人間丸くもならないし、ただの醜男にもならないしさあ。

ちょっとみんな知ってるう? あのミラーのグラサン取ると、彼ってすっごい美形なのよ。高校生のときよりきれいなの。あたし着いたときちらっと見ちゃったんだから。ああして隠してるのよ、ずるいんだからあ……」

相当酔っ払っているらしい。足取りはふらふらだし舌はもつれて、さっきのことも忘れてしまったようにけらけら笑っているのが不気味なほどだ。京介の胸にでもしなだれかかるのかと思ったが、幸い近くの椅子にペタンと腰を落としてしまう。

性差別をするつもりはないが、どうして女の酔っ払いというのは男のそれより見苦しく感じるのだろう、と蒼は思った。もちろんおっさんの泥酔が、好きだというわけでは毛頭ないのだが。

「ねえねえ桜井君、君が狩野さんの探偵役を引き受けたってのはほんとなわけ？」

例の馴れ馴れしい口調でいいながら、すり寄ってきたのは猿渡だ。

「ところは人里離れた山荘、過去の犯罪に告発者と容疑者、名探偵と助手。まるでミステリの古典だねえ。これが自分のことじゃなきゃあ、ちょっとぞくぞくする設定じゃない。ＴＶゲームの推理物みたいでさ」

「よせよ、ばかばかしい。それこそ死者に対する冒瀆じゃないか！」

「そうだ、その通り！」

こちらもすっかり酔ってしまったらしい多聞と山置が声を上げたが、猿渡はへっというようにすくめた肩のこちら側で舌を出す。

「よお、どうなんだよ。桜井氏」

「どっちにしても皆さんが明日帰ってしまわれるなら、探偵の仕事はおしまいというしかないですね」

「つまり猿渡の問いに対する答えはイエスなわけだ」

そういったのは那羅だ。彼もまたタバコを手にしたまま立ち上がる。京介はよほど煙が嫌なのか、透かしたドアの前から動こうとしない。

「それにしても君も物好きだな。いまさらそんな古い話をほじくり返してどうしようっていうんだ。よっぽどの謝礼でも約束してもらったのかい？」

彼も一段と酔いが回ったのか、目が座って少し語尾がもつれている。ずいぶん失礼なせりふだと蒼はむっとしたが、京介は気にしたふうもなく答える。

「約束なんですよ、昔の」

「へえ、約束ね」

「那羅さん。明日帰ってしまわれるならせめていまの内に、もう少し話しておいてくれませんか。橋場氏はああして部屋の真ん中に、寝椅子の上で死んでいたんですね。実際どんなふうに見えました？　死因はなんですか」

「死因っていわれても、ぼくらだって医者じゃないし」

「つまり検屍といったことは行われなかった？」

「そうさ。病死で済ませようということになって、橋場氏のインド人の知人も動いてくれて、ぼくが一番英語ができるからって交渉役をやらされたんだ」

「その知人というのは、どういう人だったんですか？」

「金持ちの商人だね。なんでも北タイで一財産築いて帰国したんだとか聞いたが、詳しいことはしらない。とにかく彼のいうままに、みんなの有り金はたいてワイロも払ったんだ。そうしないといつ日本に帰れるかわからないし、間違ってインドの留置場なんかに入れられたりしたら、日本人はとても耐えられないって——」

那羅は急に、なぜ自分ひとりが質問の矢面に立たされるのかと思ったらしかった。

「なあそうだろう、猿渡。多聞、山置、祥子も。みんなでそうしようってことになったんだ。いや、カリだってそれに賛成したんだ！」

彼の言い訳など耳に入っていないとでもいうように、重ねて京介は聞く。

「すると外傷はなかった？」

「あったよ」

しわがれた声で山置がささやいた。

「ちゃんとあった。みんな自分の目で見たさ。だって那羅、彼のシャツをめくり上げたのは、おまえだものなあ」

「止めて！」

祥子が金切り声を上げる。

「止めてよ、思い出させないで！」

しかし山置は陰気な声で続けた。

「胸全体が陥没してたんだ。まるでインドの神像が持ってる、大きな棍棒《こんぼう》で殴りつけられたみたいに。そうだ、はっきり覚えているよ。肋骨が折れて肺に刺さったのじゃないかな、胸に黄色く吐いたものが垂れてた」

「でも、部屋にはもちろん棍棒なんてありゃあしなかった。どんな凶器もありゃあしなかった。あんな明るいからっぽの部屋で、見落とすはずなんてないのに」

多聞が続け、次には那羅がヒステリックに笑い出す。

「どうだい、桜井探偵。山荘に集められた容疑者たちの過去の犯罪は、名探偵お得意の密室から消えた凶器と犯人だぜ。さあ、解いてもらおうじゃないか！」

「それじゃ、廊下側のドアにも中から鍵がかかってたっていうの？」

尋ねた蒼の足元に、いきなり空のグラスが飛んでくる。投げたのは祥子だった。吸いがらを床に捨てて立ち上がる。しかしその目は暗く、顔は死人のように青ざめている。

「止せよ、祥子。なにもいうことはない。鍵がかかっていたといっても同じことだ」

那羅のことばにかぶりを振った。

「いいえ、あたしいうわ。こうなったらすっかり聞かせてあげるわ。あの晩あたしたちはいつものように、屋上に集まって騒いでいたの。冷房もない部屋の中じゃ、寝たくとも眠れなかったからね。カセットをかけて歌ったり踊ったり。でも私は途中でさりげなく立ち上がった。階段を降りて二階のあの部屋へ行ったの。そうよ、橋場のところへね。さっきいったでしょう。あたしは彼に恋してたって。猛烈なアタックをかけて、落としたわ。できてたのよ、あたしたち。インドに来る少し前から。

ところが行ってみたらドアが開かないの。叩いて呼んでも返事がないの。あんまり大声出して屋上の連中や、下で寝てるインド人のコックたちに聞かれても嫌だったし。ぐずぐずしてる内になんか疲れて眠くなってきちゃって、酔ってたのよね、ドアに寄り掛かったまま眠っちゃったんだわ。それで、そのまま朝になって——」

「俺と那羅が祥子を見つけたんだ」

多聞が続けた。

「おい、馬鹿だな。なにやってんだよ、こんなとこでって揺り起こして、そしたらドアは普通に開いた。そして見たら寝椅子の上で、橋場さんが平たくなってた」

「そのドアってもしかして外開き？」

「そうだ」

「つまり吉村さんがドアの外に寝てたら、中から誰も出られたはずがない」

「そうよ。私自身のほかはね」

すっかり紅の落ちてしまった唇をゆがめて、彼女は吐き捨てた。

「もともとドアには鍵なんてかかってなかった。私があの人を殺して、凶器は川に捨てて、後はなにも知りませんって寝てたんだって、カリはずっとあたしのこと疑ってたんだわ。今度だって絶対、なにがなんでもあたしを犯人にするつもりなのよ。だから人の弱味につけこんで、あんなおいしそうなエサをちらつかせて、こんな山の中まで呼び寄せてさ。頭おかしいのよ、彼女は！」

部屋の中に落ちた気まずい沈黙を、ぶち破ったのは猿渡の大声だった。

「おい、ちょっと見ろよ、あれ！」

思わずみんなが振り返る。彼は渓流側の窓を開いている。どうどうという水音が響くばかりの、ほとんど真っ暗な窓の外に、遠く黄色い光の浮かんでいるのが見えた。懐中電灯、それとも露天風呂のところにあったランプだろうか。

京介が隣の窓を両手で押し開く。蒼もそこから頭を突き出す。椅子やカーペットに腰を落としていた他の連中も、酔っ払いにふさわしくのろのろと窓のそばまでやって来る。目を見張っている内にようやく、夜の暗さに慣れてきた。恒河館の真下にあるはずの露天風呂の湯船は、岩の突き出しに隠れて見えない。しかしその湯船の先端から川水に洗われる飛び石を伝っていける、川中の大岩は辛うじて見ることができる。いま黄色い光の揺れているのは、どうやらその岩の上なのだ。

「あれ、狩野さんだ。あんな危ない場所で、なにをやってるんだろう――」

猿渡がつぶやく。確かにそれは都らしかった。下からの光を受けて、白衣の裾が闇にぼおっと浮び上がる。なにかがきらりと光を反射した。なにか、金属製のものが？

「やべえ、ありゃナイフだ……」

猿渡のそういう声を聞いたとたん、考えるより早く蒼は窓から飛び出した。建物の裏と崖の間にはごくせまい土地しか残されていないことを、ちらりと思い出したが、ここまで来てしまったら戻るより行く方がましだ。

「みんなは玄関から回って。狩野さん、死ぬ気かもしれない！」

後ろに声を投げつけて、走る。今日の昼このあたりを歩き回ったときの記憶と、体の筋肉が無事にリンクしてくれるように祈るしかない。

大丈夫。ここはもう露天風呂へ下る坂の入り口だ。濡れていて少しすべるが、そんなことかまってはいられない。目隠しの岩の脇を抜けて、微かに白くただよう温泉の湯気。その向こう、蒼のいる地面よりはかなり高く感ずる岩の上に、ぽつんと黄色いランプの明かりが浮かぶ。

「都さん！」

蒼は叫んだ。

「都さん、早まったことしないで。ぼくだよ、蒼だよ！」

自殺しようとしている人間に、こんなふうに息せき切って呼びかけることは果たしてプラスなのかマイナスなのか。だが他にどうすればいいのかわからない。濡れた湯船の縁を走って、ほとんど肉眼では見えない川の中の飛び石を、それでも可能な限りの速さで渡った。ここまで来てしまうと岩の上の明かりは、もうほとんど見ることができない。

そのときだ。

「——蒼くん……」

闇の中から都の声が聞こえた。確かに聞き覚えのある、あのやわらかなささやきの声が。

「待って。まだ来ないで、お願い……」

水に洗われる石の上で危うく体を支えながら、蒼は大岩のいただきを仰ぐ。しかし都らしい姿はここからは見えない。

「あの人たちに伝えて。私が恨んでいるって。全身全霊をこめて恨んでいるって……」

都のささやきは川鳴りの激しさに、ともすれば呑まれて消えそうになる。低くかすれたその声は、もう死んでしまった者のつぶやきのようにさえ感じられた。

「都さん。でも死んだりしないよね。橋場さんを殺した犯人を見つけるまでは、絶対に死んだりしないよね」

「そうね……」

闇の中から都の声は低く笑った。

「私の体は死んでも、魂はどこにも行かない。ここにとどまり続けるわ。そしてあの人たちも、絶対に帰しはしない。そのために体を捨てるの。ただ死ぬのではないわ……」

「都さん、都さん！」

だが答える声の代わりに、蒼は頭の上で何かが壊れるカシャーンという音を聞いた。

（ランプが、割れた？……）

ついで聞こえたのは確かに鈍い水音だ。二メートルばかりの岩を夢中で攀《よ》じ登った蒼が見つけたのは、倒れて火屋の割れたランプ、そのこぼれた灯油の中でまだ燃えている灯芯。そして都がさっきまで纏《まと》っていた白いチャドルのような布が、その脇に皺になって落ちている。

わずかな明かりの中で蒼は、そこに散った赤い斑点を見た。匂いは血だった。そして都の姿はどこにもない。滝のような轟きを上げて落ちていく川瀬の水。都はここから飛び降りたのだろうか——

「おおい、どうしたあ。狩野さんは無事かあ？」

叫んでいる声は猿渡だろう。頭を上げると坂道を駆け足に下ってくる、ライトの輪はふたつきり。他の連中は酔って動けないのかもしれない。

（もし水に落ちたのだとしたら、近くの岩場にひっかかっている可能性もある）

蒼は大岩の上からすべり降りた。

「こっちはもういないんだ。探して、水の中!」

「ええっ、水の中あ?」

間抜けた声で繰り返す猿渡がもどかしい。京介はすぐ意味がわかったらしく、懐中電灯の光を川に向けている。しかし流れは速く水量は多い。河原は恒河館の下流側にすこしあるだけで、岸はまたすぐ崖になって曲っていってしまう。いくらライトで照らしてみても、都の存在を暗示するなにものも目には入らない。

「無理か、こいつは……」

猿渡の呟きに、京介も答えることばもなく岸に立ち尽くす。

だがそのとき蒼は、川音の中に別の物音を聞いた。それは水を踏む音、ゆっくりと水の中を歩いて近づいてくる音だ。京介も、そして猿渡もようやく気づいたのか、手にしたライトを音のする方に向けた。恒河館の下流、小さな小石の河原が終って、また川がカーブして見えなくなってしまう岩の鼻。そこを回って歩いてきた者。

それはほっそりと小柄な体躯の若者だった。濡れて頭のかたちなりに張り付いた波打つ黒髪。身を包む衣類もすべて黒い。浅黒い猛禽めいた顔から、白目のくっきりとしたふたつの瞳がこちらを凝視していた。

蒼の目の中でよみがえった小さな白黒写真の映像が、その上にぴたりと重なる。あれは白衣の巫子姿、これは黒衣の若者。反転する一枚のネガのように。

「だ、誰だい。あんた」

猿渡の震える声に、

「私の名前はナンディです」

蒼の記憶に残る、男にしてはやや高い声が答える。

「そこをどいて下さい。母を休ませたいのです」

「母——」

「カリノ・ミヤコは私の母です」

水から河原に上がった彼の全身が、ようやく光の輪の中に立ち現われる。その濡れて貼りついた黒いシャツの胸に、両腕で抱きかかえられたもの。頭からかぶった白いサリーが人形めいたかたちを見せている、それは確かに人の体だ。

「狩野さん、無事で……」

いいかけて蒼はことばを飲みこんだ。黒檀を刻んだような顔がゆっくりと左右に振られたのだ。

「その布を、返してもらえますか」

左手を突き出している。長袖のシャツから伸びた手首、白い包帯で包まれた手首の、その先はない。蒼が差し出した白布を彼は、腕に抱いたままの体に広げ、すっぽりと覆ってしまった。

「死顔はお見せしません。変わってしまった自分を彼女がどれほど悲しんでいたかは、よく知っていますから」

「うそ――」

悲鳴のような声が背後から聞こえた。

「カリ、死んじゃったの？　自殺したの？」

祥子だった。彼女のそばには他の三人の男たちも、同じように青ざめ、悪い夢を見せられた顔で立ちすくんでいる。

「どうしてよ。どうしていきなり自殺なんかするのよ！」

「違います。殺されたんです、あなた方に」

切りつけるような答えだった。そのまま骸《むくろ》を抱いて、彼らの方にまっすぐ歩いていく。

「ひッ……」

山置があえいだ。多聞はなにかいおうとしたが、声にならない。祥子はたまらず顔を覆う。那羅はよろめきながら後じさる。彼は立ち止まらない。

「ナ、ナンディ――」

蒼はようやくかすれた声を上げた。

「電話で、警察に知らせなけりゃ」

彼は足を止めた。つややかな横顔が肩越しに振り返り、きっぱりと左右に振られた。

「いいえ、カリはそれを望みません」

「そんな——」

ふたたび前を向いて、彼は歩き出す。後に残された者たちの耳に、聞く者の背を凍らせるような声だけが届いた。

「明日の朝、お目にかかりましょう。それまではどうぞ良い夢を」

封じられた七人

1

「帰さないだと？　いったいそりゃあどういうこった！」

多聞耕作がいきなり気色ばんだ大声を上げた。左手をテーブルの表について、右手はこぶしに握り、いまにも相手に飛びかかろうというように腰を浮かしている。

「おい、どういうことだよ。いってみろ、この小僧！」

「いいえ。そんなことをいったつもりはありません」

「いや、いった。いま確かにいったぞ。なあ、みんな！」

多聞は回りに座った旧友たちを振り返る。だがいずれも睡眠不足の見るからに冴えない表情で、紅茶茶碗に口をつけたりトーストの端をかじったりしている彼らから、援軍の声はない。

「だいたいおまえは昨日からなあ――」

「では私のいいかたが間違っていたのでしょう。日本語は英語より難しいです。すみませんでした」

深々と頭を下げられて、多聞は文字どおり絶句する。彼の怒気が滑稽にしか見えない、物静かで礼儀正しい口調だった。

「でもほんとうに天気は悪いです。今日山を降りるのはとても危ないです。止めた方がいいと私は思います」

口を閉ざされると川鳴りに混じる雨の音が、頭の上にいっそう重くのしかかってくる。たったいまいわれたことばの正しさを、否が応でも納得せよというように。意気消沈した客たちのテーブルの脇に立ってボーイ姿の彼は、銀のティーポットを片手に愛想良く微笑んで見せた。

「皆様どうぞお気落としなく。――お茶をもう一杯いかがですか？」


昨日の夜。

一同の前に姿を現わした彼は、白布に包まれた骸を腕に新館の中へと入っていってしまった。庭先に取り残された客たちは、その後ろ姿が見えなくなってもまだ、悪夢を見ているような顔で茫然と立ちすくんでいる。

ディナーから延々と飲み続けたアルコールの酔いが、こんな場合になっても抜けないのかもしれない。しかしそれほどは飲んでいないはずの京介までが、胸の前に腕を組んだままじっと押し黙って立っているばかりなのだ。

意を決して蒼は歩き出す。本館の食堂にも廊下にも、電話らしいものはまったくなかった。とすれば考えられるのは、新館の廊下か、それともプライベート・ルームの中か。その背中に猿渡のあわてたような声が来る。

「ちょ、ちょっと坊や。どこへ行くんだ?」

「電話を探して警察に知らせるんです」

「や、そりゃやっぱし、まずいんじゃないかなあ」

「どうしてです」

「狩野さんもそれは望んでなかったみたいだしさ。——なあ」

最後の相槌は黙っている他の連中に求めたのだ。蒼はあきれて相手の顔を見返す。

「ナンディは外国人だから、きっとよくわかっていないんですよ。当然じゃありませんか。人ひとり死んだんだもの」

「でも、自殺だろう?」

「自殺だって不審死の内ですよ」

蒼は同意を求める目を京介に向けたが、彼はまだなにもいおうとはしない。あきれるのを通り越して、腹が立ってくる。

「そんなに嫌なんですか、かかわり合いになるのが」

男たちは気まずそうに蒼の視線を避けたが、祥子は充血した目で睨み返してきた。

「嫌よ。そんなの決まってるじゃない。どうしても警察呼びたいなら、明日あたしたちが帰ってからにしなさいよ」

「よくそんなことがいえますね。目の前で友達が自殺したんですよ。それも、原因の一端はあなたにもあったのに」

「生意気いうんじゃないわよ、あんたなんかなにも知らないくせに！」

「知らないとしても、狩野さんの最後の声を聞いたのはぼくだ」

「最後のことば――」

いきり立っていた祥子の顔が、はっと揺らいだ。回りの男たちも息を呑んだようだった。

「うそよ。そんな時間なかったじゃない。いつ聞いたのよ」

「大岩の上から、飛びこむ直前に聞こえたんだ。聞き違えなんかしない。あれは確かに狩野さんの声だった」

「なんていったの、都は」

「あんたたちを全身全霊をこめて恨むって。体は死んでも魂はここにとどまって、あんたたちを絶対に帰さないって」

結局蒼はその晩、狩野都の死を警察に通報することはできなかった。電話はやはり新館のプライベート・ルームの方にあるらしく、しかしいくらその閉ざされたドアを叩いても、ナンディが姿を見せることはなかったのだ。おまけにそんなことをしている間に本館二階の彼らの寝室は祥子に占拠され、京介とふたりサロンの長椅子で着のみ着のまま眠るはめになった。

そして翌朝。

だがこの朝うるさいほどの鳥のさえずりはなく、絶え間ない雨があたりを濡らして降りこめていた。恒河館の建つ窪地を囲む山の稜線も灰色の靄と雲に閉ざされ、ちょうど頭上を蓋《ふた》で覆ったように、方角すらさだかではないほどだった。

そして不景気な顔をそろえた客たちの前に、糊のきいた立ち襟の白い上着に黒のズボンという古風な給仕姿で現われた彼は、オレンジジュースにシリアル、トーストと卵料理、熱い紅茶の正統イギリス式朝食を白手袋の右手でサーブしながら、穏やかに告げたのだった。この天気では今日の出発は難しいだろうと。

昨夜彼らを脅かした氷の刃めいた視線、容赦ない告発者の口調は、物静かで折目正しい今朝の彼には微塵《みじん》もない。だがそれを無条件に信ずる気になれないのも、彼らにしてみれば当然のことかもしれなかった。

「人の耳元で大声上げないでくれる？　それでなくても頭が痛くてたまらないんだから」

ボーイ服の白い背が配膳室に消えたとたん、祥子はとげとげしい口調で多聞をなじった。

「ほんとにどうかしてるわね、多聞君たら。あんな子供のいうこと、どうしていちいち目に角立てるのよ」

「おとなしく聞いてる気にも、なれないからさ。それに――」

「だから帰るっていってるんじゃないの」

高飛車に多聞のことばをさえぎって、二口吸っただけのダンヒルを灰皿に押し潰す。

「なにも閉じこめられているわけじゃなし、あの子ひとりがいくらつっぱったって、力ずくでどうこうできるものでもないでしょ？　帰る者は勝手に帰る。それでいいじゃない」

「それじゃ、吉村さんの気持ちは変わらないんだね」

ぼそぼそといいかける大学助手に、彼女はきっとした視線を向けた。

「それどういう意味、山置君。あなたまさか気が変わったとでもいうの？」

「だって、カリは、あんなふうになって――」

「ええ。彼女は自殺したわよ。それで？」

「目の前であんなとこ、見せられちゃなあ……」

「冗談じゃないわよ！　あ痛ッ――」

自分で上げた大声が頭に響いたのか、眉間の皺をいっそう深くし、赤く染めた爪でこめかみを押さえながら祥子は続ける。

「彼女が自殺したのも、あたしたちのせいだとでもいうの？　馬鹿いわないでよ、それこそいいがかりもいいとこだわ。よく考えてごらんなさいな。そんなにあっさり自殺できるなら、橋場氏の死の真相を知りたいっていった、あれはいったいなんだったのよ。たぶん彼女は真相なんて、もともとどうでもよかったんだわ。きっとインドで助からないような病気にかかって、ひとりで誰にも知られずに死んでいくのが嫌で、それでわざわざあたしたちを呼び集めて目の前で自殺してみせたのよ。

あたしは帰りますからね。もう一刻だってこんなとこにいたくないわ。あなたは好きになさいな、別にお誘いはしませんから。——那羅君、行くんでしょ？」

「——ああ」

さすがのハンサムぶりもいささかくたびれた感のある那羅延夫は、背中を椅子にぐんなりともたれたまま、油気の抜けた前髪を手櫛《てぐし》でなでつける。

「桜井君は、どうするんだい？」

「僕はどちらにしろ、橋場さんの命日までは滞在するつもりでしたから」

「へえ、そいつはご奇特なこった。山置は、残るのか？」

「そう、だな。まあせめて、今晩くらいは」

なんとなく煮えきらぬ口調で彼は答える。

「じゃあ俺たちは遅くならない内に行くか、多聞。猿渡も」

「あ、いや。俺もちょっと今日のとこは見合せるわ」

首をすくめるようにしていう。那羅は驚いたようだった。

「妙なことをいい出すんだな、おまえらしくもない」

「だってさ――」

彼は上目遣いにちらりと那羅を見て、唇の端を舐める。

「雨もずいぶんひどいじゃない。俺、少し風邪気味でさ」

祥子はフンと鼻を鳴らして立ち上がる。

「そんなことといってて、帰れなくなっても知らないわよ。さあ、行きましょう。お馬鹿さんたちはほっておいて」

それをちょうど待ち受けていたように、ふたたび配膳室のドアが開いた。

「どうしてもお発ちになるのでしたら、傘をお貸ししますが」

「よう、ナンディ。気が利くじゃないか」

差し出された黒傘を那羅は受け取る。

「これでお別れなわけだから、カリに線香の一本も上げて行こうかと思うんだが？」

あまり誠意の感じられぬ口調には、冷やかな否定のことばが返る。

「いえ、けっこうです」

「警察にも連絡しないでいいんだよな」

「はい」

「じゃ行くか。お先に失礼するよ、諸君。あまり遠からぬ内に、また会いたいものだね」

祥子、那羅、多聞と続いてバタンと閉まったドアに、猿渡がつぶやく。

「へっ、また会うともさ。それもおまえが思ったよりずっと早くな」

2

雨は降り続いている。空は起きた頃よりも、むしろ暗くなってくるようだ。那羅、多聞、祥子の三人は、さっきその雨の中を出ていった。

多聞は用意よく真黄色のフード付きヤッケを着こんで、来たときと同様祥子のサムソナイトをかつがされている。祥子はしゃれた黒のスリーシーズンに水玉プリントの傘と、どう見ても山歩きに向くとは思えない服装だ。那羅はハーフコートに、借物の傘をさしている。その姿を食堂の窓から見送って、猿渡が大あくびとともに立ち上がった。

「俺はちょっと寝てくらあ。ヒステリーなお姫様に出ていかれたら、やっと眠れそうな気がしてきやがった」

「ベッド、貸しましょうか」

「平気平気。俺デリカシーないから」

雨の中を新館に向かって走っていく。蒼はさっきの猿渡の意味ありげな独白が気になっていたが、聞き返すチャンスを逃してしまった。後に残ったのは蒼、京介、山置。

「あ、ナンディ。すまないけど、コーヒーをポットでもらえないかな」

京介の注文に、軽く首をかしげて答えた。

「はい。カップはいくつですか」

「山置さん、飲むでしょう？」

「あ、——うん」

「それじゃあ三つ頼みます」

「わかりました。サロンにお持ちしますか」

「それがいいな、ありがとう」

「どういたしまして。こちらを下げたらすぐおいれします」

片手とはいえ不自由さも見せず、てきぱきとテーブルの上を片付けていくのを、蒼がそばから手伝った。そしてなにもいわれないうちに、さっさと先に立ってワゴンを押していく。追いかけてきた彼が、

「困ります、お客様に」

「いいじゃない。皿洗いくらいするよ」

「でも、機械がありますから」

配膳室から新館の厨房へは、吹き抜けの渡り廊下で繋がっている。ワゴンを押すための木張りの床と屋根はあるが、左右の壁はない。白木の柱が途中に二本立っている。蒼はかまわず前に進んだ。ドアの開いたところは、家庭用の台所とも大して違わないこぢんまりとした厨房だ。しかし造りは完全にプロ仕様で、ガス台から大型のオーブン、壁に造りつけた冷蔵庫まで、すべてぴかぴかのステンレスで張られている。

「きれいにしてるなあ!」

蒼は無邪気な感嘆の声を上げた。まだ新しい設備とはいっても、昨日今日に使い始めたのではなさそうだ。都とナンディは少し前から、ここで生活していたのかもしれない。

「せまいけど、すごく働きやすそうだね」

「あなた、料理しますか」

「うん、わりと好きだよ。レパートリーはまだ少ないけどね」

「私、料理はあまり好きではありません。でも冷凍庫はもうひとつ大きいのがある。食糧はたくさんあるから、大丈夫です」

話しながら大きな皿洗い機に皿やカップを並べていく。

「いい機械だね」

「はい。私は手がこんなだから、カリが買ってくれたのです」

「狩野さんのこと、君もカリって呼ぶんだ」

それは京介も他の五人も使っていた呼び名だ。

「ええ、彼女はカリです」

皿洗い機の方を向いたまま、彼はうなずいた。

「あなた、カリを知りませんか。マハー・カーリー、それは偉大な女神の名です。あらゆる神と女神の中で、もっとも強い力を持つものです」

「マハー・カーリー」

蒼は口移しにつぶやいた。

「聞いたような気もするけど」

「私はベンガルのカルカタで生まれた。カルカタ、知っていますか」

「名前だけはね」

前に『歓喜の街カルカッタ』というルポを読んだことがある。ただ日本語のタイトルがまぎらわしいのだが、あれは正確にはカルカッタ近郊にある歓喜の街という名のスラムの話だ。カルカッタ一般の例として挙げたらまずいだろう。

「カルカタはカーリーの街です。いまのように大きな街になったのはイギリス人が来てからだけど、もともと古い、カーリー・ガート・テンプルというお寺があって、そこから街の名が取られたのです。インドで一番有名なカーリーのお寺はそこ。でもカーリー女神はインド中で祭られています。

私、カリが日本に帰ってから、いっしょうけんめいお金ためた。お金たまるとヴァーラーナスィーのカーリー・テンプルへ行って、鶏捧げました。ほんとうは山羊の方が良かったけど、それほどお金なかったから。でも願いはかないました。カリにまた会うことができたのも、カーリー女神のおかげです」

「あの、ナンディ？」

「はい？」

「聞いてもいいかな。君はどんなふうに都さんと知り合って、養子になったの？」

すぐには答えなかった。調理台の方を向いたまま、なにか思い迷うように口をつぐんでいる。立ち入ったことを尋ねすぎただろうかと、蒼は少し心配になった。

だが彼はいきなり振り向いた。身長は同じくらいだ。体つきは骨細で華奢《きやしゃ》で、二十二歳と聞いたがどうかするともっと若くも見える。蒼は初めてその顔を、正面から見つめることになった。

ゆるくウェーブして頭のかたちにぴったりそった黒髪。アイラインを引いたようにくっきり濃い眉の下の、こわいほど大きな目、長いまつげ。きめこまかな肌は明るい褐色で、すっと通った鼻の下の唇は暗い紅色だ。

「いいです。お話しましょう。あなたはいい人だから、聞きたいことあったらどうぞ聞いて下さい。みんな教えます。私のこと、カリのこと。私たちは十年前、ヴァーラーナスィーで会いました」

話の腰を折ってはまずいと思いながら、蒼はつい口走らずにはおれなかった。

「君ってほんとうに、都さんと似てるんだねえ！」

そのことばに彼は一瞬たじろいだようだった。反射的にそむけた顔に右手を当てて、

「そんなに似てますか」

つぶやくようにいう。伏せたそのまつげは、頰に影が落ちるほど長くて濃い。

「前はそうだった。でも、あなたの知っているカリの顔に？」

「だって、目や鼻の形はそんなに変わらないでしょう？」

彼の顔立ちが日本人っぽいのではなく、都のそれがインド人に近いのだ。いつも眼鏡やヴェールで隠していたが、大ぶりでくっきりした目鼻の造作は蒼の印象に刻まれている。深春のもっていた小さな舞台写真からも想像はついたが、以前の狩野都はきっと日本人離れした、エキゾチックな美貌の持ち主だったに違いない。

「そうですか。カリが聞いたらとても喜んだと思います。カリは、とても自分が変わってしまったと思っていましたから」

「彼女、病気だった？」

しかし彼はそれには答えず、上着の中に右手を入れた。

「写真を見せます」

それはサービスサイズより少し大きい、正方形のモノクロ写真だった。長いこと持ち歩いていたらしく、角がこすれて丸くなっている。写っているのはカリ。やはりインド人のようだ。サリー姿でしゃがみ、その両手でほっそりした少年の腰を抱いている。この子が十二歳のナンディなのだ。ふたりは頰を寄せ合って、楽しそうに歯を見せて笑っていた。男の子には、ちゃんと両手があった。

「私とカリです。似ているでしょう?」

どこかの庭先で撮ったらしい、露出過剰の陰影が白く飛んでしまった写真だが、確かにそうして並んだふたつの顔は、まったくの他人とは思えないほどだ。

「私とカリは前の世で親子だったのだと思います。いいえ、もしかするとひとりの人間だったのかもしれない。どんなカルマかひとつの魂が、ふたつに分れて生まれてきたのかも。だからカリが日本に帰ったときも、きっとまた会えると信じていました」

確かヒンドゥー教は転生を信ずる宗教だとは、読んだ覚えがある。人や獣、鳥、虫、あらゆる地上の生き物だけでなく、天人も地獄の生き物も含めて、すべてがすべてに生まれ変わりする。だがひとつの魂がふたつに割れるなんて、そんな説はあるのだろうか。

「ナンディ、ご両親は?」

「ゴリョーシン、なんですか?」

「あの、君を生んでくれたお父さんとお母さんは」

「死にました」

ひどくあっさりと彼は答えた。

「私はカルカタで生まれた。父親はリキシャ・ワーラー。リキシャ、わかりますか？　バイシクルを漕ぐ、後ろに椅子があってお客さんそこに乗る、そういう乗り物を走らせてました。でも、もっと前は田舎にいて畑を作っていた。牛もいた。池に魚もいた。家もあった。私はもちろん知らない。でもそういう話です。雨で流されてなにもなくなって、みんなでカルカタに出てきたのです」

「家族はたくさんいたの？」

「父親、母親、姉と兄、私が最後。私の後にカルカタで生まれた弟、妹、病気で死んだ。だから家族は少ないですね」

「お姉さんとお兄さんは元気？」

「元気だと思います、よくわからない」

これも蒼の耳には、ずいぶんとあっさりした答えだった。

「父が死んだとき私は三歳、姉と兄はもう自分で生きていける。母は私だけ連れてヴァーラーナスィーへ巡礼に出ました。お金足りなかったのでとても時間かかったけれど、間に合った。母はガンガのそばで死ぬことできました」

それがすばらしいことであるといいたげに、彼はにっこりと笑いかけた。

「ガンガは昔天から降ってきた神聖な河です。中でもヴァーラーナスィーはガンガのふたつの流れがあわさる、とても神聖な場所。死んだ体の灰をヴァーラーナスィーでガンガに流せば、その人、次は天に生まれます。だからインド人、みんなそこで死にたいと思います」

「灰を、河に流しちゃうの？　全部？」

「そうです、ずっと昔から」

つまりヒンドゥー教徒には、墓はないのだ。

「おかしいと思いますか？」

真正面から尋ねられて、蒼は答えに詰まった。

「いいですよ、思っても」

彼は白い歯を見せて少し笑う。

「でも私、カリから教わりました。日本人、とてもたくさんのもの持ってる。どこへでも飛行機で行ける。たくさんのこと知ってる。けれど人の命がどこから来てどこへ行くか、誰も知らない。私たちヒンドゥーを迷信だと笑っても、代わりになるものなにもないです。違いますか？」

「うん。そうだね——」

「母が死んだとき薪は買えなかったので、エレクトリックで焼きました。でも灰はガンガに流せた。母はとても幸せ。次の世ではもっと幸せになれます」

「そのとき君はいくつだったの？」

「五歳でした」

たった五歳。蒼はため息をつくよりない。五歳のときの自分は、いったいなにをしていたといえるのだろう。

「でも私も幸せ。バザールで会った野菜売り《サブジー・ワーラー》が父と同じ村の人で、手伝いさせてくれた。お金なくとも残った野菜もらえた。だからひとりになっても、カルカタにいたときよりずっとちゃんと食べられた。そうして七年暮しました」

「君はそんな小さなときから、ひとりで働いてきたんだね」

「はい、仕事あればなんでもしました。でもインドではあたりまえです。驚くことないです。それから、この家にお客が来るというので、下働きに雇われた。それが十年前」

白手袋をした指先が写真の背景を差している。

「わかりますか。このバックグラウンドの家、十年前カリたちが泊まった家です。ここに立っているの、いっしょに来た日本人の誰かです」

黄ばんだ写真に辛うじて見えるのは、玄関の車寄らしい二本の円柱。そしてフレームのぎりぎりに腕を組んで立っている長髪の男。顔まではとてもわからないが、いま恒河館に顔を揃えている男たちの、誰とも違う気がする。猿渡より背は高くて、体つきは那羅と多聞の中間くらいだ。

「もしかしたら、橋場さんかな」

「かもしれない」

「それじゃナンディ、君はあの連中と十年前に会ってるんじゃないか」

「はい。でも誰も私のこと思い出さない。わざわざ教えることもないと思いました」

「君はどう思うの。あの中に橋場さんを殺した人がいると思う？」

「私は知らない。でも嫌いだった、橋場」

ひどくきっぱりした口調で彼はいう。

「わからない、どうしてカリがそんなにあの男を好きなのか。嫌なやつだったよ、インド人にも日本人にもいばっていて。いつも自分が一番えらいと思ってる。自分が一番賢いと思ってる。なにもかもわかっているふり、でもふりだけ。誰が殺したとしても驚かない。日本人はみんな嫌いだったよ、あいつのこと」

「そうだったの……」

それは蒼には意外な答えだった。

「あなた、驚いている」

「うん。だってぼくは橋場さんは、少なくとも当時のグループの中では、尊敬されていたんだと思ってたから」

「ソンケー？」

きゅっと唇の端を吊り上げて、皮肉な笑いを作る。すると彼は急に老けた、というか年齢の分からない顔になる。

「いつかカリがいった。人の心はガンガの水のよう。切れ目のないひとつの流れに見えても、もぐればいろいろなものが渦巻いている。それはインド人も日本人も同じ。違う？」

「でも、都さんは――」

「カリは」

いいかけて、ちょっとことばをとぎらせた。

「カリは橋場のことになると、目が見えなくなる。十年経ったいまも」

いい捨てると彼はぷいと向こうを向いた。食器棚から銅のコーヒー・ポットを取り出す。冷蔵庫から出したネルのフィルターを手の上で畳んできゅっと絞ると、蓋を取ったポットの口に広げる。調理台の端に載っていた電動ミルに豆を入れる。湯沸かし器の湯をやかんに受け、ガス台に置いて点火する。ときどきは左の手首も使って、蒼の手出しを許さないほどよどみのない動作だった。

「ねえ、ナンディ」

「なんですか」

沸騰した湯をフィルターに盛ったコーヒー粉の上に落としながら、彼は答えた。

「君はその晩もいたんだよね。この、ヴァラナシの家に」

「いましたよ、屋上に。見つかると追い払われそうだから、工事の道具や台車の陰で寝たふりをしていた」

「工事って？」

「エレクトリックの修理。古い家だから、いつもどこかしら壊れていたね」

「みんななにをしてたか、覚えてる？」

「他の人のことは忘れた。でもカリの踊りは忘れない。とてもとてもきれいだった。あの家の屋上には真ん中に、これくらいの高さの石の台があって」

と胸の中ほどを手で示して、

「上に大きな石のリンガ、祭られていた。花輪とサフラン粉と聖紐で飾ったリンガの回りを、カリ、蝶のように回っていました。あのときはカーリーのようにではなく、むしろパールヴァティーのように。いまでも目に浮かびます」

そうして都が踊っている頃、下の部屋で橋場は無残な死を迎えていたというのだろうか。嫌なやつだった——でもそれは嫉妬なのかもしれないと蒼は思い当った。死んでなおカリの心を、それほどにも占めている橋場に対する。

「ナンディはこれからどうするつもり？」

答えはない。

「どうして警察に連絡しないの？」

唇の端がぴりっと痙攣した。

「ポリス？　なんで？」

「日本では不審死があった場合、警察に届けなけりゃならないんだ。都さんは自殺だから、つまり不審死に当たるんだと思うよ」

だが彼は首を左右に振った。

「私インド人、日本の法律はわからない。それに、山は雨、道崩れる、電話してもポリスの車、こんなところまで来られない」

目を上げた彼の口元に、冷やかな露のような微笑がたまっている。

「私、橋場は嫌い。ずっと、いまでも嫌い。でもカリの望みは叶える。それが私の法《ダルマ》。ポリスに邪魔はさせません」

「そんなことといったってナンディ、那羅さんたちはもう山を下りてしまったじゃないか。都さんは死んでしまったし。遺体をいつまでも放っておくわけにはいかないだろう？」

蒼には理解できない微笑を浮かべて、彼はまたゆっくりと首を振る。

「あなたカリの最後のことばを聞いたのではないですか。カリはいった。死ぬのは体だけ。魂は生きてここに止まっていると。それは迷信ではありません。カリはいった。逃がさないと。だからあの人たち、いまに戻ってくる。ほら、見えませんか。カリの魂は私たちのすぐそばにいる」

蒼の背筋を冷たいものが、ゆっくりと這い上がってくる。大きすぎる二つの目が蒼を見つめ、呪縛し、いまにもそこに現し身の、狩野都の姿が浮び上がるように——

しかし彼は唐突に視線を外した。あざやかな指遣いで外したフィルターをまとめ、流しに置いたボールの中に落とすと、チンと音たててポットの蓋をした。

「コーヒーできました。運んでいただけますか」

3

食堂を抜けてサロンのドアを開けると、京介がひとりでいた。フランス窓にもたれて、ガラスを伝う雨の粒をぼんやりと眺めている。

「山置さんは？」

「彼もやっぱり眠くなったそうだ。二階のベッドを使えといっておいたよ」

「あの人が枕使ったら、ぼくカバーを換えないとやだな」

コーヒーを注ぎながら蒼は下唇を突き出した。彼のいつ洗ったのかわからないような髪では、ふけと脂がべったりつきそうだ。

「ねえ、京介。山置さんとは事件の話したの？」

「少しは」

「なにかわかった？」

「いや——」

「これからどうするつもり？」

「どう、するかな……」

なんとも気のない口調なのだ。

「どうするって——」

蒼はあきれた。あの晩都にした約束はどうするつもりなのか、こんな頼りない京介はこれまで見たこともない。

「ナンディはね、橋場さんのことは嫌いだけど、狩野さんの望みは絶対叶えるっていってるよ。警察に連絡するつもりもないって。——ねえ、知ってた？　彼は十年前、ヴァラナシの洋館で働いてたんだ。だから皆ともそのとき会ってるんだよ」

さすがに京介は、ガラス戸につけていた顔をこちらに振り向けた。

「そうか——」

その無感動なつぶやきと、僅かに開いた唇のかたちに彼の驚きを読み取るのも、蒼くらいつきあい慣れた人間でなくてはできないところだ。

「橋場さんの死んだ夜も屋上にいたんだってよ。ぼくはこうやってちゃんと助手らしく、聞きこみもやってるんだからね、京介もいいかげん働いたら？」

「すると彼にも、犯人の資格はあるわけだ」

蒼は目を剝いた。それは確かに、彼は橋場が嫌いだったといっていたし、身軽な子供ならなんらかの方法で、現場に出入りできたかもしれないが。

「ナンセンスだよ、そんなの。もし彼が犯人で狩野さんがそれを知らなかったんだとしたら、いまごろどっかに逃げ出してるよ。彼女は死んじゃったのに！」

「気にするな。ちょっといってみただけだ」

「いってみただけって……コーヒー、冷めるよ」

「ああ──」

京介はようやくソファに腰を落とすが、そのまま動かなくなってしまう。ほとんど冬眠状態だ。どうにもならない。そのままどれくらいの間そうしていたか。ようやく冷めかけたコーヒー茶碗を取り上げた京介は、一口飲んでその視線を下に落とした。

「これは、あのインド青年がいれたのかい？」

「そうだよ」

「見ている前で？」

「うん。どうかした？」

「いや……」

蒼が飲んでみても、どこといって特別なことはない普通のコーヒーだ。だがそれきりいくら尋ねても、彼はなにもいおうとはしなかった。

雨は止まない。二階の寝室には山置がいるので、蒼と京介はずっと下のサロンにいた。蒼はしかたなく荷物に入れてきた文庫本をめくり、京介はさっきのままぼおっと目の前の空間を眺めている、らしかった。ミラーのサングラスをかけたままでは、視線の行方ははたからはまるでわからない。もしかしたら居眠りでもしていたかもしれない。

しかし外の気配には、彼が先に気づいた。肩をつつかれて顔を上げて、指差している窓の外を見ると、灰色に霞んだミズナラの林の中から歩み出てくる人影がある。まさかお客？　そう思ってよく見ると、先頭の人間は見覚えのある真黄色のヤッケを着ていた。

「戻って来た……」

蒼はあっけに取られ、それからふいに胸の冷えるような思いを覚える。

（ナンディの予言が当たった——）

狩野都の魂はほんとうに自殺によって肉体を脱し、この恒河館を呪縛しているのだろうか。罪を隠した者を逃がさぬために、不可視の結界を張りめぐらして。思わず見返って京介の顔を仰いだが、そこにあるのは相変わらずの無表情だけだ。思いついて二階に上がった蒼が、浴室からあるったけのタオルを抱えて降りてくると、ずぶ濡れの泥だらけになった三人組がヴェランダにへたりこんでいた。

タフな多聞もさすがにげんなりしたという顔、フードはかぶっていても襟元から流れこんだ雨で、服は体に貼りつくほど湿っているらしい。那羅も傘はさしているものの、全身濡れそぼって足元には水たまり、唇は真っ青で歯の根も合わない。

一番最後に、とうとう誰も持ってくれなくなったサムソナイトを両手で引きずりながら歩いてきた祥子は、ヴェランダに上がったとたん子供のように泣き出してしまう。何度もすべってころんだのだろう、コートの体から手といわず顔といわず全身泥まみれだ。

「どうしたんです？」

「どうもこうもまったく——」

「ひどいのよ、ひどいのよ」

祥子は両手を頰に当てたまま、しゃくり上げた。

「道がわからないの。目印がなくなっていて……」

タオルの中から那羅が吐き捨てる。

「つまり閉じこめられたのさ、俺たちは」

動機の問題

1

　三人の中で一番タフなのは、やはり多聞だった。ひとしきり熱いシャワーを浴びて乾いた服に着替えるともう、ホット・ウィスキー片手に山中迷子のいきさつをまくしたてるくらいには回復している。新館に寝に行った猿渡は出てこないが、声を聞きつけて二階の山置は降りてきた。外の雨は止まぬものの暖炉に据えたガスストーブが青い火を上げて、食堂の中は快い暖かさに満ちていた。

「そもそも登り口がどこだったか、それからしてはっきりしないのさ。来たときは、おっ、先が開けた、てんでぱっぱっと勢いよく降りてきちまったからなあ。この雨じゃどっちが東かも怪しいもんだし、まばらになった木の間から覗くと、どこもかしこも道みたいに見えてきちまう。

まあそれでもだいたいのところ見当をつけて、林に入ったのさ。木の下を歩くなら、少しは雨も避けられるだろうと思ってな。

ところがおまえ、下は熊笹だらけで道なんてあるんだかないんだか、踏めばすべる、跳ね返りで足は濡れる、地面はゆるんで靴はめりこむ。おまけにいくら登ってみても、来たとき目印になってたはずの赤いリボンがひとっつも見えないとくらあ。

そしたら那羅のやつが、登った場所が違う、この反対だとかいい出しやがって、俺を置いて祥子と二人さっさと下っていきやがんだぜ。ふざけてらあ。こっちはあの女の、馬鹿でっかい荷物まで持たされてるっていうのによ」

当然なにかいい返すものと思った那羅は、しかしまだそんな気力もないのか、タオル地のバスローブにくるまったまま肘かけ椅子に身を沈めている。飲んでしまったウィスキー・グラスを手に、足元には電気ストーブまで置いてあるのに、顔色は相変わらず青いままだ。目は開いているから眠ってはいないはずだが、多聞のことばもはたして耳に届いているのかどうか。

「しょーがないから後について降りたよ。いくら歩いてもなんの目印もないから、俺だって正直な話自信なくなってきてたし、ここでへたにばらけるのもやばいんじゃないかって気がしたしな。

で、今度は那羅が先に立って、やっぱりリボンは見つからなかったが、こっちだ、木の形に見覚えがあるから間違いないって大声でいうだろ。そうかなーと思いながら下りにかかったところが、やけに急になってきて、そこが雨水の通り道になってるもんだからまるで川か滝さ。途中でやっぱり違うんじゃないかと思ったって、引き返す気にもなれないような道なんだ。

二十分どころか一時間近く下って、結局出られたのは見たこともない沢筋でね。祥子はパニックして泣き出すは、那羅はふてくされるは、俺はスーツケースが重い上にヤッケの中は汗まみれ。後はもうこっちに戻りたい一心なんだからざまあねえや。運が悪けりゃあのまま遭難してらあ。とんだハイキングだぜ。あーったく、疲れた、くそったれが！」

なにを罵《のの》ったつもりなのか、ひとことわめいて長話にけりをつけると、がぶりと音立ててウィスキーのグラスを飲み干す。

「とにかくあのスーツケースだけは御免蒙るよ。俺ァ二度とポーターはやらんからな。そんなに大事な荷物ならいつも自分で持てって彼女にいっとけよ、那羅」

「——いいたければ、自分でいえばいい。ぼくは祥子のお守りじゃない……」

妙にのろのろと、抑揚の欠けた口調で那羅は答える。語尾もわずかにもつれているようだ。たった一杯のホット・ウィスキーで、それほど酔ってしまったのだろうか。山置も怪訝な顔で問いただそうとしかけたそのとき、タンタンタンと勢いよく階段を下ってくる音に続いて、廊下側のドアが開いた。

吉村祥子が入ってくる。二階の浴室でシャワーを使って着替えて、化粧もしっかり直してきた。長い髪はざっとまとめて上げて、ペールピンクのアンゴラセーターにチェックのタイトスカート。ルージュの色をセーターに合せて、目の下に疲労の跡は消えていなくても、那羅よりはるかにましな顔をしている。

「なにか飲むものないの？」

「ジャックダニエル・ブラックラベル、さもなきゃバランタインの十七年。オールド・パーは昨日飲んじまった」

「止めてよ、昼間っから」

「ココアをいれてまいりました。いかがですか」

それが聞こえていたような登場だった。服装も朝の給仕姿のまま、なにごともなかったような顔でワゴンを押してくる。

「嬉しい。もらうわあ」

祥子は飛びつくようにして、大ぶりの白いカップを取り上げる。彼はワゴンを残してそのまま配膳室の方へ戻っていってしまったので、蒼が残りのカップを皆に配った。多聞は勝手に壁際のカップボードをかき回して引き出したマーテルの封を切り、中身をどぼどぼとココアに注いでいる。

「入れないか。うまいぜ」

「のべつ幕なしね、このアル中」

「只酒のときだけさ」

「みじめったらしいこといわないで」

「へっ。なにせ貧乏人なんでね」

ろくでもない会話がとぎれると、屋根を叩く雨の音がいよいよ重い。

「止まねえなあ……」

多聞がぼやいた。

「結局天気が回復するまでは、嫌でもここに足留めってわけか?」

「――それだけじゃ、ないだろう……」

山置のお株を奪うような陰気な声で、つぶやいたのは那羅だった。みんな思わず彼の方を振り返る。蒼から渡されたココアのカップを膝に乗せたまま、那羅は依然ぼおっと前を向いている。だがその目はどこにも焦点を結んでいない。気味の悪いほどうつろな、仮面のような表情だ。

「あんなに探したのに、目印のリボンはどこにもなかった……」

「そりゃ、この雨じゃな」

いいかけた多聞を、彼は突然ヒステリックな口調でさえぎった。

「違う!」

「おい、那羅――」

「違う、違う、違うッ！　誰かが外したんだ、ぼくたちを帰さないために！」

「誰かって」

「わかりきってるじゃないか、そんなのはッ」

那羅は跳ねるように立ち上がった。膝のココアがひっくり返って床に落ち、ローブを濡らしたが目を遣りもしない。うつろだった両眼はいまは極限までに見開かれ、丸い黒目が凍りついたようにこちらを見つめている。握りしめた両手のこぶしが、胸の前でぶるぶると痙攣している。

「どうして君たちはそんなに平然と、あいつの出した飲み物なんか口にできるんだ。あいつはぼくたちをここに閉じこめて、ひとりひとり殺していくつもりなんだ。そのために昨日の夜の内に、こっそりとリボンを外しておいたんだ」

「おい、那羅よ――」

閉口した多聞がいい返そうとする。しかし彼の耳にはなにも聞こえてはいない。

「復讐だ。復讐だよ。橋場氏の命をぼくたちに償わせるための、これは計画された復讐なんだ。カリはそのために帰ってきた。あの変わり果てた顔を見てどうしてすぐに気がつかなかったんだろう。狩野都は生身のカーリーになったんだ。

復讐さ。どうしてかって？　あいつは、あのナンディは、橋場氏がカリに生ませた息子なんだ。きっとそうだ。それくらいのこともわからないのか、君たちはッ！」

驚くというよりはあっけに取られていた一同の中で、動いたのは祥子だった。明らかに常軌を逸した那羅の顔を真正面に見据えながら、ためらいのない足取りで近づくと、固く握った手を捕えてひとつずつ開かせる。そして左手の中から見つけたなにかを、力まかせにもぎとった。それは二、三枚の、切手を縮めたみたいな小さな紙きれだった。

「どっから手に入れたのよ、こんなもの」

「か、えせよ……」

「この馬鹿！」

いい捨てて突き放すときびすを返す。どうするのかと思ったら、灰皿に放りこんでマッチをすった。たちまち燃え上がったところから見て、ただの紙には違いない。

祥子は忿懣《ふんまん》やるかたないという顔で、灰皿の中の炎を見つめている。たちまち燃え尽きたその灰は、裏の窓を開いて投げ捨てた。なんですかと聞きたかったが、へたに口を出すとこっちまでどなりつけられそうだった。それでもうろうろとなにかいいたそうにしていた那羅は、だが急に胴をふたつに折った。ぐふ、という気持ちの悪い音が喉の奥からもれている。口に手を当ててよろよろと座りこみかかるのに、

「こっちよ！」

祥子はヴェランダに面したフランス窓を開けた。敷居際まで来た彼の背を突きころばすようにして外へ出すと、

「しばらくそこにいなさい。吐き気が収まるまで入ってこないでよ」

容赦もなくガラス戸を閉じる。蒼はあっけに取られた。

「どうしたんだろう」

京介に声をひそめて尋ねたが、彼は答えない。

「あの、大丈夫ですか。那羅さん」

「いいのよ、ただの病気みたいなものだから」

祥子は軽い口調で答えたが、目元にはまだけわしさが漂っている。腰を浮かしかけた蒼の視線をさえぎろうとでもいうのか、那羅を放り出したガラス戸を背にしたままだ。

「でも、看病してあげなくても――」

「病気は病気でも自業自得の病気なの。要するにただの酔っ払いよ。ほっとくしかないわ」

外では那羅がまだげえげえやっているようだ。だがそうまでいわれてしまっては、蒼の出る幕ではなかった。

2

那羅延夫は三十分ばかりもしてようやく戻ってきたが、顔は鉛色、げっそりした表情でものもいえない。気分が悪くて死にそうだなどとつぶやいてみても、他の連中は黙殺。祥子からは、

「いい気味！」

のひとことで切り捨てられる始末だ。

「しかしなあ、さっき那羅がいってたことには一理あるぜ」

多聞がいい出す。相変わらず手からはウィスキーのグラスが離れない。

「あのインド人が、カリと橋場さんの子供だってのか？」

と山置。

「そうすると彼女はいったい、いくつで出産したんだよ。だが待てよ、カリが年齢をごまかしていた可能性はあるか」

「馬鹿、それじゃないよ。山道のことだ。俺、やっぱり方角は、最初に上がったところで違ってないと思う。だとしたら多少左右にずれてたとしても、赤いリボンがひとつつも見えなかったのはおかしいんだ」

「だけど我々が到着してから暗くなるまで、あんまり時間はなかっただろう？　しばらくは外のヴェランダで話してたんだし、その間にナンディが山の方に行ったとしたら、誰か気づいたんじゃないかな。かといって暗くなってから懐中電灯ひとつであの山道に上がったとして、あれだけの数あったリボンを全部外すなんてことはできないだろうし」

「全部は外せなかったとしてもさ」

「だけどおまえはさっき、ひとつも見えなかったというわけだ。結局それが正しいルートだった証拠は、おまえの確信以外ないことになる」

「なんだ、山置。昨日は俺たちに同調してたくせに、おまえ今朝になったらやけにこっちの肩を持つんだな」

多聞はウィスキーをつぎ足したグラスの上から、ぎろりと山置を睨んだ。

「別に肩持つわけじゃないさ。だけど俺はおまえや那羅みたいに、カリを敵視する気になれなくなっただけだよ。彼女はあんなに必死に頼んでたじゃないか。橋場さんがどうしてあんな死に方をすることになったか、それを知りたいだけだって」

「後悔してるってわけか？」

「ああ、後悔してなぜ悪い。いきなりあの部屋を見せられたときは驚いたが、自殺するくらいならもう少し返事のしようもあったかなと思うよ」

「ちぇっ、いまごろ調子のいいことといってやがる。それなら俺の方がずっと胸糞悪いぜ。学生時代の純な旧交を暖めようと、休みを取ってきてみりゃあこれだ。美しき憧れの女神様に裏切られた気分だよ」

顔をゆがめて毒づいた多聞に、祥子の声が飛んだ。

「止めなさいよ、多聞君。いうことがうすぎったないわ」

辛辣そのものの口調には一点の遠慮もない。多聞も山置も一瞬ぎょっとしたように、口をつぐんで祥子の顔を振り返る。

「学生時代の純な旧交を暖めようと？　よくいうわねえ、偽善者。あなたの勤めてる旅行会社がかなり左前だってことくらい、あたしちゃあんと知ってるのよ。最近の旅行業界自体もうかってるのは大手だけで、弱小だけじゃない中堅クラスでも倒産が増えてるんですって？そんな中で三十過ぎて他社に移ろうと思ったら、やっぱりそれなりのお土産が欲しいでしょうねえ。定期的にグループ客の見こめる筋とか。カリがあなたに見せた餌《えさ》ったら、そんなものでしょ。違う？」

多聞はなにかいい返そうとして、思い止まった。図星だったらしい。唇を曲げてへっというように笑うと、

「じゃあそっちはどうなんだい。どんな餌を見せられたんだ？」

「決まってるじゃない、お金よ。オ・カ・ネ」

悪びれもせずに彼女は答える。

「昨日いったでしょ？　東京の一等地に借金して店を開いて、味にもインテリアにもせいぜい力を入れて、一時はあちこちの情報誌やＴＶにも取り上げてもらって結構な商売だったけど、バブルが弾けたおかげでスノッブな業界人も社用族もすっかり足が遠のいちゃって、台所は火の車。売掛は回収できない、かといって仕入の払いができなくちゃ店が開けられない。公庫に銀行に民間金融に、お定まりの借金ころがしで火だるま雪だるま。お水がここまで来てるって感じよ」

と祥子は右手を顎のあたりに当ててみせる。

「藁《わら》でも猫の手でも欲しくて仕方ないくらいだもの。ちょっとほのめかされただけで、我ながらあさましくも大喜びで飛んできたってわけ。別に見栄張って隠すことでもないでしょう？　みんなだってご同様みたいだし」

「そうなのか？——」

「那羅君は洋酒輸入会社の営業。不景気風が身に染みるのはうちと変わらないはずだもの、知り合いが新しいホテルを開業するなんて聞けば、これ以上のビジネス・チャンスはないわよね。

あとサルは金でしょ。もちろん山置さんもご同様よね」

「ばっ、馬鹿なこというなよ！」

彼は半分椅子から飛び上がった。顔がまだらに赤くなっている。

「いいわよ、別に否定したって。十年前のほとんど病気なギャンブル癖が、すっかりなくなったっていいたいんならそれでも。——で、桜井君は」

それまでずっと沈黙を守っていた彼の方を見て、祥子は急に口ごもった。

「そうね。正直なところ、あなたのことはあたしわからない。やっぱりお金なのかもしれないし、もしかしたらほんとにカリのためだけに来たのかもしれないし。そして彼女が死んでしまっても、約束を守るためにここにいるのかもしれない。十年も前の、証拠もなにも残っていない事件の真相を探すために。——どうなの？」

「それは、質問ですか」

ひどく静かな口調で、彼は尋ね返した。

3

桜井京介は最初からそこにいた。別に身を隠すでも息を殺すでもなく、普通の顔で肘掛け椅子のひとつに座っていた。

しかし彼はたったこのいままで、完全に存在の気配を断っていた。目には映っていたはずなのに、これまで声高にしゃべり合っていた誰ひとり、彼のことを意識に上せようともしなかった。

だが彼がひとたび声を放てば、彼の座っている位置こそが部屋の中心だった。何気ないひとことが、淀んだ沼の面に投げこまれた石のように音のない波紋を広げ、誰もがはっと息を呑んでそちらを振り返る。伸ばしっぱなしの髪と大きすぎるサングラスで半ば覆い隠された顔から、目に見えない力線が放射されているとでもいうようにだ。

「質問よ」

答えた祥子の声が、喉にかかってかすれている。

「あなたの質問の意図は？」

「あ、あたし、志願したいの。桜井探偵の助手に」

冗談じゃないやと蒼はあきれたが、京介は無表情。

「事件の真相解明に協力するわ。現場にいた人間ですもの、役に立つはずよ。それにこの人たちとのつきあいだって、あなたよりずっと長いわ。あたしたちは旅行の一年以上前から『シャクティ』にたまってたけど、桜井君が常連になったのは五月ころからですものね。仲良しグループにどんな内情があったか、知っているようで知らないでしょう。でも橋場さん殺しの犯人を当てるとしたら、どうしたってそれが必要じゃない」

「おい、祥子。おまえいったいなにをいい出すんだよ！」

多聞が怒ったように声を上げたが、

「うるさいわね。止してよ、いまさら呼び捨てなんて！」

彼女はひとことで撥《は》ねつける。

「どう、桜井君。あたしの協力、欲しくない？」

「ですが僕はあなたに、なんの約束もできませんよ。そんな権限は与えられていない」

「そうなの？」

祥子はちょっとひるんだようだった。

「でも、交渉くらいはしてみてくれるわよね」

「あなたに対する報酬の、ですか」

「見せましょうか、あたしがカリからもらった手紙。自分は客商売などしたことがないから、その点先輩のあなたから遠慮ないアドバイスがもらえればこんな嬉しいことはない。もちろん忙しい時間を割いてもらうのだから、お礼についてはきちんとさせてもらう。経営面についてもぜひ相談に乗っていただきたく、私の方からお助けできることがあればさせていただきたいと思ってるって。

これがあたしたちを引っ張り出すための餌だったとしても、犯人以外の人間には多少なり報酬があっていいはずだわ。カリは死んでも相続人はちゃんといるわけだし、あの子が母親の遺志を継ぐつもりがあるなら、この約束だって尊重してくれるはずだわよね」

「結局金目当てか」

山置の顔に、祥子はにっこり笑ってうなずく。

「その通りよ」

「ふたこと目には金、金って、恥かしいと思わないのか、君は」

「思わないわ。それをいえば橋場氏にしたって、結局彼女のお金に頼っていたじゃないの。まさか知らないわけでもないでしょう？」

「——狩野さんって、そんなにお金持ちだったの？」

これも京介に尋ねたつもりだったが、また祥子に聞きつけられてしまう。

「そうよ。彼女はね、○○社の前社長の私生児だったの」

祥子は誰でも知っている、関西の大手酒造メーカーの名前を口にした。

「男は子供はもちろん孫もいる歳で、女は水商売なんかじゃない、かなりいい家の娘さん。どういう状況でそんな男女がくっついたのか知らないけど、正妻はとっくに死んでたから彼女はめでたく後妻に迎えられて、ところが婚前に生まれていた子はどうしてか引き取られなかった。

女の家の主治医が養子にしてそこの狩野っていう姓を名乗らせて、どっちの家にも一生迷惑をかけないという約束で、十八になったとき相当なものを分けてもらったという話。インドで十年もなにしてたのかは知らないけど、その間上手に資産運用してもらってれば、こんなホテルのひとつやふたつ軽く建つでしょうよ。あたしたちと知り合う前にいた劇団にもずいぶん出資していたらしいし、『シャクティ』の店の契約更新料も借りたとか聞いたわ。橋場氏が借りてたのは、もちろんそれだけじゃなかったでしょうね」

「よく、知ってるんですね――」

「橋場氏って酔うと口がだらしなくなる方だったから、それくらいのこと仲間内じゃみんな知ってたはずよ。それにだからほらこうして十年のギャップにもめげずに、ちゃんと集まったんでしょうが。友情に篤《あつ》い方々がさ」

山置も多聞も不快げに顔をしかめるが、なにもいわない。つまり彼女のいう通りなのかもしれない。蒼は急に胸のあたりがむかむかしてくるのを覚えた。酒臭い濁った空気の淀む部屋で、いつまでこんな薄汚い暴露話なんか聞いていなければならないのだろう。

だが京介は動かない。肘掛けに立てた腕の上に白い顎を載せて、サングラスに覆われた視線を祥子に向けている。その目にうながされたように、彼女はひとりでうなずいた。

「いいわ。どうせ当面動きが取れないんだもの。退屈しのぎのつもりで、あたしの考えていることを洗いざらいしゃべっちまうわ。お礼の件は後でけっこうよ。どうするの、桜井探偵。聞きたい？　それとも止める？」

「席を変えた方がいいですか。それともここで？」

「あたしはどこでもかまわないのよ」

「しゃべるなら、ここでしゃべってもらいたいですね。自分のいないところでなにかいわれるのはいい気持ちじゃない」

山置がぶすりとした声をはさむのに、多聞もわめく。

「同感だ。おまえひとりに勝手なこといわれてたまるかよ」

「文句があるならどうぞ、自分の番になったときにおいいなさいね。初めからお断りしておくけれど、聞いてもいい気持ちはしないと思うわ。つまりあたしがいおうとしているのは動機の問題なの。誰が一番橋場氏を殺したがっていたか」

結局自分が一座の中心になるのが好きなのだろう。歌でも歌うように椅子から立ち上がった祥子は、気取った足取りでみんなの前に進み出ると、いかにも芝居がかった口調で皆さん、と呼びかけた。

「まず前もってお断りしておきますけど、あたし依怙《えこ》贔屓《ひいき》はいたしません。関係者一同どなたも順番に、まんべんなく俎《まないた》に載せてさしあげます。誰から始めても恨みっこなし、ということでまずは那羅延夫君、当時は我らが母校W大学政経学部四年、から行きたいと思います」

椅子にへたりこんだままの那羅は、名前をいわれてぴくっと顔を動かしたがそれきりだ。はたで見ている分には、さっきよりいくらか回復したのかどうかもよくわからない。

「当時の彼は眉目秀麗成績優秀、語学堪能で英語は無論ペラ。演技力についても名女優狩野都嬢の折り紙をつけられ、かのヒンドゥー版『ハムレット』においては主役ハムレットに抜《ばっ》擢《てき》されて見事その大役を全うしたのであります。

　そんな彼でありますから当然人望も篤く、橋場氏にもかわいがられ、かというと決してそうではありませんでした。高校生桜井京介君が登場するまでは仲間内で一番だった彼のハンサムぶりは、同性にはとかく嫉妬の元でありましたし、その容貌と頭脳を鼻にかけて派手に遊び回る彼の生活態度にも大いに問題がありました。そして彼がカリにアタックするようになってからは、橋場氏とさえ露骨に対立するようになっていたのであります」

「おい、祥子……」

　那羅がのろのろとつぶやいたようだったが、彼女は気にも留めない。

「もちろん橋場氏はすでに四十近い壮年でありますから、それくらいのことで店の客でもある青年に喰ってかかるようなことはしません。ともかくも表面上は平和が保たれたまま、我々はインド旅行に出かけました。しかし容疑者那羅にとって不幸だったのは、それまでとは較べものにならぬほど激しく深刻な争いが、ヴァラナシで橋場氏との間に起こったということです。

　しかも彼はそのことを、仲間内にひた隠しにしていました。それをなぜあたしが知っているかといえば、偶然立ち聞きしてしまったからです。残念ながら話の内容までは聞き取れませんでしたが、お互いの人格を攻撃し合うような激烈なことばのやりとりは、断片的ながら耳に入りました。

あたしが理由を聞くと那羅は、思想的な対立だと答えました。ふだんの彼から考えれば笑止千万、とうてい信じ難いいいわけです。あたしに聞かれてしまったことをまったく予測していなかったために、あわてていてそんなふうなことばしか出てこなかったのでしょう。まあほんとうの理由は、聞かなくてもわかるようですが」

「違う、それは——」

ふたたび口をはさもうとする那羅を、彼女はふたたび黙殺した。

「ちなみにこのふたりのけんかがあったのは、十月七日の深夜のことでした。つまり事件の起こるわずか二日前です。ということで那羅君の項目は終り」

「そいつは初耳だ。なかなかおもしろいじゃないか。動機のポイントとしてはかなり高いぜ、そりゃあ」

多聞がお気楽な感想を挟む。

「喜んでる場合じゃないわよ。次はあなただから」

「馬鹿いうなよ。俺にゃ橋場さん殺す動機なんて、これっぱかしもないぜ」

「あなた橋場さんに貸したお金が戻らないって、一時ずいぶんこぼしてたじゃない。実家の質屋さんから貴金属まで持ち出して、ほとんど勘当されそうだって」

「ちゃんと返してもらったさ、インドに行く前に。それにな、たかだか二十万ばかしの金で人を殺すやつがいるか？」

「あら、そう向きにならないでよ。でもあたしここに来て思い出したの。あなたと山置さんがそうしてふたり並んでしゃべってるの聞いてる内に。そっちでは動機はなかったかもしれないけどね、橋場氏の方は相当怒っていたのよ、あなたたちのこと」

「あなたたちって、ぼくも入るんですか？」

　山置は小さな目を剝いて、考えもしなかったという表情だ。

「そうよ。だからあなたたちはひとまとめで終らせて上げる。多聞耕作君理工学部四年、山置優君文学部四年。芝居の役名で呼べば熱血のレアティーズと理性のホレーショ。なかなかに配役の妙だわね。

　これはあたしが橋場氏から直接聞かされた話よ。あなたたちが橋場氏の過去の仕事について、相当に辛辣《しんらつ》な口を利いていたってこと。それもふたりだけじゃなくて、他の学生にそういってしゃべったんですって？　彼の書いた『第三世界を旅する』が、オリジナルな資料なんてほとんどない、ロンリィプラネットやなにか英語のガイドブックの内容を丸写しにしただけのものだとか、旅行記は人の体験を自分のことみたいに書き並べただけのきれいごとの嘘っぱちで、文章もへたくそ、剽窃《ひょうせつ》だらけの二流の本で、なんでそう売れたのか理解できないとか」

「し、知らないよ、ぼくはそんな」

　山置は青くなって首を振るが、多聞はなにもいわない。

「しかもそれが話だけじゃ終らなくて、学校新聞の『Wタイムズ』におもしろおかしく記事にされちゃった。そこまでは多聞君たちも、とうてい予測していなかったんでしょうけどね。『文学部キャンパスにほど近いスナックSのマスターが』とまで書いてあったらしいから、たいていの人には誰のことかもわかったはずだわ。そうは見えなかったかもしれないけど、橋場氏ってものすごくプライドが高い上に執念深いのよ。あたしが最初にその話聞かされたのは冬のころだったけど、それから七、八ヵ月も経ってヴァラナシに来てからもまだいってたわ。友人だと思っていたのにいわれない中傷を浴びせられた。これは人間の名誉の問題だ、なんて。それともなにかあのころに、古傷をえぐるようなことでもあったのかしら。必ずこの決着はつけるなんていってたから」

「でも、死んだのはぼくらじゃない、橋場さんじゃないか……」

「それが潔白の証明になると思う？　責められてかっとなって逆に、てことは考えられるじゃないの」

「けっ、馬鹿くせえ。そんな動機で人を殺すやつがいるもんか！」

多聞が吐き捨てる。

「手を出さなきゃこっちが危ないぐらいのとこまでいったなら、立派な正当防衛だ。なにも逃げ隠れするこたあないさ」

「そこをどう解釈するかは探偵の仕事よ、あたしは材料を提供するだけ。というわけで多聞君山置君の分は終り。大したことなかったでしょ？」

「次はサルか？」

「ええ。商学部一年猿渡充君、配役はポローニアス。仮にも一国の宰相にしては、ずいぶん軽々しいポローニアスだったわよね。彼が橋場氏と対立するとしたら、もう間違いない、あれだわ──」

祥子の指はなにかをさし示そうとして、だが急に止まった。そしてそれきり口をつぐんでしまう。彼女の饒舌《じょうぜつ》が消えて、天井の高い室内は急に静かだ。

「終りですか？」

京介が尋ねると、祥子はまたぱっと顔をもたげて、わざとらしい陽気な声を上げた。

「あら、まだよ。肝心な人が残ってるじゃない。桜井君、あ・な・た」

「僕ですか」

「ええ。そりゃあなたはおうちの許しが出なかったってことだったわ。でもそれは皆といっしょに行き帰りしなかったってだけのことでしょ。一便後の飛行機でインドに入って、たとえばまっすぐにヴァラナシに行って潜伏していたとしてもあたしたちにはわからない。案外インド人に変装して、あの家でコックかなにかやってたりしてね」

「僕はなんのために、そんなことをしたんです」

「そりゃあもちろん、橋場氏を殺すためよ」

祥子は平然といってのける。

「だってあなたにはちゃんと動機があるもの。薄汚い中年男を抹殺して、愛するカリの心を解放する。これほど純粋で明確な動機はないわ。しかもあなたはそこにいないはずの人間だもの、目撃さえされなければ絶対に安全。最高のチャンスじゃない。最近のミステリじゃ探偵役が犯人なんて、もう珍しくもないんでしょ。さ、いかが？」

京介がなにかいうより早く、多聞ががらがら声を上げた。

「おい、吉村。おまえそれだけ人の棚卸しをやっておいて、自分にだけは手をつけないつもりか？」

祥子はさっと振り返った。口元にはまだ微笑が浮かんでいるが、両腕は身を守るように胴に巻きつけられている。

「あら。だってあたしには動機なんてないもの」

「それじゃ俺が代わりにいってやろう。文学部三年吉村祥子、役柄は狂女オフィーリア」

椅子から立ち上がった多聞は、さっきまでの祥子の芝居がかりを真似たように、右腕を伸ばして彼女を指さす。

「だがあれはとんだ大根のお嬢様だったなあ。カリのガートルードとは、見てくれも演技も較べものにならなかった。かわいそうにあせればあせるほど、品もなけりゃあ色気もない、あれじゃハムレットが愛想つかすのも無理はないかってなもんだったよ。

ところがおまえさんときた日にゃあ、どんな場所でも自分が主役を張らなきゃ気のすまない、とんだわがまま娘さ。どうやってもカリに勝てないのが悔しくて、その腹いせにせめてマスターをたらしこんでやろうと思ったんだろう。で、おまえさんは、成功した、うまくいった、橋場氏とベッド・インしたと、そこら中にいって回ったわけだ」

いまは昏の微笑も消えた祥子に、多聞はにやりと笑って見せる。

「だがそいつがうそだったとしたらどうだ。橋場氏はおまえなんぞ相手にもしなかった。そりゃあそうだろう、カリみたいな魅力的な美女がそばにいちゃあな。

無論おまえとしちゃあ引っ込みがつかない。こうなれば色気というよりメンツの問題だ。それであの晩も懲《こ》りもせず彼に迫り、またしてもはねつけられた。かっとなって手を出した。どうだ。これほど明瞭な動機もまたとないだろうが」

「——し、失礼ね！」

祥子は叫んだ。声が震えていた。

「誰がうそなんかいうものですか。橋場さんはほんとにあたしのことを愛してくれたわ。別れるつもりだったのよ、都とは。カリのことはもういいんだって、自分の役目は終ったって、繰り返し繰り返しいってたもの。そういう意味でいうなら、誰より動機があるのはカリよ。カリだけよ。彼女が彼のこと殺したんだわ！」

役に立たない嘘

1

吉村祥子のヒステリーが比較的短時間に収まったのは、多聞の指摘した彼女の動機が正解ではなかったからかもしれない。それだけでも蒼はもうげんなりした気分だったが、意思に反してその午後は、これまでで一番忙しく『探偵助手』をやらされるはめになってしまった。

サロンに場所を移して改めてひとりずつ、これまで聞いたことも聞かないことも含めて、一九八四年ヴァラナシでの各自の行動を追っていく。正確を期するためにその場で作ったメモを当人に読ませ、聞き取り方に間違いはなかったかを確認してもらう。書き留めるのはもっぱら蒼の仕事だ。だが渋る那羅や多聞を積極的に説きつけ、ついでに質問役まで買って出たのは山置優だった。

「やれやれくたびれた。だがこれでやっと、推理を組み立てるための基本的資料が整ったというわけだな」

まるで自分ひとりでそれを成し遂げたとでもいうような口調で、こった首をコキコキと鳴らされるのはおもしろいことではなかったが、相変わらず半冬眠状態の桜井京介と、おまけのちびとしか見られていない蒼だけでは、到底平日でこれだけの成果は上げられなかったに違いない。

「しかし自分たちの目の前で起こった事件とはいっても、さすがに十年も経つと記憶が薄らいだ分生々しさも消えて、妙に客観的な気分になれるものだな。小説よりはずっと現実感はあるし、桜井君が狩野の頼みを引き受けた気持ちもわかるよ」

無神経な口振りでそんなことをいって、山置は灰皿を引き寄せる。まるで自分はもうこちらの仲間だとでもいう顔だ。しかし用は済みましたから、どうぞお引き取り下さいというわけにもいかない。彼にしてもそれで引き下がりはすまい。

「そういえば桜井君はいつか『シャクティ』で、ずいぶん手ずれした文庫本の『虚無への供物』を読んでいたっけなあ。いまでもやっぱり本格推理は好きかい？」

「新しいものは、あまり読みませんけどね」

汚れた指の間にたばこを挟んだまま、彼はうんうんといかにも嬉しそうにうなずいて見せる。その煙が流れて、京介の口元が不快そうに曲ったことなど気づきもしない。

「まあ、中井の『虚無』みたいなとんでもない作品を頭に置いてそれ以後を読むと、どうしたって物足りない、及ばない、粒が小さいと感ぜざるをえないよなあ。それでも本屋にいってノベルスの帯に『驚異のドンデン返し！』とか『恐るべき密室の謎！』とか書いてあると、ついつい手が伸びてしまうのさ。愛好者の悲しい性《さが》というやつで」

そうか、つまりこの男はミステリ・マニアだったのだ、と蒼は遅ればせながら納得する。最初の印象はひたすら暗い男。大学の万年助手というから、外の世界で苦労する意欲も持てないまま歳だけ喰った専門馬鹿のひとりだろうとしか思わなかった。

それが急にここに来て積極的な態度を見せはじめ、口数もやたら多くなってきたのでどうしたのかと不思議でならなかった。都に目の前で自殺されて後悔しているとか殊勝らしいことをいいながら、なんのことはない、本音は探偵ごっこをやってみたいだけではないのか。

「すると山置さんは、橋場亜希人の死を密室殺人と考えるわけですか」

蒼と同じことを考えたのだろう。京介にしてはかなり露骨な、皮肉のことばだった。しかし山置は一向ひるむ様子もなく、

「さてね。それを検討するのは、いささか時期尚早なんじゃないかね」

やにで黄ばんだ歯を見せて、にやりと笑う。

「本格推理といえば二言目には密室といいたがるのは日本だけだ、なんて誰かが書いていたが、どうしてそうとばかりはいえない。英語圏でも『LOCKED ROOM MURDERS』な

んて大部のハードカバーが出ていて、二千を越す密室トリックが収集されている。至極要約した書き方しかしていないから、アイディアに詰まった作家が読んでも助けにはならないだろうが、暇潰しの拾い読みにはそう悪くないね。

だがトリックだけを抜き出されてみると、どうにも馬鹿馬鹿しいとしかいいようのないのが多いんだ。問題は鍵のかかったバンガロー内での殺人、答えを見ると殺人者はもうひとつ鍵を持ってた、とさ。これが誰でも知ってる巨匠の作品なんだ。ほんとだぜ」

（ふーんだ。そもそもミステリの中で、トリックだけ抜き出して云々するのがおかしいんじゃないか！）

蒼は内心思う。『虚無』にしたってその物理的なトリックだけを一行で要約すれば、やっぱり馬鹿馬鹿しく思われるかもしれない。だけどあれには絶対要約できない大きなしかけ、というか広い意味でのトリックがあって、すべては緊密な結晶体のように繋がりながら全体を支えているのだ。

「蒼君、ノートはまとまったかな？」

「あ、はい。大体のところは」

「それじゃ最初から読み上げてみてくれないか。ここらで考えをまとめておきたいんだ」

まるっきり名探偵きどりのせりふだ。ぼくはおまえの助手なんかじゃないやと思わないでもなかったが、京介も一応聞いてはいるわけだし、蒼はおとなしくノートを広げた。

正直なところあのまま山置が調子に乗って、ドクター・フェルの向こうを張った密室講義でも始めるのではないかと、内心ひやひやしていたのだ。虚構と現実を覆す魔術でもない限り、ミステリのトリックで現実の謎が解けるわけもないとは考えないのだろうか。

2

「じゃ、旅行の始まったところから行きます。

九月三十日、インド航空機でデリー到着。十月二日まではデリーのホテルに泊まって、市内観光とかアグラの日帰り観光とか、普通のツーリストのコースを辿った。

十月三日、国内航空インディアン・エアラインズでヴァラナシへ移動。橋場さんの知り合いが用意してあった河岸の洋館へ入った。

この建物は十九世紀に建てられた石造の二階建てで、周囲にかなり広い庭園と、それを巡る塀がある。商店などのある表通りに出るには、門からの一本道しかない。

翌日の四日は、早朝の沐浴見学と午後はサールナートの仏蹟ツアー。そして五日以降は朝食と夕食の席で顔を合せるほかは基本的に個人行動。ただし夜は全員が戻って、一つ屋根の下で寝ていた。夕食後屋上に集まるのは自然発生的に始まったことだが、橋場さんがそこに加わることはなかった。

部屋割りは、橋場さんは個室、残りの男四人はベッドを並べて同室、吉村さんと狩野さんも同室。部屋はいずれも二階。ただし橋場さんはその個室よりも、例の河の見える広い部屋を瞑想室と呼んでいて、そこで寝ることが多かった。

各人の行動パターンは、橋場さんはほとんど外出せず。二、三回、家の持ち主であるインド人のところに出かけた程度。昼も夜も瞑想室にこもっていた。かなり健康を害していたらしく、あまり食事もしないのにトイレで毎日吐いたり、そうかと思うと便秘で苦しんでいる様子を見た人もいる。

狩野さんはそのインド人が紹介してくれた舞踊家の家に通って、毎日古典ダンスのレッスンを受けていた。吉村さんは街で知り合った日本人旅行者たちと、いっしょにいることが多かった。残りの四人の人は、それと合流することもたまにはあったが、たいていひとりで街を歩いたりしていた。山置さんの気に入った場所は火葬ガートで、人間が薪の山の上で灰になっていくのを、毎日飽きずに眺めていた。

「うん。あれは一見の価値があるよ。なんというか、人生観が変わるね」

山置が合いの手を入れたが、蒼はかまわず続きを読む。

「多聞さん、那羅さん、猿渡さんからは、特によく行った場所等のコメントはなし。ただし山置さんの記憶として、那羅さんと猿渡さんはいっしょに行動していることが多かったようだ、と」

「だいたい見てても見当はつくだろうけど、あのサルってやつは腰巾着タイプでね。誰かしらにくっついているのが好きなんだ。那羅は英語が出来るから心強いっていうのもあったんじゃないか。よくつるんでいたようだったね」

「というわけで、いよいよ十月九日です。みんなそろった夕食が七時半ころ終って」

「おっと、その前にひとつ抜けてる。吉村がいったろう。その晩の橋場さんの様子が少しいつもと変わっていた、ふさいでいるようだったって」

「そうでしたっけ」

「うん、これは重要だよ。ぼくも覚えている。ふさいでいるというより、完全に具合が悪いようでね。歩くのもふらふら、ろくにしゃべりもしないし食べもしなかった。ちゃんと書いておいて」

「リョーカイです。で、それから屋上に集まるまでの皆さんの行動ですけど、時間についてはほとんどわからない。

橋場さんは食堂から、おそらくまっすぐ二階の瞑想室に入った。

狩野さんは寝室で着替えて屋上へ、つまり屋上に出たのは彼女が一番先らしい。

その次に屋上に出たのは山置さんで、外にミネラル・ウォーターを買いに出て、瞑想室で橋場さんと話して、それから階段を上がった」

「そう。まだカリ以外は誰も来ていなかった」

「後の四人の前後関係については、記憶があいまいではっきりしない。

　多聞さんは寝室に寄って荷物から新しいたばこを出して、一度庭に出てしばらくいて、それから屋上へ行った。

　猿渡さんは寝室経由屋上。寝室では多聞さんと顔を合せた。これは双方から確認済み。屋上に出たのはたぶん山置さんの次だと思われるけれど、確認できない。

　吉村さんも寝室から庭、そして屋上。寝室では狩野さんが赤いサリーに着替えていたが、話はしていない。屋上へ上がる階段で多聞さんといっしょになった。庭では会っていない。これも双方確認済み。

　那羅さんはたばこを買いに出て、庭を歩いて、それから屋上へ行った。たぶん彼が一番最後。ただし那羅さんの姿はどこでも見られていない」

　蒼はふっと疑問を感じて、ノートから顔を上げた。

「――ねえ。これって少し変じゃありませんか？　家から表通りのお店までは、道は一本しかないんでしょう。そして水もたばこも、同じ雑貨屋で売っていたっていいましたよね。こんな接近した時間なのに、山置さんはどうして那羅さんを見なかったんだろう」

「あはあ。つまりこうして並べると、どこでも確認の取れないのはぼくと那羅だけ、ということになるからねえ」

　気を悪くしたふうもなく、山置は無精髭の浮いた顎を掻いて、

「あ、そうか。君はインドに行ったことがないから、よけいそう思うのかもしれないな。あの国はね、街灯なんてものはひとつもないんだ。だから夜の往来といったら、一応は街であるヴァラナシにしたって、現代日本の田舎よりはるかに真っ暗なんだよ。家の玄関があったり開いた店があったりすれば、そこの灯火が道までもれはするけれど、長い塀や空き地が続いていたら、足元に人が寝ていても、いやいきなり鼻をつままれたって、まずわからないほどさ。

一度吉村がひとりで暗くなってから帰ってきたことがあってね、玄関に入ってきたと思ったら、リキシャマンに騙されたって真っ赤になって怒ってるんだ。表通りを曲ったらいくら歩いても家に着かない。こんな時間に迷子になったかと途方に暮れていたら、道端にリキシャを止めて運転手がその上で寝てた。なんとか片言で道を聞いたら、乗れ乗れ、一ルピーだというんで仕方なくて乗ったんだと。そしたらたった二十メートルも走らないで着いちゃった。なんのこたあない。表通りからの曲り角を間違えて、一つ手前で曲っただけだったんだな。

つまりそれくらい真っ暗だってことだよ。家の玄関から表通りの間にも明かりなんて一つもなかったからなあ、そこですれちがったとしてもわからなくて不思議はないんだ。まあ、それで納得しておいてくれよ」

「わかりました」

行ったこともない国の話なのだから、そう答えておくより仕方ない。

「ええと、それで橋場さんを除いた全員が屋上にそろったのがたぶん九時半で、最初にそこから立ったのは吉村さん。これが十一時ころだろうというのも、だいたい皆さんの一致した記憶でした」

「うん。それからいよいよ問題の吉村証言に入るわけだな」

腕組みをしてしたり顔にうなずいた山置は、また急に、あれ、と声を上げた。

「つまり夕食以降、生きている橋場さんを見た最後の人間はぼくってことか。こりゃあ、あんまりおもしろくない発見だなあ」

「そうですか？」

「だって蒼君。それならぼくが屋上に出る前に彼を殺して、凶器も始末して、ドアを開かないようにしていったと考えることもできるわけだろう」

「ああ、なるほど」

科学捜査など一切されていないのだ。当然橋場の死亡推定時刻など、知るべくもない。

「頼りない探偵助手だなあ」

「一応お断りしておきますけど、山置さん、ぼくの本職は探偵助手じゃなくて建築史研究者の助手なんですよ」

「ははは、そうか。まあ、先を頼むよ」

「読みます。吉村さんは橋場さんと約束をしていた。その時間は十二時ころだったが、カリの踊りを見る気もしないので早めに立った。ところが行ってみるとドアが開かない。呼んでも返事がない。いびきが聞こえたので寝てしまったのだと思い、腹が立ったがまた屋上に出る気にもなれず、約束の時間になれば開けてくれるかもしれないとも思って、ぐずぐずしている内にそこで眠ってしまった。

つまり山置さんを犯人にするためには、このいびきを聞かせるトリックを考えないといけないわけですね」

「わかってるじゃないか。そうそう、それでぼくの首は皮一枚繫がってるってわけさ」

「十二時ころ、狩野さんの創作ダンスが始まった。どのくらい続いたかは、どなたも確かな記憶なし。一時間くらいか、というところ。

ダンスの終った後で、那羅さんと多聞さんがいっしょにトイレに降りた。猿渡さん、山置さんも、一度くらいは降りたと思うが順序は不明。猿渡さんは、ドアの前に寝ている吉村さんを見たような気がする。ただ瞑想室の前を通ったのではなくて階段のところからちらりと見ただけだし、近くには電気も点いていなかったから、なにかがころがっていると思った程度で顔までは確認していない。

明け方近くは皆屋上で、そのままゴロ寝していたらしい。いつデッキの音楽が切られたか、といったことは誰も記憶なし。その夜の内に、なにか落下音めいた音を聞いたような気がするという証言があったが、回数も一度または二度、時間も夜中、あるいは明け方近く、水音だったともそうでないとも、食い違っていて特定はできない。

「ということで、後は翌朝の遺体発見ということになるんですけど」

「ここらでちょっと休もうか。いいかい、桜井君」

「どうぞ」

京介の返事はこれだけだ。たぶん彼は依然として機嫌が悪い。なぜだかは蒼にもわからないが。

それにしても、と自分でまとめたノートを読み返して蒼は思う。徒労っぽいなあ、と。いくら探偵をしろ、真相を明らかにしろといわれても、この目で現場を見ることもできなければ、客観的な記録に類するものも一切存在しない事件だ。せめては同じ程度の詳しさで、都の証言を聞いておくべきだった。いま話を聞くことができるのは、目の前で澄ました顔をしている山置も無論含めて、すべて犯人の可能性を持つ者ばかり。つまりそこに嘘が混じっている恐れを、常に否定することはできない。

得られた証言を突き合せて、矛盾の有無を検討するしかないわけだ。むしろそこにはっきりした亀裂が現われれば、それこそなんらかの作意、よりあからさまにいうなら殺人という犯罪の隠蔽された形跡だろうと考えることができたはずだ。しかしどうやら見当たらないのだ、そんなものは。たったひとつ、吉村祥子のしているおかしな証言の他には。

彼女は、瞑想室のドアは開かなかったのだという。洋館が建てられたときの扉は壊れたか、外して持ち去られたかしたのだろう。当時ついていたのはただの板戸。蝶番《ちょうつがい》も錆びてゆがんで、下にはかなりすきまもあるおんぼろのドアだ。部屋の内側にあるかんぬきをかける以外、鍵穴などもともとなかった。だからこそ彼女も橋場が、内側からそれをかけて寝てしまったと思ったのだ。

しかし翌朝になって多聞と那羅が寝ている彼女を見つけたときは、そのドアはすぐに開いた。もちろんかんぬきはかかっていなかった。

「さっき多聞がいったみたいに、吉村が犯人だとしたらなんの謎も問題もない。現場は密室でもなんでもない、ただの他殺だということになる。もちろん彼女にもそれはわかっているはずだ。ああして動機が問題だなんて力説してみせたのも、他の方法で考えたら自分が一番不利な場所に置かれている、それを誤魔化したいと必死で考えたからだろう」

「山置さんはどう思うんです。吉村さんが犯人だと？」

「いや——」

「どうしてです」

「それじゃおもしろくもなんともない」

と、いうのは冗談だがね、と山置は笑ってみせる。どうみても暗い貧相な男が、歯並びの悪い前歯を剝いて笑う顔というのは、あまり見たいものではない。

「吉村が犯人だとしたら、どういう経過が想定できるか考えてみようか。屋上から降りて瞑想室に入った彼女が、橋場氏と口論になる。一方的に興奮してわめきたてるのに閉口した橋場氏は、椅子の上で目をつぶって寝たふりを装った。無視されてよけいかっとなった吉村が、その胸めがけて打ち下ろした、とすれば凶器はさしずめあそこにあったリンガの石像かな。そして吉村はそのまま部屋を出たが、疲労と興奮で一気に酔いが回ってドアの前に倒れてしまう。と、こんなところか」

「でも、それってやっぱり変ですよね」

口を入れた蒼に、うんうんとうなずいて見せて、

「それじゃどこがおかしいか、君からいってみてごらん」

「ぼくが？」

「そう。こっちは検事、君は吉村の弁護人になって、ひとつディベードしてみようじゃないか」

3

なんだかますます山置のペースに乗せられてしまうようで、蒼は正直おもしろくない。しかし京介は黙って見ているだけだ。こんなことなら口なんかはさむのじゃなかった。

「ええっと、まずなにより変なのは凶器です。どうして石像で胸を押し潰して殺すなんて、そんなおかしな方法を取ったのか」

この恒河館の二階、都がヴァラナシの現場と同じように用意したあの部屋の石像を、さっき蒼も持ち上げてみた。重さは七、八キロくらいはあるだろうか。両手で抱えれば非力な女の人でも、持ち運びできない重量ではない。

だがそれにしても、橋場に無視されてかっとなった祥子が、なにか凶器になるものはないかと部屋の中を見回して、その石像をよっこらしょっと抱いて戻る。橋場は目をつぶっていたのだとしても、その前に立ちはだかって、彼の胸めがけて石の塊を放り投げる。あるいは高く振りかぶって落っことす。どう考えてもこれはギャグだ。

「うん。確かにありそうもない凶器ではある。しかしあの瞑想室には、他に使えそうなものはなにもなかった。素手で飛びついても女性の力じゃ高が知れてるし、となれば石像に手が伸びたのも絶対にあり得ないこととはいえないだろう？」

予想していたらしい山置の反論に、蒼はすぐさまいい返す。

「でも、そうして投げつけたか落としたかした石像を、なぜわざわざ元の場所に戻したりしたんでしょう。——あ、それとも像の置かれた場所が、前の晩と違ったりしてました？」

「いや、そういうことはなかったと思う」

「だったら」

「まあ、あの瞑想室は橋場氏の部屋で、ぼくたちはそう何度も出入りしたわけじゃなかったからなあ。少しくらいの変化だったら、気がつかなかった可能性はあるな。

それはともかくとして、犯罪者が自分の犯した殺人の痕跡をできるだけ消そうとするのは、むしろ当然の欲求じゃないかい？　なにが凶器かわからなければ、それだけ捜査は困難になるはずだし、自分の身を守るためだ、酔っていてもとっさにそれだけの判断が働かなかったとはいいきれない」

「でも、ぼくだったらそんなこと考えるより、一刻も早く現場から逃げ出す方を選びますよ。そりゃあ後になったらそういう痕跡のことが気になってきて、遺留品がないだろうかとか、指紋はどうしたろうとか考え出すかもしれないけど、やってしまった当座は恐くて恐くて、とてももう一度凶器にさわるなんてできないと思うな」

「やけに実感のあるせりふだねえ」

これくらいは想像力だよ、と口には出さずに蒼は思う。

「それに吉村さんはそのままドアの外で寝ていた。彼女が潔白なことはそれだけでわかるのじゃないかな。ドアの向こうに死体があるとわかってて、そこで寝られるなんて女の人の神経だとは思えない。もしほんとうに力尽きて倒れてしまった、つまりただの一歩も逃げることができないくらいくたくたになっていたのだとしたら、逆に凶器を片付けるほど余力があったことと矛盾してしまう。ぼくはそう思いますけど」

「なかなかいい線行ってるね。状況証拠と推定の積み重ね、といってもペリー・メイスンあたりなら、陪審の判定をシロにするくらいそれでできそうだ」

悔しいことに山置は余裕綽々《しゃくしゃく》だ。

「しかし問題はその後だ。だろう？」

「ドアの鍵の件ですね」

「そう。吉村祥子はあのときも、そしていまも繰り返しいっている。瞑想室のドアは開かなかったと。ところが翌朝多聞たちが彼女を揺り起こして、ドアを引っ張ったらそれは開いたんだ。吉村無実説に立とうと、有罪説に立とうと、なぜそんなことを彼女がいうのか、という疑問は消えない。

もしこの事件が日本の警察によって捜査されたとしたら、吉村は当然被疑者の筆頭として取り調べられたはずだし、その場合一番に追及されたのはこの点に違いないんだ。つまり警察はこう解釈するだろう。吉村は開かなかったというが、ドアは翌朝ちゃんと開いた。つまり吉村は嘘をついているのだ。なぜそんな嘘をつくのかといえば、彼女が橋場を殺したからだろう。室内に入って橋場と顔を合せたことはないと、思われたいために嘘の証言をしているのだ」

「でも、それはおかしい――」

蒼はつい、声を大きくしている。

「吉村さんが橋場さんを殺したのだとしたら、いくらドアは閉まっていたんだと主張しても、そのままドアの外に倒れていたんじゃなんにもならない。その場合彼女はどうにかしてドアの前を、一歩でも二歩でも離れなけりゃならない。せめてそうすれば彼女が寝てしまった後に誰かが来て、そのときは橋場さんがドアを開けて、それでその人が殺して逃げ出したんだっていう設定が成り立つのに。それなら彼女のとき閉まっていたドアが朝は開いていたことも、ちゃんと説明がつくのに」

山置はうなずいた。

「君のいう通りだ。吉村はあれで、三十歳で六本木にレストランを持てるくらい実務能力のある女だ。馬鹿でもない。桜井君やこともあろうに都まで入れてぼくたち全員の動機調べをやってみせて、自分にかかる疑いを逸らそうというくらいの頭は働く。その彼女がなぜドアが開かなかったなどという、嘘に固執し続けるのか」

「嘘、と断定するわけですか」

京介がつぶやくようにいう。

「いや、ほんとうだと考えてもいい。しかし、たとえそれがほんとうのことだったとしても、そのことを主張し続けることが彼女にどんなメリットをもたらす？　無だよ、桜井君。それどころか、罪を免れんがための苦し紛れの虚構だと思われて、なおさら自分にかかる疑惑を深められるだけじゃないか。それくらいの理屈も、わからない彼女ではないよ」

「…………」

「しかし吉村は十年前のあの日から今日にいたるまで、明言し続けている。ドアは開かなかったのだと。この役にも立たない嘘にはどんな意味があるのか。答えがあるならどうか教えてほしい」

蒼は横目で京介の表情をうかがったが、彼の口は動く気配もない。

「人間の行動には必ず動機がある。吉村自身がいった通り、まさしく『動機が問題』だ。それも大して高尚なことを考える必要はない。人が生き物である以上、個体保存の本能はあらゆる場面でもっとも強く働く。だが人間には己れの安全を敢えて危険に晒《さら》しても、別の行動を選択する場合がある。

吉村祥子が自分を危険に陥れるためにしか役に立たない嘘に、頑強にこだわり続けるのはなぜか。ぼくは敢えて断定させてもらうよ。橋場亜希人の死の真相を解く鍵は、一にかかってここにあるとね」

「では山置さんは、すでに結論に達したというわけですね」

山置は大きくうなずいて立ち上がった。

「どうだい、今夜はひとつぼくたちの真相発表会といこうじゃないか。さっき蒼君に読んでもらった事実経過と、翌朝の現場の状況については、特に重要だろうからぼくがこれからざっとまとめておこう。それを通して朗読してもらって、他の諸君でも考えがあればいってもらう。そしてこの際ぼくたちの間にわだかまった、十年の屈託にけりをつけるんだ。それがこうして集まったぼくたちのできる、橋場氏とカリへの最大の供養だと思う」

蒼はあっけに取られて、興奮に鼻の穴まで丸くふくらんだ山置の顔を見上げる。彼の頭の中ではいつの間にか、彼自身がすべての状況を支配する主人公になってしまったようだ。『名探偵、皆を集めてさてといい』を実際にやってしまうつもりらしいのだから。

「あ、もちろん君だって、発言してくれていいんだぜ」

「――ありがとうございます」

京介の声は無感動というよりむしろ冷淡だったが、生まれて初めての名探偵役に酔っている山置は気にしたふうもない。

「楽しみに、聞かせていただきますよ」

「ありがとう、そうしてくれ」

それじゃ後でね、といい残してさっそうと出ていく山置の背を見送って、蒼はため息をついた。京介はサングラスの中からちらりとこちらを見たようだが、すぐまた顔を戻す。どうも今回の彼はおかしい。

（山置さんに先を越されそうで落ちこんでいるとか。まさかね）

それくらいなら、変わり果てていたとはいえ十年ぶりに再会できた狩野都に、あっけもなく自殺されてしまったことが痛手で、とでも考えた方がまだましだ。

「コーヒー、いれてこようか」

「いい」

やっぱり変だった。

犯人のいない犯罪

1

「えー、というわけで、ここまで、一九八四年十月九日の夜中にいたる経過をざっと振り返ってみたわけですが、翌十日の死体発見前後については、ぼくがみんなの証言をシナリオ風にまとめてみました。ほんとうは九日からそれをやりたかったんですが、ちょっと時間が足りなかったのでご勘弁下さい。で、読んでいる最中に自分のいったとされるセリフが明らかに違うとか、抜けていることがあるとか、思ったら遠慮なく手を上げてその時点で申し出て下さい。じゃ、蒼君。続けて朗読よろしく」

山置はいよいよ名探偵気取りだ。その日の夕食後、食器を下げたテーブルを囲んで滞在者たちが顔を揃えている。

昨夜と違うのはそこに狩野都がいないこと。

（でもその代わりにナンディがいる……）

ひっそりと壁際のスツールに、ひとひらの影のように座っている。黙って席を外そうとするのを、蒼が引き止めたのだ。

だがそれ以上に昨夜と変わっているのは、その場の雰囲気だった。

昨夜は初め誰ひとり、橋場の名も事件のことも口に出さぬまま、一見なごやかな表情の一枚下には不安と緊張が隠されていた。都がその沈黙の仮面を打ち破ったことで、戸惑い、怒り、反発、恐れ、さまざまの負の感情が吹き出し、那羅のようにパニックを起こした者さえいた。

ところが今夜はといえば、全員がどこかお気楽なのだ。自分が犯人にされるのではないかと張り詰めている顔もなければ、かつてのリーダーの死をもてあそぶのかと憤る顔もない。山置の芝居がかった探偵ごっこをとがめだてるどころか、誰もが愛想よく耳を傾けてやろうという表情だ。

日が暮れてから急速に雨が小止みになり、明日の下山は問題もなさそうだという見極めがついたからか。

だがそれだけではない、と蒼は思う。

恋人の死の告発者として現われた都がもはやいないこと、それこそが座の雰囲気を弛《ゆる》めた最大の要因なのだ。あの老婆のように変貌した凄惨な都の姿が、橋場の死の重さを絶えず彼らに見せつけずにはおかなかった。それさえなければあの事件は山置も口にした通り、小説よりははるかにリアリティがあるが生々しさは薄れた、一つの興味深い謎であるに過ぎない。だがそれでは狩野都はなんのために死んだのか。自分の存在を消すためなどではなかったはずだ。死を選ぶことで逃げ去ろうとする旧友たちに、逃れ難い罪の意識を突きつけようとしたのではないか。

それとも都はほんとうに、自分の魂が彼らを呪縛する力を持つと心から信じて死んだのだろうか。これがインドであったなら、肉体を離れた魂の力を誰もが信ずる世界であったなら、確かにそれは効力を発揮しただろう。呪術が信じられている社会では、蠟《ろう》人形に針を刺されて死ぬ人間もいる。

十年をインドで暮して、たぶん都は忘れてしまったのだ。現代の日本人の心のどこを探しても、死者に対する敬虔も霊魂に対する畏怖も、まったくといって悪ければほとんど残ってはいない。死んだ者はもはや存在しないものであり、死体はやっかいなごみでしかなく、そんなものは見ないですめばそれに越したことはない。

そしてたった一日前の狩野都の死から顔をそむけることが可能なら、十年も過去の橋場の死は、もしかしたら犯人自身にとってさえ遠い過去でしかない。初めのためらいが薄れれば、旧知の友たちとの話題には格好の思い出話。蒼にはそのことが、なんともいえず遣りきれなく感じられた。

「ええっと、それでは読み上げます。

がらんとした瞑想室の中央、古びて半ばつぶれかかった籐の寝椅子の上に仰向けに倒れて橋場亜希人は死んでいた。手足はだらしなく四方に投げ出され、足の先には黒いゴム・サンダルが脱げたままの場所に放り出されていた。

遠目になら酔い潰れて寝ているのだと、見えないこともなかったかもしれない。だが椅子の肘掛けからずり落ちるようにして逆さまに垂れ下がった顔は、誰の目にも明らかに生ある者のそれではない。ぽかんと開いたままのまぶた、だらしなく落ちた顎。青ざめた唇からは黄色みを帯びた液体が胸まで溢れ、上を向いた鼻の穴が白く粉を吹いて朝の光にひかってい る。伸びた髭の下の弛緩しきった死顔は、どこか滑稽でさえあった。

その死骸を囲んで日本人の若者が六人、輪を作っていた。男が四人、女が二人。服装はてんでに、だが表情はいずれも茫然と、いうべきことばもなすべきことも知らず立ち尽くしていた。

『橋場さん、いったいどうして、こんな……』

ようやく猿渡が口を開いた。

『なんだか元気ないとは思ってたけど、まさか死ぬなんて、こんな急に――』

いきなり腕を伸ばして、橋場のシャツの裾を摑んだのは那羅だった。

『おい……』

『止めて、なにするのよ！』

制止の声を無視してめくり上げたシャツの下から、痩せて肋の浮いた胸があらわになる。

『見ろよ』

『ひでェ……』

誰からともなく呻くような声がもれる。なにか巨大な鈍器で胸を痛打したとしか思えない、胸部全体に及ぶ陥没傷。血の気の失せた皮膚の下では、肋骨が砕けているに違いない。そのために椅子の上の橋場の体は、おかしなほど平たく潰れて見えた。

狩野都が一週間のレッスンの成果を披露したその翌朝。ごろ寝していた屋上から真っ先に降りてきたのは多聞と那羅だった。二、三歩前を歩いていた多聞が、なんの気なしに瞑想室に通ずる廊下を見て、ドアの前に横たわっている人影を見つけた。

『あれ、あそこにいるの吉村か？』

『え？　なにやってるんだろう、あんなところで』

ふたりが近寄って見ると吉村は、背中をドアの下端にぴったりと押しつけるようにして、右を下に横になっている。顔を覗きこむと安らかな寝息をたてているので、具合が悪いのではないとはすぐわかった。那羅が肩を摑んで揺さぶると、うーんとうなって目を開く。

『おまえ、こんなとこでなにやってんの？』

『え、あ、やだ、なんでもなーい』」

蒼がそのせりふを声色よろしく読み上げると、一座から笑いが湧く。

「ちょっと、それ山置君が書いたの？　あたしそんなこといった？」

「文責は山置。ただしセリフは那羅と多聞の記憶です。はい、吉村さん、異議でなければお静かに」

「——続けます。

『ははあ、さてはマスターともめたな。それで締め出されたんだろう』

『変なこといわないでよ、多聞君ったら！』

『おっと、図星図星』

『違うわよ。彼さっさと寝ちゃったらしくて、鍵がかかってて開かなかったんだわ』

からかう多聞を吉村が追いかけてぶつ。ドアを引いたのは那羅だった。

『なんだ。開くじゃないか』

吉村と多聞が振り返る。吉村は信じられないように、うそ、とつぶやく。一歩中に足を踏み入れた那羅は、しかしすぐ固い顔を振り向けた。

『橋場さんの様子がおかしい』

駆け寄ってきたふたりが那羅の脇から室内を覗きこみ、寝椅子の上にぐったり伸びた橋場の姿を見る。走り寄ろうとする吉村を、那羅が止めた。

『待て、いまみんなを呼んでくる。おまえはここにいろ。いいな！』

こうして現場は吉村が見張り、屋上の者たちは那羅と多聞が大声で呼び集めた。しかしまさか誰も思いはしなかった、橋場が殺されたなどとは。彼の胸に刻まれた、無残な傷跡を見せられるまでは。

『どうしてできたんだよ、こんな傷。まるで車に撥ねられたみたいだ』

と多聞。山置が付け加える。

『さもなきゃ牛に踏まれたか』

『車？　牛？　馬鹿いうな。こんな部屋の中でか』

『じゃあどうして』

那羅は吐き捨てるような口調で応ずる。

『俺が知るものか。だがどう見たって病気でも自殺でもない。違うか？』

『だって、強盗でも入りこんだっていうんか？　こんな、なんも取るもんのないとこに？』

幼児のような口調で猿渡がつぶやいた。確かに泥棒が狙うようなものなど、なにひとつない部屋だ。

『この格子扉はどちらも内側から閂《かんぬき》がかかっているわ。少なくともヴェランダ側から、人が出入りしたはずはないわね』

赤いサリー姿の狩野が、誰の目にもよくわかるように動かない扉を揺すってみせた。

『うそ。おかしいわよ、そんなの！　廊下側の戸からだって、誰も出入りなんてできなかったのよ！』

『そうね。その扉の前にはあなたがいたんですものね、一晩中』

『あたしがうそをついたとでもいうつもり？』

『そんなことといってないわ。でもあなたのいうこと、おかしくはない？』

『しょうがないじゃない、ほんとうに昨日は開かなかったんだから』

『それなら理由を教えてくれない。どうしてそんなことが起こったの？』

『いい加減にしてよ。知るもんですか、そんなこと！』

女ふたりの口喧嘩は、ほっておいたら手がつけられなくなりそうだった。那羅が覚めた口調で割って入る。

『もう止せ、ふたりとも。水掛け論だ』

『やっぱり警察を呼ぶんだろうな』

多聞のことばに全員がはっとなった。

『いや、その前に大家さんに相談した方がいい』

『そうだ。あの人なら警察にも顔がきくかもな』

『屋上、かたしとけよ』

男たちはそのまま急いで駆け出していき、後には橋場の遺体と女ふたりが残った。そこでどんな会話が交わされたかは、残念ながらわからない。

——山置さんの原稿は以上でーす」

山置ひとりが嬉しそうにぱちぱちと手を叩く。蒼はやれやれと椅子に腰を落とし、氷を浮かべた水を飲んだ。

「いまの原稿で『わからない』の後は、なにがあったんだ。吉村」

多聞の質問に祥子はじろりと横目をくれて、

「よく覚えてないわ。カリがなんかいってたかもしれないけど、あたし嫌なことはさっさと忘れることにしてるから」

「ほおお、それにしちゃあ他人の嫌なことは、ずいぶんよく覚えていてくれたなあ」

「当然でしょ、我が身を守るためですもの」

「オホン。えー、さて」

山置がわざとらしい空咳で注意をうながす。

「とにかくこれで我々は、十年前のヴァラナシでの事件をあらましたどり終えたわけだ。すなわち全員が等しく、事件の資料を与えられたということになる。ぼくはそこから推理した真相を、これから包み隠さず君たちの前に曝《さら》け出すつもりだ。

だが、どうだろう。ぼくだけではなく君たちの中にも、いったいあそこで起こったことはなんだったのか、それなりの見解が生まれているのではないだろうか。

この際だ。それをすべて余さず打ち明けてしまおうじゃないか。そしてお互い学生時代のように遠慮なく、しかし感情的になることなく意見を交わして、誰もが納得し得る妥当な真相を見出そうじゃないか」

そういわれてもさすがにすぐ、答えは返ってこない。なんとなく互いの顔を探り合うような表情で、視線がちらちらと動き回る。

「多聞、君は確か昨日の夜いったよな。あれは一種の事故だと思ってるって。あれはまさかあのときの、出任せってわけじゃないだろ？」

「違うとも」

むっとした顔で多聞がいい返す。

「じゃいいだろう、いってやるよ」

「あたしも」

祥子が小学生のように手を上げたので、山置は一瞬目を剝いた。

「なによ。まさかあたしには発言権がないとでもいうつもり？」

「いや、とんでもない。大歓迎です。他に発言のある方は？　じゃ、よろしかったら吉村さんから——」

「その前に」

いったのは京介だった。メモの上に走らせていたシャープペンシルを止めると、サングラスをかけたままの視線を上げる。

「二、三、確認したいことがあるのだけれど、いいでしょうか」

2

「あ、もちろん。桜井君もそれじゃしゃべるかい？　順番は、ええっとどうしようか」

妙にへどもどといいかける山置に、京介は落ち着き払ったというよりは無頓着な口調で首を振る。

「いや、ぼくは質問だけですから。三点です。どなたが答えて下さってもかまわないのですが、件《くだん》の洋館では皆さん履き物は履いて生活していたわけですよね？」

「へ――」

山置が気の抜けたような声を出し、多聞は手を打って笑い出す。

「おいおい、いったいなにを聞くのかと思ったら」

「そりゃまあ日本家屋じゃないからなあ、履いてたよ。俺たちも、サンダル」

と猿渡。

「そうだ、思い出した。オールド・デリーのバザールで、皆で買ったんだよ、古タイヤを剝いで作ったサンダルを。どす黒くて見てくれは悪いけど、履き心地は良かったぜ」

「そうそう、適当な厚みと弾力があってね。一足が確か三ルピーで、全員分買うんだから二ルピーにまけろってずいぶん粘ったけどだめだった」

「でもあの家の床はわりと清潔だったから、あたしなんか裸足でいることが多かったわ」

祥子が口を入れる。

「日蔭の冷たい石の上なんて、裸足の方がずっと気持ち良かったもの。皆も屋上にいるときなんか、脱いでる方が多かったじゃない」

「そうだ。それで忘れて下まで降りて、やっと履き物のないのに気がついてまた屋上まで戻ったりしてな。——うん、あのときもそうだったよ」

多聞がうなずく。

「あのときって？」

「十月十日の朝さ。皆を起こそうと屋上に駆けて戻って、そのとたん日向にあったナイフを踏んづけたらもう熱くてさ、飛びのいたら下の石も熱くて。ぴょんぴょん跳ねちまった、まるで猫じゃ猫じゃさ。だけどあのときも那羅は、ちゃんとサンダル履いてたからな。なあ、そうだったろ？」

「——え？　さあ、どうだったかなあ……」

ひとり浮かない顔で黙りこくっていた那羅は、いきなり話を振られて口ごもる。

「よくわかりました、ありがとう。次の質問です。これもどなたが答えて下さってもかまいません。狩野さんの踊りですが、その晩は前から彼女が踊ると決まっていたのですか？」

「えっと──」

「どうだったっけ？」

「あれ、みんな覚えてないの？　あれはいきなりだったよ」

猿渡が答えた。

「彼女って、どっか神がかり的なとこがあったもんね。急にインスピレーションが湧いてきたんじゃない。昨日の夜みたいに暗い中から音楽が聞こえてきてさ、ふわあって踊り出したんだ。知ってたら俺、カメラくらい用意してたと思うよ」

「いや。でもぼくが屋上に行ったときはあの真ん中に立ってるリンガのそばでなにかしてて、聞いたら踊りの練習だっていってたからなあ」

「ふうん。でも、とにかくあの晩踊るってことは誰にもいってなかったはずだよ」

「そうだな。聞いてたらきっと、橋場さんだって出てきたよな」

「わかりました。ではみっつ目の質問です。さっき山置さんの書いた原稿の中で、多聞さんが警察を呼ぶのかといったとたん、みんながはっとしたという記述がありました。でもそれがなぜかという、理由は出てこなかった。なんだかこれだけ見ると、まるで全員が口裏を合せて橋場さんを殺したみたいな感じがします」

「おい、桜井君。そりゃいくらなんでも──」

「すみません、山置さん。ことばが過ぎたでしょうか」

京介は軽く笑ってみせたが、そこは確かに読んでいた蒼にもひっかかった箇所だった。

「いや。そいつあ山置の筆のすべりだろうよ」

多聞が代わって答える。

「確かインドの警察について、ろくな話を聞かされてなかったんだ。ワイロを出さないとなにひとつ進まないとか、適当な人間を捕まえて留置場にほうりこんで、そのまま何ヵ月も取り調べもしないままだとか」

「そうだ。またその留置場や刑務所がひどい環境だってさ、橋場さんが威《おど》したんだよ、俺たちのことさんざっぱら」

「南京虫とホモの巣だとか、女は必ず警官にレイプされるとか、日本人なら三日収監されるだけで再起不能だとか」

「そう、それそれ」

案に相違して、京介はあっさり引き下がる。

「そうですか。あ、すみません。みっついいましたがあとひとつだけ。その晩屋上では、どんなものを飲み食いされました？」

またなにをいい出すのかと、蒼はあきれた。やっぱり今回の桜井京介は、とことんおかしいらしい。どう考えてもそんなことが、橋場の殺害と関係するはずもないのに。

「ウィスキーが一本あったよ。ホワイトホースだったかな、俺が成田の免税店で買ったやつ。インド人のコックが売れ売れってうるさいんで、飲んじまおうってことになったんだ」

「バナナがあったよなあ、なにせ安いから」

「お菓子があったわ。なんていったかしら。かりんとうのやわらかいのみたいなのと、ふかしたお団子を蜜に漬けたのと」

「そうそう。すんごく甘いけどこれがうまいの、ああいうときは」

「ウィスキー、バナナ、お菓子。そうするとさっき多聞さんが踏んで熱くて飛び上がったナイフは、なんに使ったのでしょう。誰のものだったんでしょうか」

みんなあっけに取られた顔になった。確かに皮を剝く果物があったわけでもなし、ナイフなど必要だったはずもないのだが。誰も、自分の持ち物だという者はいない。

「ほんとにナイフなんてあったのか？」

「馬鹿、あったよ」

「どんなかっこうのだったんだ？」

「そこまでは覚えてないけどさ」

「前から落ちてたのかな」

「そんなのインド人がいつまでもほっておくもんか。あの日も電気工事だとかで木材やらセメントやら運んでごたごた人が出入りしてたろ。忘れて一分経ったらなくなってらあ」

「じゃあ、決まってるわ。カリのよ」

祥子が断定した。

「根拠は？」

「あのとき屋上にいて、いまここにいないのは彼女だけですもの」

もちろんそれは誰ひとり、嘘をついていなければという条件をつけた上でだが。

「桜井君の質問はそれで終り？　だったら最初にあたしの意見をいわせて。あたし橋場氏を殺したのは、やっぱり彼女だと思うわ」

3

「動機は恋のもつれ、か？　だとすると責任の一端は、君にあるというわけだな」

「いいわよ、それでも」

祥子は山置に挑むような視線を返す。

「彼女はね、橋場氏を愛していたのですって。いいえ、そんなことばでは足りないくらい自分のすべてだったのですって。自分でそういったのよ、いつのことだかは忘れたけど。

あたしあの人が、それほどの男だったとは思わない。顔だけは哲学者みたいだったけど、そのわりにけっこう俗物だったし、インドに惚れてるなんていってるそばから、ほんとはそろそろこの国にもうんざりだなんて、あたしにはもらしたこともあるのよ。

　あたしは別にどうとも思わなかったわ。ああ、この人にも苦労はあるんだな、可愛そうだなって思っただけ。でもいまならもう少し理解できるわ。彼ってちゃんと大人になることができないまま、歳だけ取っちゃった人だったのよ。インドに飽きてきたとしても、他に心の拠りどころが見つからなかったのよね。旅行してた時代から十何年経っても。

　もしかしてもう一度インドに来れば、なにか変わるかもしれないと思ってたのかもね。だけど駄目だった。どこへ出歩くんでもなく部屋に閉じこもって、セックスする気も起こらない。口を開けばいうのはおかしなことばかり。あんまり繰り返すもんだから、頭に染みついて未だに消えないわ。『カリは俺の宿命なんだ。遊びのつもりだった暗号が俺を縛っている。たぶんもう逃れることはできないんだ』、いったいなによね、暗号って。でもどう、これってほとんど予言じゃないかしら。いつか自分はカリに殺されるかもしれないっていう。

　でもカリは彼のこと崇拝していたわ。だからこそ彼が並の男みたいに、あたしの誘惑にあっさりなびくなんて許せなかったのじゃないかしら。本気で愛していたからこそ殺さずにはいられなかった。逆にいえば彼女の激しすぎる愛がなおさら橋場氏を追い詰めて、さっきいったみたいなことばを吐かせたんでしょうね。あたしが動機の点でさっきいったのは、詳しく分析すればこういうことなの。どう、みなさん。納得してもらえた？」

「動機はまあいいさ、それでも」

多聞が顎を掻いた。

「しかし犯行方法は？　忘れてるかもしれないが、俺たちの中で一番白いのは彼女だぜ。なにせ山置が生きてる橋場氏に会って、屋上に行ったらカリはいた。そして俺と那羅が彼の死体を見つけて屋上に上がったときも彼女はいた。彼女はあの晩一度も屋上から降りてはいないんだ」

「わかるもんですか。あんたたちだってどうせ、すっかり寝込んでいたんでしょう？　しかもあの屋上の照明ときたら、真ん中あたりに裸電球がひとつ点いていたきりだわ。彼女が夜中になにをやってたかなんて、誰も知らないんじゃないの」

撥ね返すように祥子はいう。

「ドアのかんぬきは？」

「橋場氏がかけたのよ。閉めたまま寝てしまって、目が覚めてから外した。あたしがまだ来てないと思ったんでしょ。殺されたのはその後。なんの不思議でもないわ」

「だが彼女のダンスが終った後というと、たとえこっそり階段を降りたとしてもドアの前には君がいたはずだよ」

山置が脇からいう。

「それとも君はドアの前を離れたことがあったのかな」

「出入りしたのが、ドアからじゃなかったとしたらどう？」

「するとまさか、屋上からヴェランダへ降りたというのか？」

「そうよ。どうしてそれじゃいけないの。ロープを屋上の手すりに縛ってヴェランダに降りるの、帰りはその逆。格子戸のかんぬきだってね、朝は閉まってなかったのかもしれないわ。彼女があたしたちの目の前で、確かめるふりをしながら閉めたのよ」

4

「そりゃあいくらなんでも無理だろう。不可能だよ」

多聞が首を振った。

「あのヴェランダが建物の外に張り出していて、屋根がないなら降りるくらい降りられたかもしれない。しかしあれは逆に、壁の中に引っ込んでるかたちのヴェランダだったぜ。しかも大した深さじゃないが、屋上の手すりと壁の境に庇《ひさし》が出ていた。まっすぐロープを伸ばしてもそれが邪魔するから、ヴェランダの手すりに摑まろうと思ったらその高さまで降りて、サーカスのブランコ乗りみたいに体を前後に揺すりでもしなけりゃならない。

まして帰りとなったらもっと大変だ。なんの支えもない空中を、ロープ一本で上がっていくことになる。カリにフリー・クライミングの趣味があったとでもいうんでなけりゃ、無理無理、いくらなんでも」

「あったかもしれないじゃない。彼女運動神経は発達してたみたいだし」

あっさり片付けられて、祥子はぷっと頰をふくらます。

「凶器は？」

「『ハムレット』で小道具にしたみたいな、先の丸い棍棒でも使ったのじゃない。誰か水音聞いた人がいるんでしょ？　きっと凶器を河に投げ捨てたときの音よ」

「するとカリはその棍棒を担いで、ロープ下りをしたってのか？」

「屋上に落ちてたのがカリのナイフだとしたら、その方がずっと凶器向きだと思うけどな」

多聞も山置もげんなりした表情だが、祥子はかまいつけもしない。

「だったらそのナイフを忘れてきて、しかたなく石像でなぐるかどうかしたんでしょ。少なくとも動機に関して私たちの中に、彼女以上に橋場氏を殺す理由のある人間なんていないわよ。犯行方法は違うかもしれないけど、その点だけは譲りませんからね」

そういう問題じゃないや、と蒼は思った。もしも都が橋場を殺したなら、いまさらどうしてその真相を探りたいなどと思うのか。これ以上の矛盾はないことになる。祥子は自分に疑いをかけられたことを、よっぽど恨みに思っているのだろうか。

「それじゃ、次は俺の番か？」

「真打ちはトリと決まっているからね」

多聞に聞かれて、山置は薄い胸を張る。

「ちぇっ。勝手に真打ちになってやがら」

多聞は舌打ちして肩をすくめたが、

「俺のは正直いって、そう大した説ってわけじゃない。ただ動機の点でいましがた、吉村がいったことはある意味で正しいと思う。どう考えても俺たちの中に、どうしても橋場氏を殺したい、殺さないではいられないという動機は考えにくいんだ。

そりゃこの世には不幸な事故とか、はずみとかってものはある。ろくな理由もないのに喧嘩が起こって、ちょっとどついたつもりが当たりどころが悪くて死んじまう。それなら別に不思議はない。だけど橋場さんの死に方は違うだろう？　これが他人の関与している事件だとしたら、誰かがいってたよな。密室の中からの犯人と凶器の消失？　つまり計画的な殺人てことになっちまうわけだ。

吉村がごていねいにほじくり出してくれたように、決して俺たちは円満そのものの仲良しグループってわけじゃなかった。色恋の問題もあったし、プライドの問題もあった。だがそれのどれを取ったって、喧嘩の種にはなれ、ねちねちとたくらみぬかれた計画犯罪なんてものを引き起こすにゃあ、どう考えたって足りない」

「あらそう。それじゃあたしに対してさっき並べてくれた侮辱的なセリフは、きれいさっぱり取り下げるっていうのね。謝罪なら受けてあげてもいいわよ」

祥子の嫌味を多聞は黙殺した。

「唯一動機になりそうなのは吉村がいったカリのそれだが、彼女がやったはずはない」

「何故よ！」

祥子が叫んだが多聞はさらに無視する。

「だからこそ俺は思ったのさ、こいつは犯罪でも殺人でもない、ただの不幸な事故だったのじゃないかとね。いや、そうでなくては説明がつかない。そう考えたからこそ俺はあのとき、警察には病死ということで済まそうという意見に賛成したんだ。まさか仲間内に凶悪な殺人犯がいると思ったら、どうしてうなずいたりできるわけがある」

「事故ねえ――」

山置が無精髭の浮いてきた顎をひねり、

「事故かよ……」

猿渡が泣き笑いめいたおかしな表情をつくり、

「事故ですって！」

祥子が憤然と顔を振った。残りの四人はなにもいわない。

「するってえと多聞よ、あの、マスターの胸の傷はなんでできたんだ？」

猿渡の問いに、彼は平然と答えた。

「知らん」

「知らんって――」

「椅子から床にころげ落ちてできたのかもしれない」

「まさか、そんな」

「窓から氷隕石が飛びこんで胸を強打して、朝までに溶けてしまったのかもしれない」

「止めてくれよ、いくらなんでも」

「そうだよ、多聞。そんな解決で納得できるわけがないだろ?」

「納得できない? なぜだ」

「なぜだって、あれだけの傷が高さ五十センチもない椅子から床に落ちてできるはずはないし、閉まった格子扉を擦り抜けて飛びこむ隕石なんてものがあるわけはないし」

「だがいまの俺たちには、どの可能性だろうと調べようがないんだ。そうだろう?」

あきれ顔の山置に、強い口調で多聞はいい返す。

「確かに橋場氏の胸の傷は、相当強い力で打ったように見えた。だが彼の体は検屍もされることなく、焼かれてお骨になって俺たちが日本に持ち帰って、いまはどこか彼のふるさとの墓地に収まっているんだ。

そして俺たちは誰ひとり、医学の知識も持たない素人だ。あの傷が見かけ通りのものだったのか、椅子から落ちただけではほんとうにできないのか、いまとなっては判断のしようもないだろう。つまりいくらここでいい合ってみたところで、黒白のつけようはないんだ。だから事故だ。犯人なんてもともといはしないんだ。それでいいじゃないか」

「本末転倒だな、多聞」

山置は大男の多聞をまっすぐに見据えて口を開いた。

「事故だと思ったから犯人の追及をしなかった。その結果なんのデータも残っていないから、これ以上犯人の追及はできない。循環論理じゃないか」

「俺は思った通りのことをいったまでだ」

「そうかな。ぼくはそれがおまえさんの、やさしさなんだろうと思うがね。死者をして死者を葬らしめよ、生者は傷つけることなく生きさせよというわけだ。

だがぼくは反対だよ。さっきもいった通り、カリの意思としてこういう場が設けられた以上は、一度埋められた事件といえども徹底して語りつくされるべきだ。ただその結果どんな答えに到達しようと、それはそのままこの山の中に残していこうじゃないか。忘れるために、そして我々がより良く生きるためにね」

「たいそうなご弁舌だな、ホレーショ。おまえがそれほど舌が回るとは知らなかったよ」

「お誉めのことばと受け取っておこうか、レアティーズ殿」

「だったら真打ちとやら、さっさといいたいことをいってしまえ」

「いうにや及ぶ」

山置はにんまりと笑って立ち上がった。

「ではまずぼくは宣言しよう。吉村祥子君の綿密なる分析にもかかわらず、橋場亜希人を殺さねばならぬ、切実な動機を持った人間は、我々の既知の人物の中にいる。もうひとりだけいるのだとね」

声にならない驚きが、高天井の下の空気をざわりと鳴らす。窓を覆う鎧扉の群れが、それに答えるように短く鳴る。夜はまだわずかに午後八時を回ったところだった。

名探偵ホレーショ

1

橋場亜希人を殺す切実な動機を持った人間がいる。もう一人だけ。かつてのホレーショ、山置優は貧弱な胸を張ってそういいきった。

ホレーショといえばいまさらいうまでもなく王子ハムレットの学友であり、クローディアスへの復讐に手は貸さぬかわり背後にあってすべてを見届け、死んでいく彼から後事を託されるほどの親友でもある。だが一方では亡霊出現から毒杯による死まで、主人公ハムレットを操った黒幕は他ならぬホレーショだという、皮肉な解釈もある。

先刻も題名の出た『虚無への供物』の名探偵役牟礼田俊夫が、そのアンビバレンツな役割から陰謀家ホレーショに擬せられたことも、ミステリ・ファンの彼なら当然承知だろう。少なくとも山置自身の頭の中には待ちに待った晴れ舞台に、満を持して登場した立役者の姿が燦然《さんぜん》と輝いているに違いなかった。

「へへえ。誰だい、そりゃあ」

おもしろそうに聞き返す多聞に、彼はにやりと笑って答える。

「まあ、そこはちょっと置いておいて、もう少し事件そのものを眺めてみよう。動機は別にして機会の問題から考えるんだ。壁を登るとか降りるとかいうんでなくて、誰があの晩橋場さんに接触できたか。たとえば、ぼく」

と彼は芝居気たっぷりに人さし指を立てて、

「ぼくは屋上へ行く前、彼と口をきいた。ドアのところから覗いて、冷えた水買ってきましたけどいります？　と聞いたら彼はいらないと答えた。まあ、はっきりそういったというより首を振ったんだが、それでも生きてるか死んでるかくらいはわかる。無論別人の変装でもなかったし、人形の類でもなかった。

その後屋上に来た諸君は、誰も瞑想室は覗かなかったといっている。だがそれは真実か？　わからない」

「あら、あたしは一階から多聞君といっしょだったわ。まっすぐ屋上へいったわよ」

祥子が早速に異議を唱えるが、

「ふたりして寄って、口裏を合せているのかもしれない」

「なんのためにそんなことするのよ」

「理由は問わない。いまは機会のことを問題にしているわけだから。ま、同様にして猿渡も那羅も、それを黙っているだけの可能性は常にある」

「わかったわよ、それで?」

うんざりしたようにいう祥子に、山置は立てた指の先をぴっと向けた。

「吉村さん。君は確かに十一時ころ、ドア越しに橋場氏のいびきを聞いたんだね?」

彼女は一瞬ぎくっとしたように顎をひいたが、

「そりゃ聞いたわよ。いびきっていうか、ごろごろ喉が鳴ってるみたいな音。けっこう長いこと聞こえていた。ほんとに寝ちゃったんだろうかって、ずいぶん耳をドアに押しつけてたんだから、確かだわ」

気取ったつもりらしい会釈を返して、山置はしかし、と続ける。

「それがほんとうに生きた橋場氏のいびきではなかった可能性も、あるにはある。すでに死んだ人間の声をなんらかの方法で聞かせて、死亡時刻を偽装するのは推理小説のトリックではおなじみの手だ。しかしご存知の通りあの部屋には、彼のいびきをしこんだレコードを載せるステレオもなければ、テープレコーダーを隠す物陰もなかった。コンセントさえなかったし、電気で動くのは天井の明かり一つと扇風機だけ。その扇風機も二、三日前から故障していたはずだ。

他にもドア越しにいびきのような音を聞かせ得るトリック、動物、腹話術、替え玉等の可能性も考えられないことはないが、これは実際問題として消しにしてかまわないだろう。というわけで一応の断定を下すことにする。彼は九日の夜十一時には生きていた。つまり誰かが屋上に行く途中瞑想室に寄って、そのことを黙っていたのだとしても、それは彼の死とは直接関係ないことになる。ひとつの可能性が消されたわけだ」

「なによ。その、めったやたらまだるっこしい話は！」

「やらせとけよ。こりゃ山置先生の独演会だ」

多聞が肩をすくめる。もちろん山置は止めるわけもない。

「さて、機会の問題をさらに進めると、どうしても吉村さんのことをクローズアップしないわけにはいかない」

「あたしのって、――結局あたしが橋場氏を殺したっていいたいの？」

「機会に関しては一番白いのがカリで、一番黒いのが君だ。お気の毒だがどうしたって、そういうことになる」

ふん、と祥子は鼻を鳴らした。

「でもミステリの方じゃ、一番怪しいのは犯人じゃないんでしょ？」

「最近の読者はすれてるからな、君くらい怪しい人がやっぱり犯人だったら、けっこう驚いてくれるんじゃないかな」

「――川の中まで蹴飛ばしてあげましょうか、山置君」

挑発的に突き出た胸をすうっと深呼吸でさらにふくらませて、彼女は静かにいう。ヒステリックにわめきたてるよりも、こういう口調の方がやばいのだ。山置もそう思ったのか、さりげなく祥子との間にテーブルが入るように動いたが、

「まあそうお怒りあるな、オフィーリア。君が犯人でないだろうという、状況証拠はそれなりにあるのだよ」

そこで彼はさっき蒼の口からいわせた、吉村無実説の論拠をざっと述べ立てる。

「確かに橋場氏の遺体は検屍もされなかったが、あの胸の負傷が直接の死因になっていることだけは前提としていいと思う。とすれば凶器は室内にあった、石造のリンガ以外考えられない。だが非力な女性が犯した殺人としては奇妙な方法、しかもその凶器をわざわざ片付けながら、自分自身は扉の前で眠っていたという不自然さ。君が無実である証拠としては、それなりの説得力があるとぼくも思う」

祥子はもう一度鼻を鳴らした。

「感謝しろとでもいうの？」

「いや、けっこう。ぼくの話はまだ終っていない」

「なによ」

「にもかかわらず君の証言には一貫して矛盾がある。夜中には開かなかったはずなのに、朝には問題もなく開いたドアだ。吉村さん。なぜ君はそんな嘘をつくんだ？」

「嘘じゃないわ。その通りだからそういっているだけよ」

「しかし君はおかしいとは思わないのか？」

「思うわ、そりゃあ。でも——」

「君が日本の警察で取り調べられたら、そういう矛盾は徹底して責め立てられただろうな。やつらはきっと君が犯人だからこそ、そんな嘘をつくんだと思うだろう」

「そんなのないわ。嘘ついたってあたしには、ちっとも得にならないじゃない！」

「ほんとうだとしても、ちっとも得にはならないと思うがね」

なにかいい返そうとして祥子は、しかし唇を噛んだ。大きく見開かれた目に浮かんでいるのは、追い詰められた獲物の恐怖だろうか。

「待てよ、山置」

しばらく口をつぐんでいた多聞が、彼の次のことばをさえぎる。

「おまえは吉村のいったことを嘘と決めてかかっているが、それがほんとうの可能性だってあるだろう。それくらいお得意のトリックで、どうにかなるんじゃないのか？」

しかし山置は、そういう話の出てくるのも予測していたようだった。

「じゃ、先にそれを検討しておこうか。多聞はぼくと違って、ドアの前に寝ていた吉村を直接目撃しているわけだからな。きっといいアイディアが出るだろう。拝聴するよ」

だが多聞より先に猿渡が口を開いた。

「あのドアはそうとうボロくって、下には一センチくらい隙間があったよね。ミステリのトリックとしちゃあカビが生えてるだろうけど、鍵といってもただのかんぬきなんだし、あの隙間から糸で引っ張れば、外から閉めたり開けたりできるんじゃないかな」

「忘れてもらっちゃ困るな。その下の隙間は、吉村さんの体がふさいでいたわけだ」

山置はすかさず答える。すべての可能性は当たりつくしたという勢いだ。

「だから、なんでそんなことをしなければならないかは置くとして、たとえば誰かが、やっぱり屋上に行く前に瞑想室に顔を出して、こっそりかんぬきに糸をつけておく。そして外から橋場氏も気がつかない内に、その糸を引いてかんぬきをかけるというのは可能だ。しかし吉村さんがドアの前に寝てしまえば、もう糸は動かせない。朝になってドアが開いたことの説明が、それだとつかなくなってしまうのさ」

「それじゃ那羅さんだったら、そのチャンスはあったんだ」

つい頭に浮かんだことを蒼は口走り、テーブルの向こうから冷たい視線を浴びせられた。相変わらず気味の悪いほど青ざめた顔から、どろりと濁った目が蒼を見返している。

「俺が糸を引いて、ドアのかんぬきを開け閉めしたって？」

「でも、吉村さんは多聞さんにからかわれて、ドアの前を離れたんでしょう。つまりすくなくとも三十秒くらいは、那羅さんはひとりでドアのところにいた。だからその隙に」

多聞が笑う。怒った祥子が彼を追いかけてぶつ。ドアを開けた那羅が声を上げる。ふたりが振り返りあわてて覗きこむ。そこに僅かながら空白の時間がある。山置の書いたシーンが正確な限り、どうしたってそういうことになるはずだ。

「いいか。よく見ろよ、坊や」

いかにも大儀そうに椅子から立った那羅は、腰をかがめて床の上のなにかを拾うしぐさをする。

「こう糸をつまんで、引くわけだ。糸が切れないように、できる限り床近くを。これだけで何秒いると思う？」

「あー。そりゃ無理だわ」

多聞が首を振った。

「俺と吉村がドアから離れたって何秒でもないし、いたのはすぐそばなんだから。那羅がそんな変なことしてたら、気がつかないわけないさ」

いうだけいっておいて、多聞ははたと困惑の表情になった。

「そうか。ドアの下の隙間は使えないんだ」

「上には隙間なかったっけ」

「ないない。確かあのドアやけにたてつけが悪くて、橋場さん持ち主にないしょでひっかかるドアの上辺ぎりぎりに削ったくらいだ」

「なにか詰めて動かないようにしたらどう？」

蒼がまた思いつきを口にする。山置が聞き返した。

「なにかって、なにを?」

「ドライアイス。朝には溶けてなくなる」

「あのねえ、蒼君。いまは知らないけど少なくとも十年前のインドで、ドライアイスなんてそう簡単に手に入るもんじゃないの」

「じゃ、氷なら?」

「ドアの下に挟まる大きさの氷が、二時間も残ってるとはとても思えないな」

「それに氷なら下が濡れてたはずよ。あたしだってそれくらい、気がつかないはずないわ」

「まさかとは思うんだけど、外開きのドアを中へ向かって押してたとか」

「あのねえ、坊や。いくらあたしが、――べろべろだったとしてもよ、そこまで馬鹿なことすると思う?」

彼女のために頭をしぼっているのに、そういういい方をされては立つ瀬がない。

「さてと。ドアの開閉トリック説は消えた、ということで話を進めていいのかな?」

「待ってよ。そのトリックがなかったら、あたしはやっぱり嘘つきの人殺しだってことになるの? 冗談じゃないわ、そんなの」

「いわせておけよ、祥子。君が嘘をついたとしたらどういう結論に行き着くのか、聞かせてもらおう。どうせ告発するほどの根拠もありはしないんだ」

那羅にいわれて祥子は、それでも椅子に座り直した。

「――不愉快ね！」

「やあ、ありがとう。吉村さん。それじゃあ大変長らくお待たせしたが、動機の問題に立ち戻ることにしようか。橋場亜希人を殺すだけの切実な動機を持つもうひとり。というよりも彼を崇拝していた狩野都以上に、その抹殺を図らずにはおれなかった人間。それはほかならぬ、彼自身さ」

2

橋場亜希人を殺したのは彼自身――そのことばが一同の頭に定着するまで、数秒の時間がかかったようだった。ようやく多聞が、代表のように声を上げる。

「自殺したっていうのか？」

「そうさ」

「椅子からころげ落ちて？」

「馬鹿いっちゃいけない。ぼくはそんなナンセンスな話はしないよ」

「ナンセンスで悪かったな」

「彼が自殺したのは十月九日の昼間、つまりぼくたちが出払っている間のことだ」

山置は平然とそんなことをいう。

「おお、そうか。すると夕飯の席にいたのは、彼の幽霊ってことになるんだな」

「そういってもいい」

「どっちがナンセンスだよ！」

「彼はたぶん屋上から下の庭に飛び降りたんだ。だがいくら古い家で階高が高いといったって、屋上、つまり三階からじゃ死ぬには低すぎる。十メートルもなかっただろう。しかも下は土で草木も生えていた」

一息でそこまでいわれて、ようやく一同は目を見開く。

「そうか。怪我はしたが死ねなかった……」

「あの晩の彼は、いつにも増してふさいでいた。夕飯にもほとんど手をつけなかった。必死で痛みに耐えていたんだろう。外から見えるところに目立った傷がなかったから、ぼくたちは誰も気づけなかったんだ」

「それなら、どうして医者に行かないんだよ」

「そうよ。まだ助かったはずよ、それなら」

「彼はもう生きるつもりはなかったのさ。彼の精神状態がまさに病的なものだったことは、吉村さんの証言から見ても疑いようがない。インドに失望し、あらゆるものに幻滅し、自分のものとして誇り得るなにひとつないまま間もなく四十歳になろうとしていた男は、そうして自分自身を殺したんだよ」

それはこれまで出されたろくでもない仮説の数々の中では、もっとも説得力のある結論のように蒼にも思われた。

飛び降り自殺を図った人間が、頭や足ではなく胸だけを打つということがありえるのか。そうしてかなりの怪我を負った者が、それを何時間も隠した後で死ぬということが医学的に可能なのか。そういう判断は無論つかない。しかしこれまで断片的に蒼が聞かされてきた橋場亜希人という男の死に方としては、自殺は決して不自然ではないという気がする。

たぶん『深夜特急』の著者のように世界を旅して、さまざまの経験をして、彼なりの夢や未来を心に描きながら日本に帰ってきたのだろうひとりの青年。その経験を本にもした。ガイドブックも書いてそれなりに評価され、一部には名を知られもした。だが結局すべては過去のものとなり、いまは小さなスナックの主人として四十歳を迎えようとしていた彼。インド旅行は彼にとっても、昔日の夢の復活を望む旅だったかもしれない。

しかし彼はもはや二十代の青年ではなかった。ふたたびその土を踏んだインドも、彼をよみがえらせてはくれなかった。彼を導き手としてインドに触れた狩野都は、もはや彼を必要とはせず、吉村祥子との情事は、自らも承知している通りはかない逃避でしかなかった。だから——

異議の声を上げたのはふたたび祥子だった。

「でも、ドアのことはそれじゃどうなるの？　あたしが叩いたときは邪魔だからかんぬきをかけておいて、静かになったら外して、そして死んだの？」

「それも変だろう」

「変よ。かんぬきをかける必要はあっても、開けることはないと思うわ」

「だからぼくは考えないわけにはいかなかったんだ。橋場さんの自殺における、君の役割というものをね」

山置と祥子はテーブルを挟んで、室内にはふたりしかいないように睨み合う。

「どういう意味よ」

「君は橋場氏の最後に立ち合ったんだ。ドア越しに異様ないびきめいた音を聞いたのは事実でも、もちろんドアは引けば開いた。しかし君が見たときすでに彼は、口から血を吐いて死のうとしていた」

「――――」

「君は瀕死の橋場氏から、頼まれたのじゃないか？　自分はもうすぐ死ぬ。だが自殺だということは誰にも知られたくない。夢も哲学もなくした男が、飛び降り自殺にさえ失敗して、そのあげくようやく虫けらのように死んでいったというのではあまりにみじめすぎる。せめて人生の終りくらいもう一度神話で飾りたい。そして君たちの心の中にだけでもいい、謎めいた死の記憶を刻みつけていきたいのだ、とね。

その彼の望みとは、密室殺人の犠牲者となることだった。幸いというべきか彼の傷は、部屋の中に倒れている限りとうてい自殺とも事故とも見えない。だから彼を残して廊下のドアを閉めるだけで、こともなく密室は完成する。消え失せた犯人と凶器、密封された部屋の中に残された他殺体という、密室殺人の幻影が浮び上がるんだ。

もはや橋場氏には自分の力でかんぬきをかけることはできないが、糸を使えばともかくもそれは可能だ。君は引き受けた。しかし失敗した。糸が切れてしまったんだろう。だいたいこのトリックは、口でいうほど実際にやるのは簡単じゃない。力を入れて引けば引くほど、糸はドアの下辺にこすれて切れやすくなる。

君は途方に暮れた。相談しようにもすでに橋場氏は動かない。糸を探してもう一度試みるか。しかしもしかしてこの場を離れた間に、誰かがここに来たらどうする。最後に君を頼ってくれた、橋場氏の遺志は無になってしまう。

ついに思いあぐねた君は、我と我が身でドアを封印してしまうんだ。そして翌朝なぜそんなところにいたのだと聞かれてほかに説明のしようもなく、ドアが開かなかったからだといってしまった。それが自分にどんな疑惑をもたらすか、たぶん初めは考えてもみなかったのだろうね。しかし後になってそのことがわかってからも、君は断固として主張をひるがえそうとはしなかった。

自分にとってなにが得でなにが損か、ちゃんと計算できるくせに、その計算をあっさりと投げ出すこともできる。それが君さ。橋場氏の最後の頼みを叶えることで狩野都に勝てたという、それは確かに大きかったんだろうが、別にそう悪女ぶることはない、やっぱり君もカリ以上に彼に惚れていたのさ。そうだろう？」

3

（ナンディ？……）

壁をすべるひとひらの影のように、彼が動いていた。ひっそりと物音ひとつたてずに座っていたスツールを離れて、出ていこうとしている。飲み物の支度でもしに行くのだろうか。だがその様子がどうもおかしい。うつむいた肩が小刻みに震えて、悪寒をこらえてでもいるようだ。

考えるより早く、蒼も立ち上がっている。幸い他の連中は名探偵の弁舌に呑まれたようになっていて、こちらには誰ひとり目をくれもしない。

本館の配膳室と新館の厨房を結ぶ、壁のない通路のところで追いついた。彼はそこにしゃがみこみ、柱に置いた右手に額を預けていた。

「ナンディ、大丈夫？　具合悪いの？」

声で蒼とはわかったのだろう。少し縮れた黒髪の頭が微かにうなずいたきり、彼は顔を上げようともしない。そういえば彼は昨夜も、熱を出していたはずではなかったか。

「こんなところでしゃがんでいたら、よけい冷えちゃうよ。君の部屋に戻って、早く寝た方がいい。ほら」

蒼は思いきって左腕を取り、首から肩にかけてその体を引き上げた。熱いだろうと思った腕は、むしろひんやりと冷たかった。

「歩ける？　駄目なら誰か呼んでくるけど」

「歩きます……」

ようやくか細い返事が聞こえた。背丈はいまの蒼と同じくらい。体重の半ばを支えるようにしても、少しも重くはない。

七歳も年上だとは信じられないほど、右腕を回した胴も服の上から肋《あばら》の硬さがわかるくらい細い体だった。

厨房を抜けると食糧庫と、客室の方に通ずるドアがあって、その脇に狭くて急な上り階段がある。平屋だと思ったが傾斜のきつい屋根の中に、屋根裏部屋があるらしい。ふたりは両側の壁に肩をこするようにして、その階段を上る。

「すみません。もう、歩けますから」

「いいって。ここまで来たら同じだよ」

上りきると小さな踊り場を挟んで、白木のドアがふたつ向い合っている。彼は体を蒼の腕に預けたまま、右手を伸ばして片方のドアを開けた。

こぢんまりと清潔な寝室だった。明かり取りのある傾斜した天井の下にベッドがあって、ウッドスタンプのインド更紗がカバーにかかっている。白木の自然な色の他は、ベッドカバーも床のカーペットも椅子に載せたクッションもブルー系統だ。

ふらりと倒れかかる体に手をそえてベッドの上に座らせると、前の机が自然と目に入る。机の上に広げられているのは大判のスケッチブック。そこに細く研がれた鉛筆の線で、銅版画のようなこまやかさで描かれているのは一目でわかる、狩野都だった。

これが十年前演劇少年の栗山深春を魅了し、桜井京介を魅きつけ、『シャクティ』の常連たちは全員彼女に恋していたと祥子にいわせた、都の艶姿なのだろう。長い眉、伏せた目を覆う濃いまつげ、くっきりとした鼻筋と笑みを刻む口元。織模様もあでやかなサリーをまとい、耳には揺れるイヤリング、腕には細い輪型のブレスレットを数えきれないほどつけて、ゆるゆると舞いのポーズを取っている。背景には月が上り、夜空の暗さは左から右へ一本一本引かれた斜線で表わされている。

軽く腰をたわめたポーズ、そして蓮の花びらのように開いた腕。じっと見ているとモノクロがあざやかな色彩に変じ、絵の中の都がゆらゆらと動き出すような気がする。それにしても見れば見るほど細かな絵だ。サリーの地模様に描かれた花は、ひとつひとつが二ミリくらいしかない。だからだろう、まだ未完成らしくその花柄は、体の右半分にしか描かれていなかった。

「君が描いたの、これ」

「まだ描きかけ。見ないで下さい、へただから」

「そんなことない。すごくいいよ」

しかし彼は手を伸ばし、上に置かれていた鉛筆をどけてスケッチブックを閉じると、机の引き出しに押しこんでしまう。

「汗かきました。着替えます」

「あ、それじゃぼく戻るね」

「いいんです」

「でも――」

「いて下さい。まだ、も少し」

その声にすがりつくような人恋しさの響きを聞いて、蒼は振り向いた。彼も蒼を見つめていた。シャツのぼたんを半ばまで外したまま。白くひかる布の中で濃い琥珀色の皮膚に包まれて、彼の胸は悲しいほど薄くやせていた。

「あの人たちの話、あれ以上聞いていたくなかったです」

細く震える声がつぶやく。

「カリが頼んだときは問題にもしなかったのに、どうして今夜はあんなおもしろそうに話しています。どうしてカリが橋場殺す、どうして橋場が自殺する。ちっともシーリアスじゃない、自分のいうことも信じていない、遊んでるだけ。ゲームしてるだけ。でなければカリのお金が目当て。そんなの許せない。そう思ったら気分悪くなりました」

ふっと顔をそむけると、彼はシャツを脱ぎ捨てる。ベッドの上に置いてあったTシャツをかぶり、上から厚手の黒いトレーナーを着る。蒼にはなんとも答えることばがない。遊びだといえば自分もまた、その中に混じってトリックの詮索やらしていたのだから。

「そんなに、気を悪くした?——」

しかしそれには答えずに着替えを終えた彼は、左の袖をまくって包帯を外す。細い腕の先は、切り株のようになにもない。断面から外したガーゼにも、血や体液はついてはいなかった。枕元の引き出しから新しい包帯を出しながら、ちらりと蒼を見返る。

「珍しい、ですか」

「ご、ごめん」

蒼は顔を赤くする。ついじっと見つめてしまっていた。

「なんであやまりますか。別にかまわないです。そのままで痛くないけれど、こういう手で料理や給仕するの、嫌な人いるかもしれないから隠しています」

慣れた手付きで包帯を巻いていく。

「こうなったの、もう何年も前です。手当遅れて傷、腐りました。インドでは手足のない人、そんなに珍しくない。でもこちらに来てわかりました。日本では珍しいですね。だから見る。それだけのことです」

「日本には、どれくらい前からいるの？」

「どれくらい。一月、二月、確かそれくらい」

「日本語すごくうまいね」

「カリが教えてくれたから。インドで日本語できる、仕事になる。日本人ツアーのガイド、楽でペイはいいですから」

「そうか。君たちはずっといっしょにいたんだね――」

「ええ、そうです」

十年も都とふたり、インドのどこでなにをして、どんなふうに暮していたのか。聞いていいならそれを聞きたい、と蒼は思った。しかし彼がしゃべり出したのは、それとはまるで別のことだった。

「インドに来た日本人、いつもいいます。インド汚い、インド臭い、インド暑い、インド遅れてる。インド人ずるくて詐欺《さぎ》と泥棒ばかり、インド料理辛すぎて食べられない、インドの水飲むと必ず病気になる。虫に刺されても病気、日に照らされても病気。恐くて町の中ひとりで歩くことできない」

細い肩をすくめて見せた。

「だからガイドするとき、安くていい店行きません。ショッピングもミールもツーリスト向けの店。わざわざ高い店で高いもの買って、高いもの食べて、クーラーの車からサイトシーングして大急ぎで帰ります。そうすれば日本人喜ぶ。それを後で高かった、詐欺した、いう人います。詐欺でない、誰も騙《だま》していない。お金ある人からもらう、そんなに悪いことですか。私思わない」

蒼にはなんとも答えようがない。

「でもそれと反対のことする日本人もいます。お金持ってるけど使わない、貧乏だ、貧乏だ、いいます。乞食にも絶対に一パイサもあげない。ひとりにあげたらきりがない、いいます。どんなものでもディスカウント、ディスカウント。インド人と同じ値段で買った、同じ値段でリキシャ乗った、自慢します。

なにが貧乏ですか。日本からインドまでの飛行機代、インド人にとったら何年分のお金ですか。でもインド人、乞食にはときどきお金あげます。どんなに貧乏でも、自分より貧しい人助けます」

そういわれてしまったら一言もない。きっと彼のいう通りなのだろう。

「ぼくは行ったことないから、わからないけど」

でも君が案内してくれるなら、行ってみたいな。そう続けようとした蒼に、彼はため息とともにかぶりを振った。

「早く帰りたいです、カリといっしょに。どんな国でも私たちのふるさと。カリは日本になんか来るべきでなかった」

　彼の中では都はすでに同国人なのだろう。

「でも狩野さんは、どうしても橋場さんを殺した犯人を見つけたかったんだ――」

　そう口に出した自分のことばに、蒼はふっとつまずきを覚えた。どうしても犯人を見つけたかったなら、なぜ都は死んでしまったのか。いくらナンディが遺志を継いでくれるにしても、他の方法が絶対ないとはいえないのに。そこになんのためらいも覚えないほど、都は自分の魂の力を信じられたのだろうか。いままでそう考えてきたのは、そうでも思わなければ都の自殺の意味が理解できなかったからだったが……

　黒檀を刻んだような顔が上がった。机の前の椅子にかけていた蒼を見上げる、その口元がうっすらと微笑んでいる。

「そうです。犯人は見つけなければならない。でも私わかる。それもうすぐ終り」

　そして彼は上げた右手で手刀のかたちを作り、喉をすっとないでみせた。ちゅんっというような音を唇で立てながら。

「なに、それ」

　どこか不吉なものを覚えて尋ね返す蒼に、紅い唇の微笑みが大きくなる。

「マハー・カーリーは生き血好みます。女神に捧げる生け贄、鶏でも羊でも喉を切ります。吹き出る血が供物。昔は人間捧げた」

冗談だろ、といいかけて、蒼はことばを呑みこんだ。いま目の前であでやかといいたいような笑みを浮かべて、こちらを見つめている彼。敬虔なヒンドゥー教徒である彼が尊崇する女神を、ジョークの種にするなど絶対にあり得ない。では、本気なのだろうか。彼は橋場を殺した人間を、カーリーに捧げようというのだろうか。

「狩野さんは、誰がしたことでも復讐なんてしないっていったよ」

「カリはそういった。でも私はカリじゃない」

「駄目だよ、ナンディ。君がそんなことするなら、ぼくは君を止めなけりゃならない。君を殺人犯になんかしない。そんなことしちゃいけないんだ！」

蒼は両手を握りしめ、その大きな目を見つめた。手を出してはいけない。力ずくで人の意思を変えることはできない。だが説得が効かないなら目の力で捩《ね》じ伏せるのでも、とにかく彼にそんなことをさせてはならないのだ。

蒼の目に押されたように、上体が後ろに引けた。唇を覆っていた微笑が小さくなる。肩から力が抜けていく。

「人殺し、いけませんか」

「いけないよ」

「どんな人間でも」

「いけない」

「殺した人を殺すのでも」

「いけないんだ」

「なぜ」

「それは君自身を、汚すことだから」

まつげ濃いまぶたが落ち、首が前に垂れた。右手が顔を覆う。

「ソーリィ」

彼はつぶやいた。

「アイム・ソーリィ、変なことをいいました。——忘れてくれますか」

「うん。誰にもいわない」

「ダンニャバード……」

それがありがとうという意味のことばなのだろうとは、尋ねなくともわかった。

「今夜はもう寝ようよ。また明日考えよう。いいね?」

うつむいた頭が微かにうなずく。彼を残して蒼はそっと部屋を出た。

4

階段を降りると客室に通ずるドアの向こうで、しきりと足音や声がしている。掛け金を上げて開いた扉の向こうは、玄関へまっすぐに続く廊下だった。左右に客室のドアがふたつずつ。蒼の開けた扉の表には『PRIVATE』の札が貼られていて、隣はシャワー室らしい。玄関に近い一室にいまちょうど、京介がかばん片手に入っていこうとしていた。

「どうしたの？」

「今夜も本館の寝室は吉村さんに譲ったんでね、こっちのツインを使わせてもらうことにしたんだ」

「ええー、ぼくの荷物は？」

「——ああ、忘れてた」

今夜も着たきりスズメかと蒼はうんざりしたが、いまさらどうにもならない。開けた『PRIVATE』のドアは元通り掛け金を下ろし、厨房の裏口を出て外から新館の玄関に回る。面倒だがこうでもしないと、そのドアを施錠しておくことはできないわけだ。

こちらの客室は高原のペンションといった程度の、つまり大して広くもないツインだった。蒼が入っていくと京介は、ベッドに寝ころがって分厚いハードカバーを広げている。

名探偵山置一世一代の晴れ舞台は、結局尻つぼみの流れ解散という悲惨な結末を迎えたのだという。彼の解いてみせた『驚くべき真相』に、密室殺人偽装の犯人たる吉村祥子は容赦ない大笑いで答えたのだ。

確かに彼の説は橋場の死に至る動機も、凶器のない奇妙な死に方も、そして祥子のいう閉まって開いたドアの矛盾も、過不足なく説明してはいた。だが当然ながら物証はなにひとつない。祥子にそうして笑い飛ばされてしまえば、それ以上畳みかける論理も、まして突きつけるべき証拠などありはしないのだった。

蒼は蒼でいましがた、この二階で見てきた狩野都の絵のことを話す。

もちろんいわないと約束した、彼のことばなどは口にしない。だが説明どこまで聞いているのだろう、京介は本のページに視線を落としたきりなにもいわない。

なにをそう熱心に読んでいるのかと思ったら、奥泉光の『葦と百合』だった。スタンドの黄色い明かりに照された端正な顔を眺めている内に、よくもこんなときに小説なんか読めるものだと、蒼は無性に腹が立ってきた。京介ときたら、ぼくがこんなにいろいろ心配してるのに、てんで他人事みたいな顔しちゃって！

「ぼく、本館の方で寝てこようかな」

椅子を立ってそういうと、ようやく顔を上げてこちらを向く。

「二階の寝室は、吉村さんが鍵をかけていると思うが？」

「だって明かりがまぶしくて、落ち着かないんだもん。それくらいなら吉村さんの隣のベッドの方がいいですよーだ！」

雨は止んでいた。しかし風が強くなっていた。見上げると真っ黒な夜空を、鉛色した雲の塊が次々と駆け抜けている。山の端に上った上弦の月が、一瞬明るんではまた雲に覆われる。恒河館を囲む森がその風に打たれあおられて、ひとつの巨大な生き物のようにおめきを上げている。中に混じる鞭打つようなぴしっぴしっという音は、ちぎれ飛んだ枝が壁に当たるのだろうか。

そのうち風向きが変わったのか、ぐおっと一吹き突風に背を押されて蒼はあわてて本館に駆けこんだ。だが壁の中に逃げこんでも、荒れ狂う風の音からは逃れられない。窓のガラスと鎧扉がひっきりなしに鳴っている。二階に上がるとその音はいよいよ激しい。

客室のドアにはやはり鍵がかかってた。鏡板に耳を押しつけると微かに水音が聞こえる。シャワーを使っているらしい。

どうしよう。いつまでもこんなところをうろついていて、湯上がりの彼女と出くわしでもしたらなにをいわれるかわからない。京介にあんなことをいったのは無視された腹立たしさからで、祥子の隣で寝るつもりなぞ始めからまったくなかった。

向かい側にはもうひとつ、同じドアがある。橋場の死んだヴァラナシの瞑想室に似せたしつらえの部屋。鍵は鍵穴に差したままだ。この部屋の大きさは向かいと同じ。つまり右手のドアの奥には、向こうと同じ寝室があるはずだ。

　行ってみると思った通りだった。同じ形のクラシックな蚊帳付きベッドが二台、シーツもきれいで黴臭《かびくさ》いこともない。部屋の電気は点かなかったが、ズボンのポケットにペンライトがあったので不自由はなかった。

（よし、決めた。今夜はここで寝ちゃお）

　勝手にそんなことしていいかな、というためらいがまったくなかったわけではないが、昨日も椅子の上でちゃんと眠った感じがしなかったし、きれいなベッドの誘惑には勝てない。外では風は相変わらず強く、雷まで鳴り出したようだ。閉まった鎧扉の隙から、青白い稲妻がおびやかすようにひかる。その掛け金は一応全部確認して、隣とのドアにはこちら側から鍵が差してあったのでそれも回して締めておく。少し寒かったがいつもの癖で服は脱いで、下着だけになって蒼はシーツと毛布の間にすべりこみ、たちまち眠りに落ちた。


　どこかで笑っている声がする。耳に突き刺さる不快な笑い。

『――ああ、そうさ。俺がやったんだよ。御苦労だったなあ！』

（夢？　でもこの声、知っている声だ……）

『なぜかって？　てめえの知ったことかよ、馬鹿が』

　また笑い声。なにかいっている別の声。だがそれはほとんど聞き取れない。

『てめえこそなにしてやがる、危なくばれるところじゃねえか。エイチもエルもおまえにゃもったいねえや。阿呆が、草でも喰ってろ！』

声がとぎれた。覚めかけていた眠りが、またふうっと深くなる。起きよう、起きて誰がしゃべっているのか確かめなけりゃと思うのに、できない。沈んでいく。

（誰だろう、この声。誰だったろう――）

『ゴムゾーリとはな、お笑いだよ……』

（――ゴム、ゾーリ――）

それが最後に聞こえたことばだった。

蒼は目を覚ます。暗がりの中ではめたままの腕時計の文字盤を見ると、八時を回っている。だが外は暗い。風も変わらずけたたましい音を立てて、閉めた鎧扉を鳴らしている。雨も降っているようだ。まるで季節外れの台風。これでは今日も、とても出られそうにない。

もう一度時計を見た。カレンダーの日付は10CT、つまり橋場亜希人の命日だ。十年前のいまごろにはヴァラナシの瞑想室で、日本人の若者たちが彼の遺骸を前に茫然と立ち尽くしていたことになる。

服を着た。なんの予感も覚えることなく鍵を回して、隣室に通ずる扉を開けた。

そして蒼は立ちすくむ。目に飛びこんできたのは赤、部屋の床いっぱいにまき散らされた血のように赤いもの。その上の、逆さまの人の顔。かっと大きく見開かれた目、唇からあふれた舌、赤黒く鬱血した、それは猿渡充の死顔だった。

死者ふたたび

1

前夕一旦回復に向かうかに見えた天候は、一夜明けたいま、彼らの期待を完膚なきまでに裏切っていた。

猛烈な風は恒河館を取り巻く樹々を根こぎにせんばかりの勢いで吹きつけ、雨粒はつぶてとなって横殴りに打ちかかってくる。

その風雨に向かっては一歩も歩けぬばかりか、目を開けて立っているのさえ難しいだろう。家中の鎧扉がひっきりなしに上げる響きのために、向い合っての会話さえしばしば聞き取れないほどだ。

だがこの朝恒河館の二階に顔を揃えた滞在者たちの耳に、彼らを取り巻く自然の暴音がどこまで届いていたかはわからない。その目は床の上にころがっているもの、つい昨夜まではともかくも友人と呼んできた人間、そしていまは一個の物体と呼ぶよりないものを凝視していたからだ。

猿渡充の死体は、部屋の中央に置かれた寝椅子の上にあった。腰は肘掛けに乗り、体は仰向けのまま、頭は逆さまにずり落ちかけている。それを一個の重しが、辛うじて椅子の上に留めていた。部屋の隅に置かれていたはずの黒石のリンガが、奇妙な冗談のように猿渡の腹に据えられているのだ。まるで十年前の今日ヴァラナシで彼らが直面した、橋場の死に様をそのままなぞるかのように。痩せた小男の腹上に突っ立った大きすぎる黒石の陽根は、グロテスクとしかいいようのない眺めだった。

だが猿渡が自殺したのでも事故死したのでもないことだけは、いかに彼らが目をそむけたくとも否定しようはない。大きくのけぞった喉首に、二重に食い込んだ白い紐状のもの。彼は絞殺されているのだった。

「ああ、いや。もういや、こんなの……」

吉村祥子の口から弱々しい悲鳴がもれる。彼女は両手でそむけた顔を覆い、子供のようにいやいやを繰り返す。

しかしそれをなぐさめる声はない。山置は小さな目を見張って、なにかいいたげに口をぱくつかせるが結局声にはならず、多聞は怒りをこらえているように歯を嚙み鳴らし、那羅はただ青ざめて押し黙っている。

三十を過ぎた分別盛りの男三人がそろって、茫然というべきことも知らないのは、目前の死体の彼方に十年前のもうひとつの死体を見ざるを得ないからか。

あるいはこの紛れもない他殺体が、彼らの中に殺人者がいることをあからさまに告げているからか。

さもなければ腹上のリンガに重ねられた、さらに異様とよりいいようのない粉飾のためだったろうか。

「いったいなんのつもりだよ、これは。なんだってサルのやつをこんな目に会わせなきゃならないんだ――」

多聞が前歯の間から、ようやく押し出すようにして声を放つ。

初めそれを見たとき蒼は、血だと思った。猿渡は喉を裂かれて、その血があたりにあふれているのだと。

よく見ればそうではなかった。それは百合の花粉を思わせる微細な粉だった。横たわった体から、腹に置かれたリンガからドアにいたるまでの床の上に、花粉よりもさらにあざやかな濃朱の粉末がぶちまけられ、すべてをその色に染めているのだった。

「この粉って、インドの女の人が額につける粉だよね」

蒼が問うのに、

「はい、サフランの粉。でも女の人だけでなく、テンプルに行く、礼拝するとバラモンがつけてくれます。バラモンにも、神の像にも、この粉捧げます。神聖な赤です」

そういわれて初めて蒼は思い出す。林道からの分かれ道に置かれていたリンガ像の上に、盛られていたのもこの赤い粉だったのだ。

「どこにあったんだ、こんなもんが」

多聞が苛立たしい声を上げた。

「この部屋の壁際に、壺に入れて置いてありました」

「そんなもののありかを知ってるのは、おまえだけじゃないか！」

「そうですか」

「なにがそうですか、だ。おい、おまえ。それじゃこれはおまえのしたことか？　おまえがサルの野郎を締め殺して、その神聖な赤とやらを捧げたってわけか？」

「止めてよ！」

いまにも摑みかかりそうな多聞の前に、蒼は体で割って入った。

「どうかしてるんじゃないの、多聞さん。隠してあったわけじゃないもの、粉の入った壺なんてちょっと見回せば誰だって気がつくよ。それにナンディがどうやって猿渡さんを締め殺したっていうの？　乱暴するならそれくらい、考えてからにしたら？」

真っ赤に染まった死骸を発見したとき、彼の顔が心に浮かばなかったとはいわない。

『マハー・カーリーは生き血好みます。……吹き出る血が供物。昔は人間捧げた』

一晩で忘れ去るには、そのことばはあまりに強烈だった。だからそれが血ではないとわかり、猿渡が絞殺されているのだと気づいたとき、不謹慎だとは思いながら一種の安堵を覚えずにはおれなかった。紐で人を締め殺すにはどうしても両手がいる。だから少なくとも彼は犯人ではない。

多聞は握りしめた両手のこぶしを、どこへ置けばいいのかわからないというように身を揺する。そしてまた家中に響き渡るような大声でわめく。

「だ、だったら、誰が殺ったっていうんだ。ええ？　誰がだ、いえよ！」

「おい。落ち着けよ、多聞」

さすがに那羅が脇から腕を押さえたが、多聞は肩の一揺すりでそれを振り払う。

「そうか。おまえは隣の部屋にいたんだな。ということは、——おまえか。おまえが殺りやがったのか！」

いま多聞が見つめているのは蒼だった。黄色く濁った白眼の端に血管が浮いている。わなわなと震えている腕の太さときたら、蒼の三倍は軽くありそうだ。

だが蒼は気づいた。おどかすように突き出した彼のふたつのこぶしが、よく見ると小刻みに震えている。怯えているのだ。だからこれほど狂ったように、わめきたてずにはおれないのだ。馬鹿にするほどのつもりはなかったが、思わず口元が少し笑ったかもしれない。多聞が吠えた。

「この小僧、なにがおかしい！」

逃げる間もなく左手で肩を摑まれ、右手が後ろに引かれた。一発を覚悟して歯を喰いしばったが、その手は降りてこなかった。

「それくらいにしましょう、多聞さん」

涼やかな声がある。いつの間にか彼の背後に立った桜井京介が、手を伸ばして多聞の肘を押さえているのだ。二本の指で軽くつまんでいるとしか見えないのだが、彼の右腕は宙に縫い止められたように動かない。

「——は、離せ。桜井」

「否はもちろん彼にあります。でも多聞さんのパンチがまともに当たったら、もうひとつ死体が増えかねませんからね。——蒼、お詫びしなさい」

蒼はあわてて頭を下げた。京介が手を引くと、多聞は青ざめたまま左手で右の肘をかばう。他の者は唖然として声も出ない。

「いつまでもこんな場所にいても仕方ありませんね。それより下で朝御飯でも食べながら、考えるべきことを考えませんか」

「朝御飯って、京介……」

いうにもことかいて、死体の前で朝御飯！　蒼はあんぐり口を開けてその涼しい顔を見返した。

いったいなにが起こったのかと、蒼は目を見張らずにはおれない。この数日の半分死んだような京介は、あれはなんだったのだろう。これまではついぞ気づかなかったが、彼には周期性気分変動、乃至は躁鬱症の気でもあるのだろうか。

2

「頼むよ、ナンディ。献立は簡単なものでいいからね。なにより暖かいお茶をたっぷりと、甘いものが少しあるといい。蒼は彼を手伝っておいで」

いとも快活な口調でふたりを厨房に追い立てると、後は泣くやらあばれるやら硬直するやら、いずれ足元危うい四人組をことば巧みになだめすかして下へ連れていく。あわただしく用意を整えた蒼たちが食堂に戻ってみれば、テーブルには手際良く人数分のランチョンマットが敷かれ、茶碗やフォークの類もきちんと並べられている。照明は明るくガストーブは全開で、心強く青い炎を上げている。それも全部京介がやったらしい。

あまり時間がかからない方がいいだろうと、紅茶とパックのトマトジュースの他はボール一杯のパンケーキ種を用意した。インスタントの粉を卵と牛乳で溶いただけだが、味に文句をつけるほど元気な者がいるとも思えない。幸い電熱のホットプレートがあったので、蒼はテーブルの端に陣取って、せっせと狐色のパンケーキを焼き上げた。

多聞は皿に置かれたのを、ただ黙々と口に詰めこむ。紅茶で流しこむ。よく食べられるわね、こんなときに、などといっていたわりには、祥子の手と口もけっこう動いている。逆に那羅はまるで食欲がないらしく、一枚を持て余してナイフを置いてしまった。山置はやっとのように最後のひときれを呑みこんで、グラスのトマトジュースを見たとたん顔をしかめた。二階のものを思い出してしまったのかもしれない。

会話のまったく欠如した朝食がおおむね終ったところで、京介が立ち上がった。前置きもなく口を切った。

「あまり時間もないことなので、早急に話を進めたいと思います。いま考えねばならないことはただひとつ、僕たちはこれからどうするべきか。選択肢はそれほど多くない、というより結論はすでに出ていると思われるのですが、よもやこの期に及んで、警察と連絡を取ることに反対される方はいらっしゃらないでしょうね」

「反対したのはぼくらじゃなくて、カリの遺志じゃなかったのか」

那羅がむっとしたように京介を睨み、

「そうよ。あたしだって別に反対したわけじゃないわ」

祥子があわてて首を振る。さすがにいまとなっては、へたに異を唱えると殺人犯扱いされかねないと気がついたらしい。

「では特にご異存がなければ、電話は僕がかけさせてもらいます。ナンディ——」

しかしそれまで沈黙を守っていた彼は、突然とんでもないことをいう。

「すみません。電話、使えなくなりました」

巽口同音に驚きの声がもれた。

「今朝試したら不通です。風でライン切れたらしいです」

祥子が怯えたように小さく、うそ、とつぶやく。しかし例によって京介の表情はほとんど変わらない。

「では仕方ない。ひどい雨の中をすまないがナンディ、君行ってくれないか」

「私が、ですか」

「電話を借りるだけなら下の町まで行くことはない。車は動かせなくとも林道まで戻って左に上がれば、霧積温泉の一軒宿に行き着けるはずだ」

だが彼はきっぱりと首を振った。

「お断りします」

「ナンディ——」

「私はカリの体と、カリの家を守らねばなりません」

「君が不在の間は僕が責任を持とう。それでも？」

京介の視線を振りきるようにもう一度首を振ると、彼は立ち上がる。

「お断りしました。日本の法律に従う、日本人にまかせます。私は知らない」

そのまま配膳室の扉を押して出ていってしまう。

「畜生、やっぱりあいつが怪しい。あれだけ警察呼ぶのを嫌がるなんて、犯人臭いぜ。ぷんぷんしやがる」

吐き捨てた多聞に那羅が反論した。

「そんなことはないだろう。もしあいつが犯人なら、堂々と逃げ出すチャンスじゃないか」

「だからまだ続けるつもりなんだろうぜ、俺たち全員を殺すまで。那羅よ、前におまえがいった通りにな」

「止めてよ、もうたくさん！」

祥子が金切り声で叫んで立ち上がる。ドアに向かう彼女を、しかし京介が止めた。

「どちらへ行かれるんです、吉村さん」

「部屋よ。もうあんたたちの顔なんか見たくない。せめてこの嵐が止むまで、鍵をかけて閉じこもっててもいた方がましだわ」

「そうですね。こうして顔を並べている内の、誰かひとりが殺人犯である可能性は極めて高いわけですからね」

しかしそんなぞっとするようなことばを口にしながら、京介の口元にはほのかな微笑さえ浮かんでいる。

「ですが身を守るためなら、部屋に籠城するよりずっといい方法がありますよ」

その微笑に引かれたように、祥子は聞き返した。

「なに、その方法って」

「決まっているでしょう。猿渡さんを殺したのは誰か、それを突き止めるんです」

あっけに取られる思いでその顔を見直したのは、今度もまた蒼だけではなかった。狩野都から探偵の依頼を受けたことも隠そうとしなかった京介は、にもかかわらずこれまでなに一つ積極的な動きに出ようとはしてこなかった。いま突然の変心にどんな意味があるのか、問い質したいと思うのは当然のことだったろう。

「これは驚いたな、桜井君。君もやっぱり紙の上のミステリじゃあきたらない、本物の死体を前に探偵ごっこをやってみたいというつもりかい？」

那羅が鼻柱に皺を寄せて、皮肉たらしい笑いを向ける。

「ぼくはまた、昨日君があんな馬鹿馬鹿しい無意味な質問をしてみせたのも、山置たちの悪趣味に水をかけたつもりだったろうと思っていたんだが、買いかぶりだったのかな」

「それはどうお取りになってもご自由ですよ、那羅さん」

京介は平然と答える。

「でも僕が猿渡さんのことを究明しなければならないというのは、別に暇潰しでも悪趣味なゲームでもありません。はっきりいえば僕が、極めて臆病な人間だからです」

予想外のことばだったらしい。那羅の目が丸く見張られる。

「おわかりにならないようですね。いや、そんなことはないでしょう。この中のひとりだけは確実に、僕のいう意味がわかっているはずです。つまり、犯人だけには」

京介は片手を腰に当てると、軽く胸をそらせて頭を一振りする。かぶさっていた前髪が後ろに流れて、サングラスの上の白く広い額が現われる。

「繰り返しますが僕はいたって臆病な人間です。警察も呼べないこの嵐の中で、誰だかわからない殺人犯とひとつ屋根の下で寛げるほどの度胸はありません。だから仕方ない、犯人を見つけます。

協力してくれと、いまさらお願いはしません。お気が進まなくとも、協力してもらいます。おわかりですか、僕は犯人に挑戦しているのですよ。これ以上おまえが動くことは絶対に許さない、必ずおまえの正体をあばいてやろうとね」

3

（京介ってやっぱり躁鬱病だったんだあ——）

今度こそ蒼は確信した。こんな挑発的なせりふ、蒼の知っている桜井京介にはどう考えてもそぐわない。

だが他の面々は、すっかり毒気を抜かれてしまったらしかった。等しくあきれたような顔を並べているばかりで、異を唱える様子もない。

「特にご異存がないようでしたら、まず我々の前に呈示されている基本的な事実を確認することにしましょう。あくまで僕の素人判断で、という前提つきではありますが、猿渡充氏の死因は絞殺で間違いなさそうです。白い布紐が首に巻きついていました。その巻き方から見ても、他の兆候から見ても、自殺や事故という線はこの場合まず考えられません」

「あら、どうして？」

祥子が聞く。

「首を吊ったのと締め殺されたのと、どれだけ違うっていうの？」

この女はどんな場合でも、必ず口を挟まないではいられないらしい。

「絞死は窒息死です。気管が閉塞されて死に至ります。首吊り、つまり縊死《いし》の場合は椎骨動脈の閉塞によって、頭部への血流が停止し、脳が無酸素状態になることが直接の死因となります」

彼女は目をぱちくりさせた。

「解剖もしないで、どうしてそんなのがわかるのよ」

「絞死の場合は縊死と違って、静脈は閉塞しても動脈はされません。従って顔は紫色を呈するほどに鬱血し、内臓の粘膜や眼球、顔の皮膚にも溢血点が生じます。猿渡さんの白目と口の回りにそれらしい点を確認しました。吉村さんもごらんになった彼の死顔は、典型的な絞死者の顔だといえます」

そこまでいわれてようやく祥子は黙った。気味悪げな表情で口元を押さえている。思い出してしまったのかもしれない。

「続けます。一応そのときの状況を想定してみるならば、籐椅子の右の肘掛けに腰を乗せていた猿渡さんの背後から手を伸ばした犯人が、頭越しに掛けた紐を後頭部で交差させ、締め上げながら後ろへ引き倒したと考えられそうです」

「だとすると、それで犯人の身長が推定できるんじゃないか」

思いついたように山置がいい、

「恣意的な空想でしかないよ。ナンセンスだ」

那羅が笑う。

「だいたいどうやって推定するんだ。まさかあいつの体をもう一度座らせて、ひとりずつ首絞めの実験でもするっていうのか？　猿渡くらいの小男なら、座っていれば祥子でも充分腕は届く。ちっとも容疑者の範囲を狭めるには役立たないな」

「おっしゃるとおりです。ただやはり片手のナンディでは、絞殺は困難でしょう」

「片手の犯人が絞殺をするトリックも、確かあるにはあったよな……」

ぶつぶつと山置が口の中でつぶやくが、京介は無視する。

「意図のほどは不明ですが犯人は彼をそうして殺した後、その体の上に石製のリンガ像を据え、さらに赤いサフラン粉をふりかけた。そして廊下側のドアから出ていった。取り敢えずそう考えておいてよいでしょう。

あの部屋の鍵はおととい狩野さんが開けたときから外の鍵穴に差してあって、今朝も施錠されてはいたものの鍵はそのまま差してあった。もうひとつ、奥の寝室に通ずるドアは、そのベッドに寝ていた蒼が内側から締めていた。従って猿渡さんや犯人が、そこから出入りしたと考える必要はないかと思います」

「このぼーやがほんとうのことをいっているなら、ってことだな」

多聞のいい様に蒼は顔を強ばらせたが、

「それは誰にとっても同じですよ」

京介は平然たる表情を崩さない。

「では次に、昨夜の我々の行動をさらってみることにしましょう。食堂から新館に引き上げたのは夜の十時半過ぎ。風は強くなっていましたが、雨はまだ降り出していませんでした。新館の客室は四つあって、玄関を背にして右にAとB、左にCとDという記号がついています。A室には僕が入りました。Bは山置さん、Cは多聞さん、Dに那羅さんと猿渡さん。これで間違いありませんか？」

「つまりぼくが容疑者第一号ってことか」

那羅がせせら笑ったが、京介は取り合わない。

「蒼は一度Aに来て、十一時過ぎに本館に行きました。その後僕は明け方まで本を読んでいました。一応皆さんの昨夜の行動を教えて下さいますか？」

「容疑者としては探偵に協力せざるを得ないな。時間割でも作ったらどうだい？」小馬鹿にしたように肩をすくめた那羅は、それでも昨夜の自分の行動を語り出した。「ぼくはシャワーを使おうとしたらふさがっていたんで、しばらくサルのやつと雑談して時間をつぶしていた。確か十二時ごろ部屋を出て、一時間ほどで戻ったら彼はいなかった。山置のBをノックしてサルはいないかと聞いたが返事がない。Cを叩いたら多聞がまだ起きていた。猿渡はいなかったが、なんとなくそのまま座りこんでしゃべって、寝ちまったみたいだな。後は朝起こされるまでなにも知らん。これだけだよ」

「ノックがあったのは覚えてるよ。一時近かったろう。面倒だからそのまま寝ていたんだ」

山置が答える。

「ぼくは部屋に入ったまま朝まで出ていない。シャワーもトイレも使っていない」

「那羅の前にシャワーを使ったのは俺らしいな。それから食堂から失敬してきた、マーテルの残りをちびちびやってた。那羅が来たのは確かに一時過ぎだ。しゃべってなんていってるが、おまえ忘れてんのか？　いきなりずかずか入ってきて、寝かせろっていって勝手に隣のベッドで寝ちまったんだぞ」

「つまり那羅さんがシャワーを使っていた十二時から一時の間に、猿渡さんは本館の方へ来たということになりますね」

「おまえ、一時間も風呂入ってたのか？」

「いや、風呂の時間は三十分足らずだろう。ただ入る前に脱衣所にあった洗濯機を使ってね、出てから洗い上がったこいつを乾燥機で回してたのさ」

那羅は備え付けのバスローブを引っ張ってみせる。腰の紐が短くて解けてしまうので、前がはだけてなんともだらしない格好だ。

「夜中に洗濯とはご清潔なこったな」

「着るものがないんだから仕方ないさ。スーツは雨でぐしゃぐしゃのままだし」

「吉村さんはどうでしたか」

「見てたでしょ。あたしはまだ皆がいる内に二階に上がって、廊下側のドアにはもちろん鍵をかけて、シャワー使ってそのまま寝ただけよ」

「廊下や階段の物音は聞きませんでしたか」

「よしてよ。あのひどい風でひっきりなしに窓ががたついてさ、安眠もできなかったけど他の音なんて全然わからなかったわ。あれでなにか聞こえたってなら、かえってどうかしてるわよ」

京介にうながされて、最後に蒼が口を開く。

「ぼくは、京介の部屋を出て本館に入って、吉村さんが鍵かけてたから、向かいの部屋の寝室なら寝られるかなって思ったんだ。ドアの鍵はふたつとも開いてた。それで寝室に入って、窓のかんぬき確かめて、仕切のドアには鍵が差してあったから回してかけて、そのままベッドに入って寝た。

だけど、時間は全然わかんないけど、隣の部屋で声が聞こえた気がするんだ。そのときは、夢かと思ったけど、あれは後で考えたら猿渡さんの声だった——」

気がつくと全員の目が蒼に集まっている。大きく見開かれた、笑うような、疑うような、探るような目。急に喉が詰まりそうな気がして、蒼は思わず息を継いだ。

「なにいってたんだよ、サルのやつは」

「よく覚えてないけど、笑ってた、大声で」

耳に突き刺さる気味の悪い笑い声。それだけははっきりと覚えている。引き攣れたみたいに、なにかに憑かれたみたいに、喉がぜいぜいいうほど笑っていた。

「ほんとかよ。殺されるやつがどうして笑ったりするんだ？」

多聞が疑わしげな声を出すが、そんなことをいわれても蒼には答えようがない。

「だって聞こえたんだもの。もうひとりいた気はするけど、笑い声にまぎれてそっちの声は全然聞こえなかった」

「笑ってただけなのか？」

「なにかしゃべってたとは思うけど、ぼくも半分眠ったままだったから、ほとんどなにも覚えてないんだ。でも最後に、『ゴム、ゾーリ』って……」

「ゴムゾーリだあ？」

多聞が今度は目を剝いた。額を手のひらでべちゃりと叩いて笑い出す。

「よりにもよってゴムゾーリとはなあ。どっからそんなことばが出てくるんだよ。そりゃ坊主、夢でも見たんだぜ」

「夢なら夢でもいいけど、とにかくそう聞こえたんだ。結局そのまま眠っちゃって、朝服を着てドアを開けたら部屋の真ん中に猿渡さんがころがってた。それで、現場には入らない方がいいだろうと思って、仕方ないから一度ヴェランダに出て中に戻って、新館に知らせに行ったんだ。あ、その前に吉村さんは起こしちゃったけど」

「結局誰にだってあいつを殺せたってだけじゃないか」

那羅が唇に皮肉な笑いを浮かべる。

「ぼくが部屋を開けていた一時間の間に、やっと連れ立って本館に戻ってさっさと片付けて帰ってきて、なに喰わぬ顔でベッドで酒でも飲んでいたかもしれない。なあ、多聞」

「けっ――」

「いや、山置や桜井君の顔は見ていないんだから、その時点ではまだ帰ってきてなくともいいわけだな。鍵さえかけていれば、中で寝てるのか寝てないのかなんて、外からはわかりようがないんだから」

「それをいうならおまえだって可能だろうが。おまえが一時間もシャワー室でうろうろしていたなんて、それこそ俺たちの誰も見ちゃあいないんだからな」

多聞がいい返す。

「ああ、そうさ。そして当然ながら本館にいた祥子も、蒼君も、容疑から外すわけにはいかないだろう。つまりまったくわからない、それだけさ」

「問題は死亡推定時刻だ。死後十時間までは、死体の体温は一時間に一度ずつ下がるといわれている。だから彼の直腸体温を計れば、ある程度の推定は可能なはずだ……」

山置がまたぼそぼそといいかける。

「死後硬直の出方、あるいは体の下方にできているはずの死斑が転移するか、指圧によって退色するか否かということも、解剖なしに死亡時刻を推定する決め手になるわけで――」

「そりゃいいなあ。それで猿渡の死んだのが二時か三時だってことになりゃ、少なくともぼくと多聞はアリバイありということになるわけだ。やってくれよ、名探偵。その調査を」

那羅にいわれて、山置は青ざめた顔を振った。

「い、いやだよ。死体なんて見るだけで充分さ」

「だったら黙ってるんだな、迷探偵」

多聞が決めつける。

「紙の上で遊んでろ、馬鹿が」

「失敬だな、君は——」

あまりにとげとげしい口調に、山置もさすがに顔を引き攣らせた。

「自分こそさっきはあんなに怯えて騒ぎまくったくせに」

「なんだとお？」

「ですが猿渡さんが殺されたのは、一時前である可能性が極めて高いと思いますよ」

京介が静かに割って入る。

「雨が降り出したのがちょうど一時過ぎでした。新館から本館へは外を歩くしかない。ですが猿渡さんの体は、頭や体はもちろん足もまったく濡れてはいなかった。履いていたのは新館の玄関に備えてあったサンダルで、底についた土は少し乾きかけていました。つまり猿渡さんは、雨が降り出す前に本館に戻っていたことになります。

蒼が知らせに来たとき僕は新館の玄関を見ましたが、三和土《たたき》は完全に乾いていました。皆さんを起こす前に失礼して下駄箱の履き物を見せていただきましたが、不自然なほど濡れている物はありませんでした。そして本館は土足で歩いているわけですが、濡れた足跡は朝になって一度ヴェランダに出た蒼がつけたものだけでした。つまり犯人もまた、雨の降り出す前に来て去ったことになります」

「犯人が新館にいた人間なら、てえことだろ？」

「それはそうです。しかし蒼は隣の部屋の話し声を夢うつつに聞いたらしい。昨夜は風に雨が混じり出して、いっそうひどい音になってきました。お望みなら実験してもいいのですが、いまの状態ではとてもベッドから扉を閉ざした隣室の話し声は聞こえないでしょう。蒼にそれが聞こえたということは、その時点で雨は降っていなかったと考えた方がいいと思います」

「それを見越して犯人が、わざわざサルの作り声を聞かせたのかもしれないぜ」

祥子がきっと見返った。

「多聞君、あなたそんなにまであたしのことを犯人にしたいの？」

「俺は飽くまであらゆる可能性を考慮しろといってるだけさ」

「なによ、都合のいいときだけそんなこといって。きっと橋場さんを殺したのもあんたなんだわ。だから無理やり事故だなんていったんだわ」

「まぜるなよ、別の話を」

「別なもんですか。関係あるに決まってるじゃないの。桜井君、あなたもそう思うでしょう？　サルが殺された理由だって、橋場さんのことに繋がってないわけがないって！」

「おい、桜井。この馬鹿女のいうことなんぞに、耳貸すんじゃないぞ！」

京介は耳のないような顔で、シャツの胸ポケットからハンカチの塊を引き出した。

「ひとつ、僕がさっき上の部屋で見つけたものがあります」

パンケーキの皿を無雑作に押しやって、テーブルの上にハンカチを広げる。電灯にきらりとひかった、それは直径一センチばかりの布製の造花だった。中に綿を入れてふくらませた、材質はピンクのシルク・サテン。芯のところにガラスビーズが縫いつけてある。

「なんだ、そりゃあ――」

「なにかの飾り物じゃないか」

あっという声が祥子の口をもれる。彼女は手を伸ばしてそれを摑もうとし、急に止めた。

「あなたのものですか、吉村さん」

「ちが、違うわ」

あわてたように腰を浮かす。だが当然視線は彼女の上に集まる。

「それだッ！」

わめいた多聞が腕を伸ばした。そして祥子の右の足首を摑んだ。

「止めてよ、止めてったらあ！」

祥子がもがくのもかまわず、多聞はその足から履いていた室内履きを抜き取った。甲の部分に一並び、小花を飾ったピンクの布靴だ。

「見ろよ、こっちの花がひとつなくなってる」

むしゃぶりついて奪い返そうとするのを左手で押しやりながら、多聞は靴を裏返す。そして汚れのついた底を、皆の見えるように突き出した。

「赤い粉だぜ」

沈黙の扉

1

「どういうことだよ、これは」

多聞は勝ち誇った口調で、右手に摑んだ布靴を祥子の胸元に突きつける。グローブのような彼の手の中で、淡いピンク色をした女物の室内履きは、いまにも握り潰されそうなほど華奢で小さい。

「この造花がおまえの靴から落ちたことは認めるんだな。だったらどうしてそんなことが起きたのか、説明してもらおうか、さあ！」

だが祥子はなにも答えられない。体を縮めて壊れた人形のように首を振るだけだ。

「でも吉村さんは今朝からこの靴を履いていたんだから、さっき皆で部屋に入ったときに粉がついた可能性もあるんじゃないか。この花だってそのときに落ちたのかもしれない」

慎重な口振りでいう山置に、多聞は鼻で笑った。

「こいつはどこに落ちていたんだ、桜井」

「廊下側のドアと猿渡さんの間、粉が一番分厚く撒かれていた床の上です」

「それじゃあ駄目だ。皆も覚えているだろうが。この女やたらびくびくして、壁に貼りついているばっかりだったぜ。粉の撒かれていた近くに寄ってもいないし、ましてそんな場所に花が落ちるわけもない」

「そんなこと決められやしないだろう。あれだけの人数が動き回ったんだ。直接は踏まなくとも粉はずいぶん舞い上がっていたし、この程度の汚れならいつの間にかついていてもおかしくはない。落ちた花だって気がつかない内に他のやつの爪先で蹴飛ばされて、そういう場所に動いたのかもしれないんだ」

「おう、山置。さすががんばるなあ、昔惚れた女のためとなると」

多聞が歯を剝いて嫌な笑い方をする。祥子がはっとしたように顔を上げ、山置は多聞を睨んでなにかいおうとした。しかしそのとき京介が、ふたたび口を開いた。

「それともうひとつ、足跡の問題があるんです」

「足跡？……」

祥子の顔にふたたび怯えが浮かんだ。多聞の猛々しいものいい以上に、彼の淡々とした口調が彼女を戦《おのの》かせるらしい。

「サフラン粉の撒かれたところに、いくつも足跡がありました。そして扉の外の廊下にもうっすらと。入るとき皆さんに、気をつけて踏まないようにとお願いしたはずです。ざっと目測したところ足跡の大きさは二十三センチくらい、そして底はまったく平らな、刻みも踵《かかと》もない跡でした。靴としてはいかにも奇妙だと思われましたが、底も布でできたそんな室内靴だったら痕跡と一致します」

祥子はますます体を縮める。微かな声でようやく答える。

「違うわ——」

「現場は施錠されてはいたものの、ドアに鍵は外から差さったままだったのですから、もちろん密室などではない。すべてが終わった後にあなたが、なにも知らないまま部屋に入ったのかもしれない。そして足跡をつけて造花を落として、そのまま逃げ出したというだけのことかもしれない。だからそんなに怯えなくていいんです、吉村さん。これはけっしてあなたを、犯人に特定する証拠ではないのですから」

「違うってば、何度いえばわかるのよ！」

祥子はいきなりわめいた。

「靴がなによ。靴はあたしじゃないわ。誰かが持ち出して履いて歩けば、足跡なんか好きなようにつけられるじゃない、あんただって！」

彼女が指をつきつけたのは、多聞の鼻先だった。だが彼は驚いたふうもなく片手を振る。

「止せよ。俺はそんなちっぽけな靴、履けやしないぜ。手でも無理だ」

「だったら、あの子なら入るわ！」

次に彼女が指差したのは蒼だった。びっくりしたが反論しないわけにはいかない。

「そんなの無理だよ、吉村さん。あなたのいた部屋のドアは、ちゃんと鍵がかかってたじゃない。ぼく、荷物を取りにいったとき確かめたよ。あなたはそのときシャワー使ってたみたいだけどね。その後あなたが鍵を外したっていうのでもない限り、誰だって靴を持ち出すことなんてできないよ」

「合鍵があるのよ」

「古い建物だから合鍵もマスターキーもないって、狩野さんに最初いわれたよ」

「わかるもんですか、そんなの。さもなきゃ隠しドアか、秘密の通路でもあるんだわ」

追い詰められた小動物のような、ほとんど破れかぶれの叫びだった。

「疑いたけりゃ勝手に疑えばいい。あたしはそんなこと、ひとつもしてないんだもの。どうしてもあたしを犯人にしたいなら、もっと抜きさしならない証拠をつきつけてごらんなさいよ。できないでしょ。できるわけないわ。あたしは殺してないもの。サルを殺さなきゃならない理由なんか、金輪際ないもの！」

椅子から立ち上がった祥子は、左足に残っていた室内履きを自分で脱ぐと、力いっぱい床に叩きつけた。そのまま身をひるがえすと食堂を飛び出す。

「吉村君！」

山置が腰を浮かしたが、

「来ないでよ。来たら舌嚙んで死んでやるから！」

食堂のドアが跳ね返って、外の雨音にも負けないけたたましい響きを立てる。階段を駆け上がり二階の扉を開けて閉めるまでの音が、息を詰めている一同の頭上に鳴り渡って、ようやく止んだ。

「やれやれ、とんだ茶番じゃないか」

那羅が皮肉な薄笑いに唇をゆがめて京介を見る。

「君も、桜井君、昨日の山置探偵とたいして変わらないようだな。多聞もそうだが君たちは皆、かわるがわる吉村祥子を疑って責め立てたあげく、彼女に否定されてそこで話は終わる。ポワロかクイーンのようなお手並みをとまでは期待しないにしても、こうあっさり幕引きじゃ暇潰しにもならない。せっかく探偵として名乗りを上げたからには、犯人がなんといい張ろうと否定しようもないくらい、きっちりと追い詰めてもらいたいものだねえ」

2

しかし桜井京介は那羅を振り返った。

「まだなにも終わってはいないし、第一始まってもいませんよ、那羅さん」

なんとも居心地悪げな多聞や山置とは対照的な、落ち着き払った口調だった。

「ほう。するとこの後まだ君は、開くべき手札を用意しているというわけだ」

「ええ、それはもちろん」

「どんな手だい？　ブラフじゃないというなら聞かせてもらいたいな」

「申し訳ありませんけどね、お名前を挙げられたような紙上の名探偵たちは、いつだって最後の最後まで自分の手を見せないものなんです」

「これはまた、たいそうな自信だな」

「はい」

うなずいた京介の口元には、血腥い話題にはおよそ似合わないあざやかな微笑みが浮かんでいる。那羅は鼻白んだように黙った。

「もっともあんなふうに女性をいじめるのは、あまり洗練された遣り方とはいえませんね。ぼくはこれから失礼して、もう一度現場の方を調査させてもらうつもりです。山置さん、よろしかったらごいっしょにいかがですか？」

「あ、ああ——」

生返事をしながら立ち上がった山置と、蒼と三人で廊下に出る。しかし階段に片足をかけたところで、山置は立ち止まり首を振った。

「面目ないがぼくにはとても駄目だ。やっぱり紙の上のミステリとは違うな。もう一度あの死顔を見る気には到底なれない」

見たくもないのは蒼にしても、同じ気持ちだった。

「桜井君は見かけによらずタフなんだな。ポワロやクイーンどころか、本物の名探偵は違うんだ。さすがに慣れてるっていうか」

「慣れてるって、とんでもないですよ、山置さん。さっきしゃべったことなんて全部本の丸写しで、他殺体を自分ひとりの手で調べるのも、僕には初めてのことなんですから」

しかし山置は逆に不審そうに聞き返した。

「でも君は警察に協力して、何度も殺人事件を解決したりしたんだろう？　警視庁上部の信頼も篤くて、地方でも電話一本かけて君の名を出せば署長クラスが動くんだって、ぼくはそう聞いたぜ」

お手軽なＴＶドラマのミステリでもあるまいに、そんなことがあるわけもない。さすがに京介も怪訝な顔で聞き返す。

「聞いたって、誰にです？」

「猿渡にさ。それは他の連中も、皆知っているはずだよ」

結局山置を下に残して、蒼と京介は二階に上がった。祥子は閉じこもっているらしく、ドアの中からはなんの音も聞こえない。

京介は胸のポケットから、いつも鞄の隅に押しこんである小型カメラを出した。調査のときに撮影を担当するのはもっぱら栗山深春だが、出先で偶然見つけたりしたものをメモ代わりに撮っておくときはこれが役に立つ。茶系統の薄いカーペットを張った廊下の上に、よく見れば確かにこすれたような赤い粉の跡が見える。いわれて見れば足跡のようだ。フラッシュをひからせて、彼はその痕跡を写し取った。

内開きのドアを開ける。どぎつい赤の粉、その中に倒れている猿渡。開けてそこになにがあるかあらかじめわかっていても、心臓がぎゅっというような眺めだ。ふたりは床に散った粉の上を飛び越えて中に入る。京介は回りから何枚か、その死体を撮影した。

「このままに、ずっとしておかなきゃいけないの？」

蒼が尋ねたが、彼は答えない。カメラを胸のポケットに戻すと、今度は腰をかがめて死体の上にしゃがみこむ。猿渡はジーンズとTシャツの上に客室備え付けの白いタオル地のバスローブをはおって、だが腰の紐は結んでいないので前が大きくはだけている。

「そうか、これがその紐か……」

京介は恐れ気もなく、無残な苦悶の表情を凍りつかせた死体に手を触れた。膨れ上がった喉に食い込む白い紐を、指で探って外す。

「いいの。そんなこと勝手にしちゃって」

思わず蒼はとがめるような口調になったが、京介は羽虫でも追うように頭を一振りしたきりだ。彼が手にしているのは撚りをかけて両端は房にした綿の太紐。太さは大人の親指くらいで、房の上を縛っている青い糸が唯一の彩りだ。バスローブの腰を締めるベルト用の紐なのだ。恒河館の客室にはそれぞれ人数分、同じバスローブが用意されていた。

その外した紐をどうするか、ちょっと考えたようだったが丸めてズボンのポケットに入れてしまう。ついで寝室に通ずるドアを開けると、目顔で蒼を呼ぶ。

「なに？」

「今朝死体を発見したときのように、もう一度こっちの部屋を覗いてみて欲しい。そのとき見えたものと、なにか変わっていることはないか」

どういう意味か分からなかったが、蒼はいわれた通り寝室に入る。一度閉めて鍵もかけてベッドまで戻り、今朝の自分の動きを思い出す。

「服を着て、靴を履いて、それから鍵を回して」

「鍵にもドアにも異常はなかったんだな」

「うん、ちゃんと締ってたよ。それでドアを向こうへ開けて、見た——」

猿渡の逆さまの顔は廊下の方に向いている。だから真っ先に蒼の目に入ったのは、肘掛けから突き出したサンダル裸足の足と、そして床を染めた朱の色だった。

敷居の上に足を止めたまま蒼は目の前の光景を見つめ、一度目を閉じる。その中に今朝見たものをよみがえらせて、二つの絵をだぶらせる。二枚のネガを重ね合わせるように。蒼が生まれつき持っている直観像記憶の能力。今朝のように特異な出来事なら、特に意識しなくとも、その映像は記憶に焼きついている。

「あっ――」

蒼は小さく声を上げた。

「違う……」

もう一度目を閉じて、開けて、だが間違いない。あの籐椅子からドアまでばらまかれた朱色の粉は、皆気をつけて触らないようにしていたはずなのに。

「どこが違う」

「床の上の扇形の跡。あんなの、なかった」

それは別段おかしなものではない。内開きのドアが動いたために、床が掃かれてできた跡だ。大理石貼りだったというヴァラナシの瞑想室に似せるためなのだろう、床にはたぶん後から灰色のビニール・タイルが敷かれていた。そのためかドアの立てつけがひどくきつい。外開きの上ドアの下部にかなりのすきまがあったという、ヴァラナシとはその点で違っている。かなりの厚みでばらまかれた粉の上でドアを開けば、どうしてもそこには扇形の跡が残る。しかし今朝は絶対に、あんなものはなかった。

「どういうことなんだろう、これ」

「どういうことでもない、文字通りだ」

京介の返事は無愛想きわまりない。

「粉が撒かれてからあのドアは開かれなかった。つまり犯人はそこから出てはいかなかったということだ」

「でも、それじゃ密室になっちゃう——」

あの暴風の中を窓から飛び降りたとは思えないし、そのかんぬきももちろん中からかかっていた。後の出入口といえば寝室に通ずるドアだけで、そこは自分が寝室側から鍵をかけていたのだから。

「そうだ。すると疑われるのは、今度はおまえってことになるんだ」

「ぼくが」

「おまえが猿渡さんを締め殺す。吉村さんに疑いをかけさせるために、針金かなにかで向かいのドアを開け、彼女の室内履きを持ち出して粉の上を歩き回り、ついでに飾りの花をひとつもぎ取ってまたこっそり戻しておく。こちらのドアを閉めたとき、うっかり自分の足跡をつけてしまった。それをまた粉を撒いて消してから寝室に戻る。

鍵は朝になって新館へ知らせに走るときに、外から鍵穴に差しこんでおけばいい。ただ失敗は自分の足跡を完全に消そうとして、ドアの内側にあまりにもたくさん粉を撒いてしまったことだった」

「そんな。ぼくがやったなら、ドアの跡がなかったなんていわないよ！」

「馬鹿。つまりそういう推理も充分成り立つっていってるんだ」

「だって、ドアの鍵を針金で開けるなんてできないし」

「できることを証明するのは極めて簡単だが、その逆はほとんど不可能だ。素人探偵の助手ならば、それくらいできて不思議はないという話になるかもしれない。おまえが黙っていてもこの粉の跡をていねいに見れば、いずれ誰かがその点に不審を持つだろう」

黙っていても疑われる。だがほんとうのことをいえばなおさら自分が疑われることになる。まるでヴァラナシのときの吉村祥子のような立場だ。まさか自分がそんな破目に陥るとは、うかつにもゆめ考えてはいなかった。

いきなり京介が長いため息をついた。蒼はまばたきして彼を見上げた。

「ど、どうしたの？」

「ろくでもない破目に陥った自分の馬鹿さ加減に、つくづく愛想が尽きているのさ」

両手で額の前髪を掻き上げながら、吐いて捨てる口調で彼はいう。

「なにが探偵だ、僕はちっともそんな柄じゃない。抹殺されようとしている建築のためなら喜んでいくらでも駆けずり回ってやるし、それを助けるためなら何百人と交渉したってかまわない。だが生身の人の生死の責任をしょわされるなんてまっぴらだ。そんなことは専門家にまかせておけばいいんだ」

（いまさらそんなこといったって……）

蒼の当惑をよそに京介は、荒っぽい動作でかけっぱなしだったサングラスを顔からむしり取る。日本人にしては薄すぎる色の瞳で蒼を睨む。

「どうはったりを効かせてみても、僕の猿芝居なんかでいつまでもごまかせるとは思えない。こんなところでぐずぐずしてないで、さっさと出ていけ、蒼。おまえなら来たときの道くらい、しるしなしでもたどれるはずだ。霧積温泉まで走って、双葉山の殺人鬼が暴れてるとでもなんとでもいって、警官の二、三十人も連れてきてくれ」

蒼は首を振った。

「やだよ。いま逃げ出したりしたら、ほんとにぼくが犯人にされちゃうじゃないか」

「あの連中がなにをいっても、おまえがいなければどうにもならない」

「だって京介は？　ぼくが疑われるとしたら、京介だって無事に済むわけないじゃない。絶対共犯だって思われるよ！」

「僕は大丈夫だ」

いつだって京介はそういうのだ。僕は平気だ。僕は大丈夫だ。うそつき。スーパーマンでもないくせに。

「だいたい今回の京介はおかしいよ。どうして十年前の橋場さんの事件では、狩野さんにあんなに頼まれたのになんにもしてあげなかったのに、猿渡さんが死んだらこんなに急に動き出したの？　なんでなの？　ちっともわからないよ！」

だが京介は顔をそむけて答えない。そのときふたりの立っていた寝室のドアが、きいと微かにきしんで開いた。そこにひっそりと黒い影が佇んでいる。

「ナンディ……」

「それ私も聞きたいです。桜井さん、なぜですか。なぜカリの願い、叶えてくれませんか」

3

ほとんど足音をたてずに、彼は部屋の中にすべりこむ。後ろ手に扉を閉じる。その間も双の瞳は、素顔の京介をひたと見つめて離さない。

「仮説は、ある」

低く京介は答えた。

「仮説だけだ。物証は一切ない。だから仮説しか立てられない。それはカリにもわかっていたはずだ」

「その仮説、話して下さい」

「那羅さんたち全員が無事に山を下りたらいう。もともとそのつもりだった」

黒目勝ちの瞳が見張られた。

「なぜですか。物の証拠ない。あの人たちが唯一の証拠です。あなたの仮説が指した犯人、自分で認めればそれが証拠です」

「駄目だ。仮説は仮説でしかない。それが新しい暴力や死を生み出すようなことは、僕は断じて許さない」

京介の否定には一点の容赦もない。

「新しい死、もう起こりました。カリ、死にました。彼らのせいで」

「しかしそれは、彼女が望んだことだ」

くっきりと紅い唇から、激しく喘ぐような音がもれた。その体が突然回転する。振り上げた右足が蒼のすねを払った。なにが起こったのかもよくわからない内に、倒れかかった蒼の喉に左腕が回る。そして右手には片刃のナイフ。背中から両腕で体を抱くようにして、蒼の左耳の下にそれが押し当てられていた。

「話して下さい、桜井さん。いまあなたの知っていること、みな教えて下さい」

「ナンディ……」

蒼は目だけで相手の体勢を計ろうとした。彼の体は床に腰をついた、蒼の背中に密着している。蒼の両手は自由だ。喉は左腕で巻かれているが、彼にはその先の手がない。胴をすばやく右にスライドさせて、肘をうまくみぞおちに入れられれば、首にかかった腕を外せるかもしれない。右手のナイフが動くより、早くそうできれば。

しかし彼は蒼の思惑を、疾《と》うに読んでいるようだった。

「動かないで下さい。あなた殺したくない。傷つけたくない。でもあばれたら刺します。私の腕ほどくより、ナイフ早く動きます。この耳の下、一インチ。動脈走っている。それは切らない。静脈だけ切ります。すぐには死なない。血、ゆっくり出ます。けれどホスピタル遠い、山下りられない。わかりますか。あなた、ゆっくりと死にます」

蒼の皮膚の上をそっと刃先がすべる。紙よりも薄く研ぎ澄まされた鉄の切っ先が、産毛《うぶげ》をそぐ気配。その感触が全身を粟立たせた。

「さあ、桜井さん。返事下さい」

蒼は彼に抱かれたまま、京介を見つめた。そして蒼を押さえた彼もまた。息を詰めて。いま京介の表情を隠すサングラスはない。だがその顔にはひとすじの動揺も、否、どんな表情も浮かんではいない。静止した水の面を見るような、完全にニュートラルな顔。

京介が動く。一歩前に出る。蒼の背に押し当てられていた体が、びくりとした。京介はゆっくりと片膝を折り、床についた。目の高さを同じにして、こちらを見た。

「そんなことを、してはいけない」

また背中の体がびくりとする。皮膚の上の刃先が震える。

「暴力で人の意思を曲げるような、そんな卑劣なことをしてはいけない。君にそんな行いは、似合わない」

「私は、卑劣な人間です。私の手、汚れています」

その声もまた震えていた。京介の、あまりにも静かな声とは対照的に。

「カリのためだったら、もっともっと汚します。いって下さい、桜井さん。カリが憎まねばならないの、誰ですか！」

しかし京介は首を振った。

「誰も」

「桜井さん！」

「だからカリも、自分自身を憎むことは止めるべきだ」

「できません。それは、できない――」

床に片膝をついたまま、京介の顔がすっと前に出た。

「ナンディ、もし君がカリの魂と語ることができるなら伝えてくれないか。カリにとっては『あの神』は、なんの救いにもならなかったのか、と」

「『あの神』――」

「十年前、僕たちが成田で別れたときカリがくれた、あの本の中の『神』だ」

「あの本の中の……」

「そうだ。僕はあれ以来、『アルダナリスワル』を忘れたことはない」

「ア――」

ことばは悲鳴めいた喘ぎに代わり、蒼の首に回っていた腕が消えた。蒼を床の上に放り出して、彼はドアを走り出ようとしている。

「ナンディ、――待てよ、ナンディ！」

蒼は彼の名を呼びながら後を追った。しかしついに一度も振り向かぬまま、その背はドアから階段へ、豪雨のふりしきる屋外へ、そして新館の廊下を駆け抜けて、奥の扉が閉じた。鍵をかける音。だがそのまま階段を上がる音は聞こえない。

「ナンディ、そこにいるんだろ？　開けなくていいから、返事してくれよ」

蒼はドアに口をつけて思いきり大声で呼びかける。しかし扉の向こうは静まり返ったまま、いくら耳をすませても雨音に掻き消されて、息づかいなど聞こえない。

だがもし返事してくれたとして、自分はそれ以上なにをいえばいいのだろう。怒っていない？　気にしなくていい？　そんなことがなにになるだろうか。

「ごめんね、役に立ってあげられなくて。でも京介はぼくが君に切り刻まれても、いわないと決めたことはいわなかったと思う。京介はそういう人間なんだ。だから君は止めておいて、正解だったんだよ。

ぼくは心から君のためになってあげたいと思うけど、なにがほんとうに君のためなのかもよくわからない。でも、ナンディ、頼むから短気は起こさないで。間違っても狩野さんみたいに、死んじゃおうなんて思わないで。ほんとうに――」

依然として扉の向こうから、答える声はない。それ以上いうべきことも思いつかず、蒼はのろのろと閉ざされた扉の前を離れる。

夢中で走ってきたが本館からここまで来るだけの間でも、雨はトレーナーからTシャツまでしみとおっている。濡れそぼった体が寒い。自分の着替えは相変わらず、本館の二階に置いたままだ。京介のものでもなにか借りようかと、客室のAのドアを開けた。

使わなかったベッドの上にタオルと重ねて、バスローブが二着たたまれている。京介も着ていないようだ。布の色はどちらも白だが広げてみると、腰のベルトに巻いた糸が赤と青二種類ある。赤はS、青はM、サイズで色が変えてあるらしい。Sが女性用でMが男性用ということなのだろうか。しかしMにしてもずいぶん細身の仕立だ。痩せぎすの京介ならともかく、多聞あたりではLLくらいでないとベルトも結べないだろう。

熱いシャワーを浴びて、素肌にこれを着たら気持ちいいだろうな、と思う。とにかく濡れて重くなったトレーナーだけは脱ごうと上げた左手が、首に触れてぴりっという痛みを覚えた。手の甲に赤いものが垂れていた。

(さっきナンディに切られた傷だ……)

いけない。こんなことしてる場合じゃないんだ。蒼は座りこんでいたベッドから飛び上がった。もし誰が橋場を殺した犯人かわかったら、彼がその人間に復讐するかもしれない。だから仮説もいわないと京介はいった。

だが——

（カリが生きていたときなら、それは正しかったかもしれない。でもナンディにとっては、なにより大事なのはカリだ。カリの望みを叶えるためには橋場の死の真相も求めるだろうが、そのカリはもう死んでいる。カリを自殺させたのは彼ら全員だ。だからナンディにとっては、全員が復讐の対象であり得るんだ！）

警察を呼びに行こう。蒼は思う。これ以上彼を追い詰めてはいけない。なにがあっても彼に、殺人を犯すような機会を与えてはいけないんだ。そのためにはこの密封された恒河館という檻を打ち破る、外界の力を呼び入れるしかない。それもできるだけ早く。京介のいったことは、やはりここでも正しかった。

蒼は京介のバッグに両手をつっこみ、小さく畳まれたビニールの合羽を見つけた。これも調査に行くときのために、普段から入れっぱなしにしてある装備のひとつだ。

着替える暇も惜しかった。どうせ自分の衣類のある部屋には、吉村祥子が陣取っている。それに、蒼は気がついた。自分が出かけることは、絶対他の連中に知られてはならないのだ。あの中のひとりは確実に猿渡を殺した犯人であり、誰よりも警察の到着を歓迎しないに違いないのだから。

迷ったあげく京介には、彼のノートの表紙に『行ってくる。ＡＯ』とだけ走り書きしてバッグに突っ込んでおく。

ろくに朝食も取らなかったのでふと空腹を感じたが、京介の荷物を掻き回してもガム一枚入っていない。せめてベッドサイドのテーブルに置かれていた、ミネラル・ウォーターの瓶をラッパ飲みする。濡れたままの服の上からビニール合羽を着て、蒼は雨の降り頻る戸外へとすべり出た。

叩きつける雨の幕に覆われて灰色の量塊と化した四囲の森だが、最初に恒河館を見たときの記憶を喚起して進む方向を決めた。ただ本館の正面から見えるところは、迂回しておく方が安全だろう。建物の裏を回るわけにもいかないが、雨が視界を曇らせているから、ある程度離れれば問題はないはずだ。降り続けた雨でぬかるんだ地面は歩きづらい。時間はまだ朝の十時過ぎだ。

しかし足を励まして歩き続ける内に、蒼は体の変調を感じた。手足がだるい。頭が重い。眠いというのとも違うのだが意識に鈍い靄がかかって、ずるずると下に向かって引きこまれるような感じがする。熱が出ているわけでもないのに、頭の芯がぼおっとしてくる。

ぼやけかかった頭の中に、ふとついさっき聞いた京介の声が戻ってきた。

――僕はあれ以来、『アルダナリスワル』を忘れたことはない……

蒼にはまるで意味のわからないことばだ。

(でもナンディには、わかっているみたいだった)

いっしょに同じものを見ていながら、蒼と京介はまるで違うものを見ている。なんだかそんな気がする。ずっと、最初から。

気がつくと、歩くペースがひどく落ちている。密着したフードにふさがれて遠くなったと思っていた耳に、雨の響きが突き刺さるようだ。中耳炎にでもなったみたいに鼓膜が痛いほどじんじんとして、雨音の奥から別の音が聞こえてくる。

(別のって、なにが？……)

あれは太鼓のリズム、それから木管の笛の音。エキゾチックな、だが確かに聞き覚えのあるメロディだ。

(聞こえてくる、森の奥から——)

ようやく空き地は尽きて、ミズナラの茂りに覆われた森が目の前にある。陽に照されてあざやかなエメラルド・グリーンに輝いていた森が、いまはひとつの巨大な生き物のような灰色のかたまりだ。その重なり合う枝の彼方から、不思議な旋律が聞こえてくる。

(あの、水——)

ようやく蒼は思った。鉛をくくったように重い手足を動かして、熊笹にすべる斜面を少しずつ登りながら。あの水の中になにかが、入っていた。誰かが、おそらくは猿渡を殺した犯人が、京介に飲ませるために、なにか薬の入った水を。

止まっては駄目だ。歩き続けるんだ。しかしすべったスニーカーが体を草の中に投げ出したとき、

（笛の音）
（カリの踊り）
（アルダナリ、スワル――）
（ナンディ……）
すでに蒼の意識はとぎれていた。

玄《くろ》い女神

1

タン・タン・タン・タン……

闇の底で太鼓が鳴っていた。和太鼓の響きとは明らかに違う、やや高く粘性を帯びた音色だ。

鳴り続ける。

心臓の鼓動を思わせる、単調な、だがたゆみないリズムを刻んで。

タン・タン・タン・タン……

（あれはインドの太鼓だ。確かタブラって名前の——）

ぼんやりと、自分がどこにいるのかもわからぬまま、蒼は思う。同時に目の中に遠い幻灯のような、おぼろげな風景が浮かんでくる。

供物の花輪は赤や黄色。女の頭に載せた水壺は鈍くひかる真鍮の金。行き交う人々の白い服。駆けていく少女の腕には赤や青のガラスの腕輪。その足元にころがって黒びかりする甕《かめ》みたいなタブラの群れ。それはカルカッタの、カーリー・ガート寺院の門前町——

ふいに闇の中に真っ赤なサリーがひらめく。それは狩野都の舞い姿だ。女神カーリーの都、つまりカルカッタという名前を持っていたひとりの女優。タブラのリズムに合せて小刻みに体を揺すりながら、回転する。解き流した黒髪がさっとなびいて、現われる顔。ふたつの輝く瞳、赤い唇に浮かぶ笑みもあでやかな若い舞い姫。

しかしその顔は回転とともに髪に隠れ、ふたたび現われたのは老婆のそれだ。すべらかだった額は老齢に刻まれ、下まぶたはたるんで下がり、まぶたと唇を彩る化粧の濃さがいっそう痛ましい。微笑もうとする口元を、皺の深さが裏切っている。

また巡る。若い娘——

また巡る。皺だらけの老婆——

巡るたびふたつの顔は、かわるがわる現われる。若い美女と無残な老婆と。タブラのリズムは速さを増し、だがふたつの顔は消えない。

『目をそらしてはだめ』

やわらかな女の声が耳元にささやきかける。

『シャクティの根源としての大いなる女神、マハー・デーヴィは常にふたつの顔を持っているの。誰もが愛さずにはいられない優しく温和な美女のそれと、貪欲に破壊し殺戮する血まみれの夜叉のそれと。ふたつは別のものではないの、生きとし生ける万物を支配する神の表と裏』

（表と裏――）

『生と死、光と闇、男と女、愛と憎しみ、希望と絶望。でもそれは決して別のものではない。汚泥の中から清らかな白蓮《はくれん》が咲くように、その花が散ればまた泥に還るように、すべてはひとつ』

（すべてはひとつ――）

『貞淑な妻サティー、ヒマラヤの娘パールヴァティー、美しきものウマー、恐怖の主ドゥルガー、血を好むチャームンダー、そして黒き地母神、玄牝《げんぴん》、カーリー――』

突然舞い手はくるりと回って、身にまとっていた赤いサリーをかなぐり捨てた。そこに立っているのはすでに、狩野都ではなかった。

青黒い肌をした巨大な裸女が、背に余る黒髪を振り乱して踊り狂っている。血走った両眼は引き剝かれて爛々《らんらん》と輝き、唇は薄く開いて恍惚の笑みを浮かべる。首には白いされこうべを連ねたレイをかけ、腰には切り取られた死人の腕を巻き、広げられた十本の手には血まみれの剣や槍、血のしたたる生首を引っ下げている。踏みならす舞いの足下に、倒れているのは人の体だ。それはしかし、まだ生きていた。

黒い女は踊る。倒れた人の胸を容赦もなく踏みにじりながら。痙攣する体。その顔が上を向く。男だ。髭のある顔が苦悶にゆがみ、開いた口から血が吹き上がる。

それを見たとたん、女の口がかっと裂けた。真っ赤な舌がその唇から垂れ下がり、吹き出た血を舐める。そして笑った。天地をどよもす哄笑を上げながら、彼女はおらぶ。舞い狂う。

『我はカーリー、偉大なるカーリー、あらゆる神と女神に打ち勝つもの。見よ、我が夫シヴァさえもが、いまは我が足下に横たわる！』

絶叫が闇を轟かせて鳴り渡る。巨大な赤い舌が炎のように宙にうごめく。

『生け贄を、さらなる生け贄を、マハー・カーリーに捧げる生け贄を！』

声が四囲から呼応する。

『生け贄を、さらなる生け贄を、偉大なる女神に生け贄を！』

天地を染めて吹き上がる血しぶき。赤黒い液体が溶岩流のように大地を流れ、笑い続ける女神の口に吸いこまれていく。夢見る蒼もまたいつか、その流れの中を押し流されていた。息が詰まる。だがそれは首に巻きついている蛇のためだ。違う、蛇ではない、十本の指だ。誰かが蒼の首を締めている。くびられて死んだ猿渡のように。

ではあの男は殺戮の女神に捧げられたのだろうか。次は蒼の番なのだろうか。もがいても、手足は重く萎えている。ようやく上げた目に映る顔は。

（ナンディ？……）

違う。彼にふたつの手はない。

（カリ？　それとも――）

「――母、さん……」

ふたたび蒼の意識は溶暗した。

2

なにかに驚いたように、目が開いた。開いたとたん真上に見慣れない顔を見て、蒼はもう一度息を引いた。

「やあ、気がついたかい？」

その声を聞いてようやく、意識がはっきりしてくる。覗きこんでいたのは、無精髭の浮いた山置の顔だった。

「どうした、びっくりしたみたいな顔して。夢でも見たの？」

「よく、わかんない――」

確かに夢は見た気がするが、目が覚めてみるとほとんど思い出せない。

「ここがどこだかはわかるよね？」

「恒河館の、二階ですよね」

最初の晩に京介と泊まった、あの広すぎる寝室だ。いまとなってはたかだか三日前のそれが、ひどく昔のことのような気がする。

「そう。君は向こうの森の入り口近くで、仰向けにひっくり返って気絶していたんだ。すべって頭でも打ったのかもしれないな。そのへんのことは覚えてるの？」

「少しは——」

蒼は慎重な口調で答える。倒れる前のことはちゃんと覚えていた。頭を打ったわけではない。客室に置かれていたミネラル・ウォーターを飲んだら、少しして気分が悪くなってきたのだ。間違いなくあの中には、なにか薬がまぜられていた。だが誰がやったのかわからない以上、京介以外の人間にめったなことはいえなかった。

「警察を呼びに行くにしても、誰にもいわずにひとりで出るのは無謀すぎるよ。那羅が見てなけりゃ、どうなっていたかわからないぜ」

「那羅さんが、見つけてくれたんですか」

「たまたま窓から外を見ていて、君が歩いてくのを見たらしいな。心配になって後を追いかけてみたら、案の定ばったり倒れてたんだと。あんまり遠くまでいってなくて、まだ良かったよ」

蒼はベッドの上で体を起こした。いくらか頭がふらつくが、これ以上人前で寝ているのは嫌だった。京介はどこですかと聞こうとしたが、山置はもうそばの椅子から立ち上がっている。

「あのさ、君、もう平気だろ？　吐き気とかしないだろ？」

「――ええ」

「ぼくもちょっと、出てきていいかな」

相手のいう意味が、よくわからない。

「実はね、ついさっき吉村が姿を消してしまったんだ」

「姿を消したって――」

「土砂崩れが起こったらこんな小さな谷間なんていっぺんでおしまいだ、いっぺんに埋まってしまう、さもなきゃ川があふれて流されてしまうなんて急に騒ぎ出してね、また例のヒステリーだってほっておいたら、どうも本当に出ていってしまったらしいんだ。荷物も持たずに。それでみんな総出で探してるんだよ。まったく人騒がせな女さ」

山置は口をへの字にして肩をすくめる。

「だけど君は目を覚まさないし、頭を打ってるかもしれないのにひとりで置いて、急に具合が悪くなりでもしたらまずいかってんで、ぼくが留守番してたんだけど、まだ誰も戻ってくる様子はないし、外はそろそろ暗くなるしね。だからきみが大丈夫なようなら、ぼくも行ってきたいんだ。いいよね？」

そして蒼がうなずくのも待たずに、あわただしく飛び出していく。『昔惚れた女』、多聞がさっきいったことばを、山置は否定しなかったのだ。それはどうやら本当のことで、もしかしたら昔どころか彼はいまも、吉村祥子のことを好きなのかもしれない。

雨はまだ小止みにもなっていないようだ。急に人声の絶えた室内には、叩きつけるような雨音だけが高い。蒼はのろのろと床に足を下ろした。水に混ぜられていた薬がなんだったのかは知らないが、その効果がまだ残っているのか。それともしばらく雨に打たれていたためなのか、体全体が妙に気だるい。

着ていたものは全部びしょ濡れだったのだろう、蒼は裸だった。幸い寝室のクローゼットには、自分で置いたままのショルダーバッグが残っている。寒さに鳥肌を立てながら、寝間着のつもりで持ってきたスウェットの上下に着替えて、やっとほっとした。

落ち着いてあたりを見ると隣のベッド回りは、祥子が使っていたままなのか、十五歳の少年にはかなり目に毒な状況を呈していた。口を開けたままのサムソナイトから、ベッド、床の上にまで、女物の下着の類が色あざやかな花びらのように飛び散っているのだ。薄く透き通ったペティコート、レースだらけのブラジャーやガードル、やけに小さなショーツ。ついまじまじと見つめてしまい、誰に見られたわけでもないのに顔が赤くなる。

目をそらしたところに、これも彼女が持ってきたのだろう、開きっぱなしの本が落ちていた。ガイドブックだ。ちょうど霧積温泉のページが開いている。大きな水車のある山小屋みたいな旅館の写真と、横川からのひどく大まかなイラスト地図が見える。

『霧積温泉は明治時代には非常に栄えた保養地で、旅館、商店も数多く営業され、附近には外国人の別荘も建てられるなど、軽井沢にも勝る賑わいを見せていた。それが台風による大雨から山津波で道路などに被害が出、しばしは完全に忘れ去られるほど荒廃していたが、近年の秘湯ブームもあって訪れる湯治客は年々増加している……』

吉村祥子はここを読んで、いつ山が崩れても不思議はないと思いついたのだろう。それにしてもあんなにこだわっていたスーツケースを、放って逃げ出したというのだから、彼女の頭の中というのはおよそ理解を越えている、と蒼は思った。

はめたままになっていた腕時計を見ると、時刻はちょうど四時になったところだ。なにを飲まされたのかは知らないが、六時間近くも意識を失っていたことになる。

京介はA室のドアに鍵をかけていなかった。蒼たちが食堂から二階に上がったのが、たぶん九時前。だからナンディを追いかけて新館に戻るまで、一時間近くはあったわけだ。その間食堂にいた連中がなにをしていたのかはわからないのだから、薬をまぜた水の瓶をあそこに置く機会は誰にでもあったと考えておかねばならない。無論狙いは京介だろう。

とすれば動機は考えるまでもない。猿渡を殺した犯人にとって、探偵宣言をした彼はなにより目障《めざわ》りだったはずだ。ましてどういうわけか京介は、警察にまで強力なコネクションを持つ本物の『探偵』だと信じられていたらしいのだから。

まだいくらか定まらない足を踏みしめて、階段を下りた。サロンにも食堂にも人の気配はない。全員が祥子を探すため出払ってしまったらしい。それにしてもどうして京介まで、後を山置なんかにまかせて行ってしまったのか、少し腹立たしい気がする。薬入りの水を置く機会があったのは誰か、それだけで猿渡殺しの犯人は判明するかもしれないのに。

それにしても。

(どんな夢、見てたんだっけ……)

食堂のソファに腰を下ろして、蒼はぼんやりと天井を見上げながら思った。水に混ぜられていたのは睡眠薬ではなく、幻覚剤かなにかかもしれない。森の中で倒れてからさっきまで、確かにずっと夢を見ていた。長い、とりとめもない、ただあざやかな色のついた夢。それと音楽。

だが目を閉じてみると浮かんでくるのは夢のかけらではなく、昨日見せてもらったナンディの鉛筆画の記憶だ。銅版画のような繊細な線描。背景に引かれたこまやかな斜め線。

(あッ――)

蒼は天井を見つめたまま、声にならない声を上げた。あの絵。あれは、違う。絶対に、(ナンディの描いたものではあり得ない……)

気がつくと蒼は震えていた。両腕で自分の体を抱いて、それでもどうしようもなく震えていた。わなないていた。

救いを求めるように、雨のふりしきるフランス窓を振り返る。少しずつ暗さを増していく外の景色に、しかし帰ってくる京介の姿はない。

蒼は震えながら立ち上がる。いやだ、いやだ、確かめたくなんかない。行くのは止めようと全身の細胞が叫んでいるのに、蒼は一足一足歩いていく。配膳室のドアを開け、雨の吹きつける通路を駆け抜けて厨房へ。相反する恐れと期待にもかかわらず、扉は開く。鍵はかけられていない。

きちんと整頓された清潔な厨房にも、人の姿はなかった。奥の扉を開ける。二階へ通ずる狭い階段が現われる。そこにも人影はない。

(ここにナンディがいてくれたら)

切実に蒼は思う。思わずにはいられない。

(彼がいてくれたらこんな、空巣みたいな真似しなくてすむのに——)

思いながら蒼は上り続ける。上りきった小さな踊り場の左右にドアがある。昨夜入ったのは右のドアだった。左は？　開かない。鍵がかかっているようだ。しかし右は開いた。

白木とブルー系統の布で飾られた小さな室内には、昨日となんの変化もない。だが目の前でしまわれたはずのスケッチブックは、ふたたび机上に広げられていた。鉛筆もあった。描き加えはされてないようだったが。

さっき記憶の中で眺めた絵の実物を前にして、蒼はそのことを確認する。背景の夜空を表わすために、一ミリ以下の間隔でびっしりと斜線が引かれている。

画面の左上から右下へ。

3

ガタン！というなにかの倒れる音が、すぐ近くで響いた。上げかけた声を必死に抑えて、蒼は背後のドアを振り返る。次の瞬間壁の向こうからドアの開閉する音、続いてあわただしく階段を駆け下る音が聞こえた。

轟く胸を抑えて、そっとドアを開け首を突き出す。すでに階段にも、その下にも人影はない。だがさっきは開かなかった、向かいのドアが開いていた。たったいまそこから出ていったように、わずかな隙間を見せていた。

ここまできていまさら、ためらっているわけにはいかない。蒼は思いきってその中に足を踏み入れる。白木にこちらでは赤系統のインド更紗や手織布を使った内装は簡素だが、広さは向かいよりずっと広い。ここが狩野都の部屋なのだろう。開けたままの手箱の中には金のアクセサリが輝き、椅子の上には都が着ていた豪華な刺繡《ししゅう》のあるサリーや、首に巻いていたヴェールも広げられている。香水や化粧品の匂いも強くして、見るからに女性の部屋らしいなまめいた空気が漂っていた。

入った手前にはバスルームのドア。ベッドの脇には劇場の楽屋にでもありそうな大きな化粧台と、全身が映る壁鏡。奥には広いウォークイン・クローゼットもある。そこの扉も開け放されたままで、照明も点けっぱなしにされていた。ここにいた者が蒼の気配に感づいて、あわてて逃げ出したのだろうか。

だがそのクローゼットは奇妙だった。入り口から一目みただけで、蒼は一番奥の壁に作りつけられたオーディオ装置めいたものに気がついた。いやオーディオというよりはパソコンだろうか。キーボードはないが小さなディスプレイがいくつもある。そしてアルファベットの表示をつけた十個近いＯＮ／ＯＦＦスイッチとボリュームつまみのようなもの。さらに接続されたイヤホン。――

「なにをしていますか」

背後から冷やかな声が聞こえた。

「ナンディ……」

「こんなところで、なにをしていますか」

彼は繰り返す。その顔には微笑のかけらもない。

「泥棒ですか。残念ね、盗むものなにもないよ」

冷たい蔑《さげす》みをこめた口調は、突きつけられたナイフよりはるかに深く蒼の胸を刺した。

「ここはカリの部屋、誰も入れない。出て下さい」

「ナンディ、狩野さんは生きてるんだろう。そうなんだろう？」

思いきっていった蒼に、一瞬目が見張られたようだった。しかしすぐにそのかたちのよい唇をゆがめると、吐き捨てる。

「なにいいます。カリは死んだ。あなたがたに殺されたよ。忘れるつもりですか」

「だったらあの絵は？」

「絵？——」

「昨日君の部屋で見せてもらった鉛筆の絵だよ。狩野さんが踊ってるところを描いた、あれは君が描いたのじゃない」

「なぜですか」

細い顎が挑むように上がった。

「あなた、見てもいないのにどうしてわかります」

「だってあの背景に引かれていたのは、左手描きの人しか引けない線だもの。レオナルド・ダ・ヴィンチのデッサンがちょうどそんなふうなんだ。彼は左利きだったから。うそだと思うなら右の手で、左上から右下へ線を引いてごらん。とてもあんなふうに、きれいな線は引けないはずだ」

残酷なせりふだと思う。誰も好んで片手を失いなどしない。だが一度始めてしまったからには、ここで止めるわけにはいかなかった。

「でも何年も前に描いたというのでもない。鉛筆画の場合スケッチブックを閉じれば、どうしたって鉛筆の黒が向かい側の紙にこすれて写る。現にいまはうっすらと色写りしているよ。でも昨日君が閉じる前は、あの絵の反対側の紙は真っ白だった。

表紙を閉じないで持ち運んだら、肝心の絵の方がこすれてしまったろう。だからあれは君たちが、ここに来てから描かれたものだ。そしてここには君の他には、狩野さんしかいなかったはずだ。つまりあれは狩野さんが描いたものだ。ぼくのいうこと違っている？」

しばらく答えはなかった。彼は軽く両のまぶたを狭めて、探るように蒼を凝視していた。

やがてゆっくりと、口を開く。

「私、自分が描いたのだとはいわなかった。ただ描きかけだといった」

それに、とちょっと間を置いてつけ加えた。

「ここに来てもう二日。時間はあった。カリが描いた絵だとしても、カリが生きてる証拠にはならない。違う？」

「でもそれなら、狩野さんの遺体はどこにあるの。ぼくたちが知らない間に火葬して、灰は川に流したとでも？」

表情の止まった相手の顔を見つめながら、蒼はまた自分のことばをたまらなく残酷なものに感ずる。

(どうしてぼくはこんなことを始めてしまったのだろう。彼を断罪したいなどとは、いっかなる意味でも思いはしなかったはずなのに——)

胸に食い入る痛みをはっきりと覚えながら、蒼は続けた。

「君はぼくたちの前を、遺体と称するものを抱いて通りはしたね。布にくるまれて人のかたちはしていても、たったいま死んだにしてはいやに硬そうな、まるで人形みたいなものを。でも彼女の死顔を、ちらりとも見せてはくれなかった。

ぼくは泥棒するために、ここへ来たわけじゃない。狩野さんの遺体を探しに来たんだ。でもこの寝室にも浴室にもそれはない。客室はみんな埋まっている。本館だってそうだ。一階のサロンの裏にある使っていない部屋も、窓から覗いたけど空っぽだったね。

そうだろう？　狩野さんの遺体を安置しておけるような場所は、恒河館のどこにもないんだ。いやもちろんぼくの気がつかない、物置や天井裏や地下室がどこかにあるのかもしれない。さもなけりゃ食糧置き場の奥の冷凍庫、牛肉の山の中にでも埋められるかもしれない。でも君はヒンドゥー教徒だ。大切な狩野さんの遺体をそんな場所に入れてまで、隠さねばならない理由はないはずだよ。

だけど生きている人間なら話はまるで別だ。隠れる場所も方法も充分あるだろうし、理由だって考えられる。いまもこの部屋から誰かが飛び出していった。あれは隠れていた狩野さんが、ぼくの足音を聞いて逃げ出したんじゃないの。違う、ナンディ？」

彼はなにもいわない。浅黒い顔を無表情に凍らせたまま、蒼を凝視し続ける。ならば蒼は告発を続けるしかない。

「それともうひとつ、狩野さんが生きているんじゃないと説明のつかないことがある。それは猿渡さんの事件さ。今朝は犯人が廊下側のドアから出て、かけた鍵はそのままにして逃げ出しただけだと皆思っていた。でもそうじゃなかった。ぼくは思い出してしまったんだ。一番最初に寝室からあの部屋を眺めたとき、サフラン粉の撒かれたドアの前の床には、ドアが開いた跡なんかなかったってことを。粉を撒き終えた犯人は、あのドアから出ていくことはできなかった。そして窓は絶対に脱出路としては利用できなかったし、寝室のドアの鍵はぼくが締めていた。つまりあの現場は密室なんだ。

それじゃどうやって犯人はあの部屋から出られたか。出られなかったんだよ。それが唯一の可能な解答さ。犯人は奥のシャワー室に朝まで隠れていた。正確にいうならシャワー室用のスペースだね。狩野さんは前にあそこは閉じきりだといって、事実ドアもないように白く塗られているけれど、外から見ればそのスペースがちゃんとあることはわかる。

犯人は夜からずっとそこにひそんでいた。もちろん隣の寝室に、ぼくという第一発見者が寝ているのは承知の上でだ。そして翌朝驚いたぼくが、皆を呼びに出ていったその隙に、寝室とヴェランダを通って脱出したんだ。

ずいぶん簡単な答えだろう？　どうしてそんな答えに誰も行き着けなかったか、君には無論わかっているよね。ぼくが真っ先に起こしたのは吉村さんで、彼女は確かに自分の部屋から顔を出した。新館に駆けつけて京介を起こして、彼が玄関や下駄箱を調べている内に、君はもう顔を見せた。

ぼくが起きてから新館の全員が顔をそろえるまで、せいぜい十五分。ぼくの後から現場を出て、吉村さんの目をかすめて新館に戻って、それも玄関からは入れないんだから窓からもぐりこむかして、雨に濡れた体を拭いたり着替えたりして、なにくわぬ顔でいま起きてきたと見せる。これはどう頑張っても無理だ。

時間的に一番有利なのは厨房側の入り口を使えたナンディ、君だけど、それだって雨で濡れることは避けられやしなかったろう。あんなにきちんとしたボーイ姿で、現われられたはずはないんだ。トリックとしては可能でも、その機会を持っている人間は誰もいない。だからそんなことは始めから考えなかったのさ。

だけどたったひとり、容疑者の数にも数えられない人、もう死んだと思われてる狩野さんにならそれができる。これがぼくの告発だよ。でももし君が否定してくれるなら――」

否定してくれるならその方が嬉しいと、蒼は続けようとした。だがことばは口の中でとぎれた。こちらを見つめる顔が変わっている。

目は依然として凍ったように前を向いたまま、暗い紅色した唇の端が弓なりに吊れ上がっていく。唇だけの笑み。目にあるのは闇。

「あなた、カリがあの人殺したというのですか」

別人のようにしわがれた声が聞く。

「なんのためにカリ、そんなことします」

「動機はわからない。でもあの床に撒かれたサフラン粉は、吉村さんに疑いを向けさせるため、ただそのためにだけ撒かれたのだとしかぼくには思えない。狩野さんなら彼女の靴を持ち出すために存在しないはずだった合鍵を使えた可能性があるし、それに——」

「カリならあの女、憎む理由がある。あなた、そういいたいですか」

唇の三日月が弧を深める。狭められた目が暗さを増す。

「カリのジェラシー？　カリはそんな女だと、あなた思いますか」

それからふいに叫んだ。金属的な高音が、蒼の鼓膜に突き刺さった。

「あなたにはなにもわからないよ。あなたみたいに幸せな人に、ナンディのこと、カリのこと、なにもわからないよ！」

そのことばを聞いたとき、蒼の中でなにかが切れたのだ。思わず叫んでいた。

「ぼくが幸せだなんてどうしていえるのさ。不幸自慢なんて馬鹿馬鹿しい限りだけど、君がそこまでいうならいってやる。ぼくは確かに君のことも、都さんのこともなにもわかってないかもしれない。でも君だってぼくのことなんか、なにも知りやしないじゃないか！」

彼がたじろいだのはほんの一瞬。向き直ったときには白手袋の右手に、抜き身のナイフがひかっている。だが蒼はひるまない。逆に一歩前に出た。彼の目を正面から見据えて。

「さっきはふいを突かれたけど、今度はそう簡単にはやられないよ」

彼は右手にナイフを構え、身を低くして一歩退く。蒼はさらに前に出る。

「狩野さんはやっぱり死んでいるんだって、君がいうなら信じてもいい。でもそれなら君は橋場さんのためなんかじゃない、他ならぬカリのために復讐するつもりなんだ。ぼくたち全員に。違う？」

「だったらどうだという——」

しわがれかすれたささやきが、暗い笑いに引き攣れる。

「人殺し、いけない？　自分を汚す？　そんなの少しもかまわない。さっきもいった。私の手、とっくに汚れているね、汚いこと平気、何人でも殺せるよ」だが蒼はそれに、押しかぶせるようにことばを継ぐ。

「そんなことはさせないよ。絶対に君を人殺しにはしない」

「どうやって」

方法などなかった。蒼にあるのは本能だけだった。もう一歩前に出た。ことばをもって止めることができないなら、体で立ち塞がるだけ。それもまた一種の、卑劣な暴力でしかないとしても。ナイフの切っ先から蒼の体まで、残された空間は十センチもない。

「あなた、死にたいのですか」

「馬鹿野郎、誰が死にたいもんか！」

蒼の声にびくりと細い肩が震える。

「でも他にしようがないなら、腕一本くらい君にくれてやるよ」

こぶしを握った左手を、彼の前に突きつけた。

「それで君の気が済むなら、好きにしていい」

「どうして——」

目が丸く見張られた。驚きがその顔をふいに幼くしていた。

「どうしてあなた、そんなに——」

「わからないのか？　これだけいっても君はわからないのか？」

蒼を見つめたまま、顔がこくりとうなずく。

「じゃあいうよ。ぼくは」

そのとき——

銃声がした。

パンドラの箱

1

黄昏の谷間に鳴り響いた、一発の銃声。——

蒼は身をひるがえして階段を駆け降りている。なぜだろう。その音を聞いた瞬間、床に倒れている桜井京介の姿が目に浮かんだ。仰向いた胸を血が赤く染め、投げ出された手足はすでにぴくりともしない、そんな姿が。

厨房から壁のない渡り廊下に飛び出すと、いつの間にか雨は上がっている。屋根の下から僅かに見えた山の端の空に、夕焼けが不吉なまでに紅い。では明日は晴れるのだという思いが胸をかすめたが、喜ぶほどの余裕はなかった。

ドアを開けて配膳室から食堂に飛びこんだ。カーテンはすべて引かれて、射し入る夕映えに空気さえ赤い室内。そのフランス窓のガラスの一枚が、白くひび割れていた。床に散って

鈍くひかる破片の中にうつぶせに倒れ伏した、白いトレーナーの背中はやはり、

「京介！」

駆け寄ろうとした蒼は、しかし足を止めていた。いま窓の外をよぎって走り去った後ろ姿。谷間《たにあい》の早い夕闇にたちまちまぎれて消えた、だがそれは見誤りようもない。

「君も見たろ？　ナンディ」

前を向いたまま尋ねた蒼に、呆然としているらしい答えが返る。

「——見ました」

「赤い、サリーだったよ」

「はい——」

「君はこれでも狩野さんは死んだっていい張るのか？」

蒼は振り返って摑みかかろうとするが、彼はすべるようにその手を避ける。

「カリは死にました。ほんとうです」

「だったら彼女の遺体を見せてみろよ、ナンディ。見せられるなら見せてみろ！」

「——それはともかくとして、手を貸してくれないか」

床からの声に、ふたりははっと目を落とす。

「桜井さん」

「京介、生きてたの？」

「勝手に人を、殺さないでくれるかな」

左手をついてようやく顔を上げる。眼鏡をなくした素顔には苦笑が浮かんでいるが、右の二の腕を濡らしているのは間違いなく血だ。

「かすられただけだ。至近距離だったから耳の方が痛いよ」

蒼の手を借りてソファに座りながら、京介はそんなことをいう。

「撃った人、見た？」

「いや、後ろからだったから」

「手当します。消毒薬くらいしか、ありませんけれど」

薬箱が目の前に置かれた。

「その服、切るしかないですね」

「ああ、かまわないよ。どうせガラスの粉だらけだ」

「すみません、お願いします」

ハサミが手渡された。蒼はそのとき初めて気づいた。白手袋に包まれた彼の右手が、小刻みに震えている。動揺しているのだ。顔の表情は平静を保っていても、手の震えを抑えることは出来ない。

傷口に触らないようにしながら、トレーナーの右袖を肩から切り離す。銃創の程度など、蒼にわかるはずもない。だが花のようにはじけた白い皮膚と、そこから絶えず溢れている血を見れば、それがほっておいていいものかどうかくらいは見当がつく。なんとかして山を下りて、医者を呼んでこなければ。

「包帯かなにかで適当に、押さえておいてくれないか」

「京介、だめだよ、そんなんじゃ」

「骨は無事らしいから、一晩くらいは保つさ。できるだけ動かさないですむように、三角巾でも使うかな」

「リネン、持ってきます」

立ち上がった彼を、しかし京介は呼び止める。

「ナンディ、狩野さんはピストルを持っていたのかい?」

「護身用だといって古い六連発、しまってあるの見たことあります」

「実弾もあったんだね」

「はい。でも全然手入れもしてなかったし、使えると思わなかった」

「それがなくなっているかどうか、一応確認してもらえるかな」

「わかりました」

「それと、もうひとつ」

「はい——」

「こんなことはいつまでも続けられない。それは君にもわかっているだろう?」

肩越しに、彼は京介を振り返る。大きく見開かれた目が、不安げに動く。

「もしここでどんな事件も起こらず、僕が考えねばならないのが橋場さんの死だけだったら、僕はなんといわれようと彼らが帰るまでは手にした結論を、口にはしなかったろう。だがカリは、いわばパンドラの箱を開けてしまった。時に封じられて忘れ去られるはずだった不和と憎しみと侮蔑が、開かれた箱から飛び出したんだ。猿渡さんを殺した直接の犯人が誰であれ、責任の一半はカリにある」

京介の口調は穏かだったが、そのことばに含まれた厳しさは隠れもない。思わず蒼の肩さえ震えた。

「このまま僕が口をつぐんでいても、過去からよみがえった不和たちは生け贄を求め続けるかもしれない。だから仕方ない。箱の底に残された希望に賭けて、僕は僕の辿りついた結論を明かすことにする。だが、ナンディ」

「はい」

「君がそれを根拠に復讐の手を伸ばすようなことは、僕は断じて許さない。君は君の意思をもって、そのすべてをここに残していかなくてはならない」

「許さない？……」

なぜあなたに許さないなどといわれねばならないのか、そう思ったのに違いなかった。オウム返しにつぶやきながら薄く笑いかけた彼の顔に、ふたたび京介の声が飛ぶ。

「僕がすべてを口にするわけではないことを、承知しておくんだ。僕が語るのは飽くまでも、パンドラの箱をもう一度閉ざすためだ。そのために必要な最低限の事実だけだ。それ以上のことは、一言たりともいうつもりはない。

だが僕は知っている、たぶんすべてを。君が知りたいと思うことだけでなく、君にとって人に知られたくないことも。それが望ましくないというなら、銃弾は今度はここを貫かねばならない」

京介の無傷な方の手が、自分の左胸を指している。蒼は思わずかたわらからその手を摑んでいた。

「馬鹿なこと、いわないでよ！」

「馬鹿？　どうして」

ふたりが睨み合っている間に、配膳室のドアが閉まった。なにもいわぬまま、出ていってしまったらしい。

「馬鹿だよ。なにを知ってるのか知らないけどあんな、自分を撃てみたいなこと」

「彼が僕を撃ったわけじゃない、それは確かだろう？」

「でも見たんだよ、ぼく。ガラスの向こうに赤いサリーが走り去るの」

京介はそれには答えない。左手で自分の顔に触れて、

「よく眼鏡をこわすな、今年はこれでふたつ目だ……」

そんなことをいっている。ずっとかけていたミラーのサングラスは、床に飛んで粉々になっていた。

「ねえ、京介。京介はナンディと話すとき、たいてい狩野さんのことを現在形で話してるよ。狩野さんはやっぱり生きてるんじゃないの？　さっきいった知ってることっていうのもそれで、猿渡さんを殺したのも彼女なんじゃないの？」

彼は顔を上げて、自分の前に立っている蒼の顔を見上げた。

「なぜそう思う」

「なぜって狩野さんならぼくが開けた後のドアを通って、あの密室から脱出できるからさ。他の誰でもない、彼女だけが」

蒼はさっきも口にした自分の推理を話す。しかし京介はゆっくりと首を振った。

「あれは密室じゃない。橋場氏が死んだヴァラナシの部屋も、密室なんかじゃなかった」

「でも――」

「密室なんてものはね、蒼、ミステリ・ファンの夢の中にだけ存在するのさ。なんでもないただの部屋を、その夢が逆に堅固な聖域に変えてしまう。いくらアンフェアだと笑われようと罵《ののし》られようと、答えは一番簡単なところにころがっている。ミステリのトリックとしては、それこそ噴飯物の答えが。だって仕方ないさ。事件の当事者たちは、密室を作ろうなんてこれっぽかしも考えてやしなかったんだからね」

それから彼は大きなくしゃみをした。

2

きつく巻いた包帯のおかげで、とにかく血は止まったようだった。着替えがないわけではなかったが、腕がろくに上がらなくてはTシャツをかぶることもできない。仕方なく片袖を切ったトレーナーはそのままに、備え付けのバスローブを二枚重ねにして、裂いた新しいリネンで腕を吊る。

それが終わったころ、配膳室のドアを開けて入ってきたのは吉村祥子だった。黒いレインコートを着て、片手には畳んだ傘を持っている。ヒステリーを起こして雨の中を飛び出したとは、とても見えない涼しい顔だ。蒼はあきれた。彼女を探し回っている山置たちは、まだひとりも戻ってきていないのに。

どこ行ってたんですか、と嫌味っぽく聞いてやろうとしたのに、また彼女のかん高い声に機先を制された。

「どうしたの、桜井君。怪我？　腕なの？」

「ええ、ちょっとここのところを」

「ちょっとって、そんな」

「ほんとうにかすり傷なんですよ」

「でも、あなたを狙うなんて――」

祥子の顔は怒りに引き攣っているように見える。そのとき廊下側のドアを開けて、多聞が入ってきた。

「なんだ、吉村。おまえ戻ってたのかよ！」

「ええ、いまさっき」

「どこいってたんだ。俺たちゃ何時間も探し回ってたんだぞ」

「どこへって、いくら歩いても結局どうもならなくてね、木の下で雨宿り。やっと止んだと思ったらもう夕方で、仕方ないから帰ってきたの。ご迷惑様ね」

しれしれといわれてしまい、多聞も二の句が継げない。蒼もさすがに同情したい気分だ。

「山置さんや那羅さんは？」

「ああ。もうおっつけ戻るだろうさ。――どうした、桜井。腕なんか吊って」

「撃たれたんです」

「撃たれたあ？」

目を剝いている。誰だってまさかこんなところに、銃が出てくるとは思わない。

「そこのカーテン、引いてみて下さい」

一度覆ったフランス窓が、部屋の明かりに照らされる。蒼にしても映画でしか見たことのなかった、蜘蛛の巣状の白い亀裂、その中心の丸い穴。

「ほんとだ。こりゃ確かに銃の穴らしいな……」

「ねえ、桜井君。痛む？」

いつの間にか祥子が、京介の隣に座りこんでいる。彼の顔を覗きこみながら、馴れ馴れしい口調で尋ねる。やはり彼の素顔というのは、本人が望む望まないにかかわらず、吸引力を発揮してしまうらしい。

「少しは」

「あたしよく効く痛み止め持ってるの。ちょっと頭がぼおっとするけど、今夜はもう眠るしかないから、かまわないでしょ。怪我じゃお酒ってわけにはいかないもの。いまの内飲んでおけば楽よ。すぐ持ってきてあげる、ね」

返事も聞かないまま、気軽く立ち上がった彼女の横顔に、しかし京介の冷やかな声が飛んだ。

「痛み止め？　マリファナですか、ハシシですか。どちらにしろ御免蒙りますよ」

「な――」

祥子は声を飲んで立ち尽くす。多聞も、そしていまドアを開けて入ってこようとしていた山置と那羅も、敷居の上で凍りついたように足を止める。これで全員がそろったわけだ。その顔を丸くなぎはらうように見回して、京介は続けた。

「十年前あなたたちはインドでドラッグを覚えた。ヴァラナシの屋上で毎晩楽しく歌ったり騒いだりしていたときも、酒なぞじゃない、皆でマリファナを吸っていたからでしょう。違いますか」

誰も答えない。だがその凍りついたような沈黙がなによりの答えだった。京介はソファにかけたまま、ゆっくりと足を組み替えた。

「なぜ僕がそう考えるにいたったか、その根拠から話すことにしましょうか。

あの晩あなたたちが飲み食いしたものを確認したとき、挙げられたのは以下のようなものでした。ウィスキーが一本、バナナ、インドの甘い菓子。しかしたった一本のウィスキーを六人で飲んで、少なくとも吉村さん、あなたが廊下で寝てしまうほど酔えるものでしょうか。十年後のいまでも皆さんはかなり飲める口だ。二十代初めの若者たちでは、ウィスキー・ボトルの一本などたちまち空いてしまったでしょう。

といって宗教上禁酒の習慣が根強いインドでは、高級ホテルのバーにでも行くならともかく、町中の店でたばこや水と同じようには、アルコール類を買うことは出来ない。それくらいなら乾燥大麻葉《マリファナ》や大麻樹脂《ハシシ》の方が、ずっと安価に入手できる。インドに行ったことのない僕でも、その程度のことは知っています。また大麻は興奮、抑制両面の作用を持っているが、どちらが現われても不思議と食欲が増進して、猿渡さんのような全然甘党でない人にも、お菓子の類がすごくおいしく感じられるなどということもね。

僕が不審に感じた朝の皆さんたちの会話、警察が来ると考えて緊張したりしたのも、社会的規制は日本より遥かに緩《ゆる》いとはいえ非合法な大麻吸引がばれると、まずいことになると考えたからでしょう。屋上で片付けたのは吸い残しの葉や喫煙具ですね。橋場氏がインドの警察について話した文脈も、つかまるようなことになるなという警告の話だった。いかがです、まずそのことは認めていただけますか」

「認めたらどうだというんだ。え、桜井？」

ポケットを探ってつぶれたタバコの箱を引き出しながら、多聞が京介を睨む。

「一応断っとくが、こいつはJTの売ってるただのタバコだぜ。匂いでも嗅いでみるか」

「けっこうです」

「十年も前のそんなことで、いまさらどうこういわれるのはかなわないな」

ぼそぼそと口を入れた山置に、京介は視線を移す。

「ですが、一昨日の夜もみなさんは一服なすったじゃありませんか。いくら紙の上の知識しかないぼくだって、あれがただのタバコの匂いだとは思いませんよ」

「あっ、あれは……」

祥子が喉の詰まったような声を上げた。

「サルが勧めてまわったのよ。それで、カリのせいで嫌な気分だったから、つい——」

「べらべらしゃべるな、馬鹿」

那羅が彼女の腕をこづく。

「証拠なんてありはしないんだ。なにもいわなければそれまでだ」

「大変に賢明な忠告ですね、那羅さん。その賢明なあなたにしてからが、昨日の一幕はいただけませんでした。LSDのペーパー・アシッド、それもとんだ偽物だったらしい。あれも猿渡さんから手に入れられたのでしょう？」

「LSDって、じゃあの吉村さんが燃しちゃった小さな切手みたいなのが？」

蒼が尋ねると、

「リゼルグ酸ジエチルアミド、麦角菌分析の副産物として生まれた、極少量で効く幻覚剤だそうです。溶液を染みこませたああいう紙を口に含んで、唾液で溶かしながら徐々に飲みこむのが一般的だとか。でも那羅さんのあのときの様子から見ると、古くなって変質分解していた可能性が高そうですね」

「ふん、やけに詳しいじゃないか」

那羅はふてくされたように、両手をコートのポケットにつっこむ。

「これも紙の上の知識ですよ」

「いいだろう。じゃあ話してやる。あいつはな、いまやルポライターどころかドラッグの運び屋で売人だったんだ。雑誌の仕事にかこつけて東南アジアやハワイに出かけては、持ちこんだ物をさばいて暮してたのさ」

那羅は急に饒舌になる。

「フリーのライターなんてみじめなものだ。自腹切って出かけてものにしてきた記事も、採用されなけりゃ一円の金にもならない。旅費の足しにするつもりで始めた商売が、いつの間にか本業になり代わっていたんだろう。ぼくたちが昔のいたずらみたいなマリファナ吸引を隠そうとしたのも、あいつがやけに熱心に口止めしたからだぜ。君は警察とコネクションがあるから、そんなことは知られないにこしたことはないってな」

「そう。彼にしては真剣だったでしょうね。あなたたちにとっては遠い昔のいたずらでしかないにしても、彼にとってはまさしく現在の問題だったわけですから」

那羅は多聞からもらったタバコに火を点け、深々と吸いこむと居直ったように京介を見返す。

「いいだろう。で、ぼくたちが屋上ですっかりいい気持ちになっていたのは、アルコールのためじゃなくマリファナのおかげだったとして、そのことがなにか橋場氏の死の原因に繋がってくるのかい？　どっちでも結局同じことじゃないかと思うがね」

「少なくとも十一時を回って二階に下りた吉村さんが、かなりの酩酊状態だったことはそれで確認されると思います」

「ええ、そうよ。くらっくらしてすごくいい気持ちだったわよ」

祥子の口調はほとんどヤケクソだ。

「マリファナ吸ってセックスするのってすごくいいのよ。かわいそうに、あなたはそんなの知らないわね」

「橋場さんはどうでした」

「え――」

山置が代わって答える。

「彼もあなたといっしょに、マリファナを吸って寝たわけですか」

「彼はマリファナには手を出さなかったよ。こうなったら正直にいってしまうけど、ぼくはインドへ行く前にも一、二回やらせてもらったことがある。橋場さんは自家消費用に、自分の部屋で大麻を栽培していたらしい。

でも逆にインドに行ってからは、全然やっていなかったはずだ。自分はもう卒業したんだっていってたけど、体調を崩していたから吸いたくとも吸えない状態だったんじゃないかな。酒だって一滴も飲まなかったし」

京介は目を閉じて口を閉ざした。だが十秒もしない内にまた目を開けた。

「吉村さん。昨日サロンでお話をうかがったときあなたはいいました。橋場氏との約束は十二時だったが、カリの踊りなど見たくないから十一時過ぎには席を立った」

「ええ、いったわ」

「するとあなたはカリがその晩踊ることを、彼女の口から聞いたのですね」

「いいえ、聞いてないわ。あたしあのころはもう彼女と、しゃべることなんてほとんどなかったもの」

「夕食の後に寝室で、着替えているカリと顔を合せたのではありませんか？」

「会ったわよ。でも顔は見てない、口も利いてないわ。彼女、壁の角に紐を張ってきれを垂らして、その中で向こう向いて着替えしていたんだもの」

「するとあなたはどうして、カリがその晩踊ることを知ったのですか」

祥子はあっけに取られたように、瞬きを繰り返す。

「あら。でもそんなの、皆知ってたんじゃないかしら」

「那羅さん、多聞さん、山置さん、いかがですか」

「俺は知らなかったぞ」

「ぼくも、彼女が屋上に立ててたリンガの回りを回ってるのは見たけど、その晩踊るとは聞かなかったなあ」

「猿渡さんも知らなかった、いきなりだったたっていってたよ。知ってたらカメラ用意したし、橋場さんも見にきたんじゃないかって」

蒼も思い出したことをいう。

「那羅さんは」

「忘れたね。聞いたかもしれないし、聞かないかもしれない」

「あたし、それじゃ橋場氏から聞いたのかしら……」

祥子はつぶやく。両手を頬に押し当てて、目はあらぬ方を向いている。

「あら、でもあたし、彼と話した記憶もないわ。だけど、知ってたわ。それであのドアの前に立ったとき、行かないで欲しいって思ってたわ。そうよ、話すのはあたしの方。彼の顔を見たら、そのことをいわないわけにはいかなくて、でも黙っていたらやっぱり負けを認めることにしかならないし、だからドアが開かなくて、少しほっとしたりしたわ——」

「カリの踊りを橋場さんが見たら、あなたの負けということですか」

「だってあたし、わかっていたもの。口ではなんといってもやっぱり彼は、ずっとカリに魅かれているんだって。あたしと寝たのも気紛れみたいなもので、カリがその気になればあたしなんか勝ち目はないって。ヴァラナシに来て体調がおかしくなってからは、いくら迫ってもろくに相手もしてくれなくなってたわ……」

「だからあなたはあなたの体で、ドアをふさいでしまったんですね。もしこの後で橋場さんが目を覚ましても、ドアが動かないように」

自明のことのようにいう京介。祥子はうなずいていた。

「でも、わざとじゃなかった——」

彼女はいつか床の上に座りこんでいる。髪の乱れた額を両手の指が、食い込むほどにつかんでいる。

「思い出したわ。そうよ、いま思い出したわ。壁の方を向いたまま、カリがあたしにいったの。橋場のところに行くなら伝えて。今晩夜中からあなたに捧げる踊りを踊るから、見にきて欲しい。見に来てくれるだけでいいからって」

「カリはどんな口調で、あなたにそれを頼んだんです」

「どんな口調？……」

京介の問いを祥子は、ぼんやりとオウム返しにつぶやく。

「いつもの通りよ。ほとんど高ぶらない、淡々とした声。まるで女主人が召使いにいいつけるみたいな。こっちが断わるかもしれないなんて、これっぱかしも思っていないようないいかたなの。怒ったり興奮したりするのはいつもあたし。そのときも聞き返したわ。彼が行かないっていったら？　そうしたらカリはやっぱり振り返ろうともしないまま、答えたのよ。そのときはあなたの勝ちってことねって」

「あなたが橋場さんを起こして、彼が屋上に行けば、彼はあの夜死なないで済んだかもしれない。あなたはそう思ったのですね。その罪の意識があなたに、カリと話した記憶を封印させてしまった。うそをついたのでもなく、忘れてしまっていた」

「わざとじゃなかったのよ——」

顔を伏せてうめく彼女を見下ろしていた那羅は、硬い表情で京介を見返す。

「誘導尋問だな」

「かもしれませんね。でも吉村さん、僕は少なくともあなたのその、罪の意識を取り除いて上げることはできます。あなたが十一時にあのドアを開くことができたとしても、彼はやはり死んだでしょう。いい換えれば、彼を殺したのはあの胸に刻まれた原因不明の陥没傷ではありません。その以前に彼は死んでいた。あるいはほとんど死んでいたのです」

3

静かな沼に石が投げ入れられたような、声にならない驚きが部屋の内を広がっていく。誰もが茫然と彼の顔を眺めていた。

「なぜそんなことがいえるんだ」

ようやくかすれた声で聞き返した多聞に、

「もちろん僕は現場を見ていません。だが山置さんのエスキスが正確なものだということは、現場を目撃した皆さんが承認していることです。だから僕はそれに従って推論を進めています。それはまずお断わりしておかなくてはなりませんが」

「そんなことはわかってる！」

京介は軽くうなずいた。

「では、続けます。橋場さんの死顔には苦痛の跡がまったくなかった。また肋骨が折れるほどの打撃を受けたと考えられるにもかかわらず、皮膚は白かった、つまり皮下内出血の跡がほとんど見られなかった。吐いているのは血ではなく黄色い胃液だった。これだけを見ても胸への打撃が加えられたとき、彼はすでに死亡していたと考えざるを得ません。嘔吐は打撃以前に起こったのです、他の原因で。彼の命を奪ったのも、それでした」

「だからそれはなんなんだ」

「ヘロインの過剰摂取ではないかと考えます」

「ヘロインだって？」

全員が異口同音に繰り返す。――ヘロインだって？

「そうです。阿片ゲシの未熟果から採取した液体を精製加工して得られる、代表的なダウン系ドラッグです。中枢神経を抑制することで、極めて深い酩酊感浮遊感を味わうことができるそうですが、致死量を過ぎると血圧体温の降下、昏睡、呼吸停止から死に至る」

「根も葉もない想像じゃない、そんなの！」

祥子が叫んだが、京介の静かな表情は変わらない。

「推論でしかないとしても、根も葉もないことはありません。これも紙の上の知識でしかありませんが、ヘロインの効果を楽しめるようになるには、その副作用に対する耐性を体に作らねばならないそうです。それまでには少なくとも五、六回、激しい嘔吐に悩まされるし、耐性がついてくると今度は慢性的便秘や排尿困難に苦しめられるようになる。

そこまでして味わう快感なのだから、相当魅力的ではあるのでしょうね。ベッドに横たわっているだけで享受できる数時間の至福、無為の悦楽。それを知ってしまった人は、他の快楽にはなんの興味もなくしてしまう。セックスにしても、肝心の部分が機能しなくなるのだそうです。

物の供給元は、彼のインドでの知人という人物だと思います。北タイで一財産築いたという話でしたね。あの地方が阿片ゲシの最大産地なことは、皆さんも知っておられると思いますが。

それにいくらインドだといっても、ひとりの外国人の不審死を病死にして、遺族の到着も待たずに火葬してしまうのは乱暴すぎます。ワイロを使ったといっても、皆さんがそれほどの大金を持っていたとは思われない。その人物が皆さんのために積極的に動いてくれたというのも、真の死因が判明して、ヘロインを売った自分の責任が問われることを恐れたからではないでしょうか」

「推論推論推論、どこまでいっても推論ばっかりだ！」

多聞が吐き捨てた。

「そうよ。彼の腕には注射の跡なんかなかったし、瞑想室の中にもそんなものなかったわよ！」

祥子もそれに和する。

「ヘロインは注射器なぞなくても摂取できるのですよ、吉村さん。耳掻きはありませんでしたか？」

「耳掻き？」

ぽかんと口が開いた。

「あれ一杯がおよそ四十ミリグラム。鼻の穴に差しこんで吸いこめば、一分とたたずに効果が現われるそうです。そう思って山置さんの原稿を読むと、橋場氏の鼻孔が白く粉を吹いていたという描写があるではありませんか」

「じゃ、あれは事故だったたっていうの？　それとも、自殺？」

「もちろん彼が自分ひとりで、量を誤って死んだというなら事故でしょう。しかし彼はその知人の家にも何度か出向いて、吸入の仕方などを教わっていたはずです。売りつける方にしてみれば、客に死なれてよいことはなにひとつないのですから。だがたとえば彼に頼まれて、新しい物をもらいにいった人間が、故意に伝えるべき情報を伝えなかったり誤ったりしたとしたらどうでしょう。たとえばいつもより高純度のヘロインを、知らないままこれまでと同量吸入したとしたら」

「また推論か」

「推論です、多聞さん。しかしそのことと、吉村さんが訪ねたときドアが開かなかったことを考え合わせると、事故や自殺の可能性は極めて低くなります。

当時の橋場氏の荒涼たる心象は、吉村さんが語って下さった通りだったのでしょう。ろくに部屋から出ることもせずヘロインの酔いに明け暮れたとすれば、このまま死んでもかまわないくらいのことまで、彼が考えていた可能性はあります。しかしそれではドアの件が説明できなくなる。あれは殺人の意思と併せて、初めて納得できる現象なのです。

橋場氏の死を意図した人間にとっては、彼がゆっくりと死亡するまで、邪魔の入らないことが必要でしたから。少なくとも朝までは、橋場氏に瞑想室にこもりきりでいてもらう必要があった。最後に彼と顔を合せた人が、新しいヘロインを手渡すと同時に、ひとつの仕掛けを残していったのです」

「ぼ、ぼくはそんなの知らないぞッ」

山置が文字通り飛び上がった。両目が丸く引き剝かれて、頭の髪が逆立っている。しかし京介は彼の方など見ようともせず、静かにことばを続けた。

「仕掛けというほど大したものでは、まったくありませんでした。ただそれは日本でも、他の外国でも実行できないだろう方法でした。ドアの下には蒼がいった通り、詰め物がしてあったのです。

別に不可視の異物というほどのものでもなく、けれどマリファナで朦朧としたまま暗い廊下に立った吉村さんの目からは、容易にこぼれてしまうようなもの。インドでは手に入りにくいドライアイスでも、溶けて水が残る氷でもない。それは、故意にではなくたまたまそんな場所に紛れこんだのだとも思われてしまうような、あの国ではあまりにありふれたもの。古タイヤを切り抜いて作った、ゴムのサンダルでした」

そのことばを聞いたとたん、蒼の耳にありありと、壁越しの声がよみがえる。

（ゴムゾーリとはな、お笑いだよ……）

「サンダルを履いていても履いていなくても、どちらも不自然には見えないインドの家の中。脱げたサンダルを履き直すようなあたりまえの仕草が、目に入ったとして誰が印象に留めます？　ドアの下から覗いた糸を引っ張るような、誰が見てもおかしな行為ならともかく」

それができた唯一の人間、ドアの前で数十秒ひとりでいたのは――

「京介、猿渡さんはそれに気がついたから殺されたんだ！」

彼はズボンの右ポケットを出しづらそうに左手でさぐり、丸めた白い紐を取り出した。

「そうですね。彼はこの紐で締め殺された。那羅さん、あなたの着たバスローブのベルトの紐で」

荼毘《だび》の炎

1

その場にいる全員が目を見開いて、那羅延夫の顔を見つめていた。油気の抜けた前髪の下、ハーフコートのポケットに両手をつっこみ、どこかだらしなく笑っている彼の顔を。コートの下にはたぶんいまも、同じバスローブを上着代わりに着ているはずだった。

「うそよ！」

吉村祥子が悲鳴のような声を上げる。

「那羅君なんてこんな軟派な男に、人殺しなんてできるものですか。信じられないわ！」

山置や多聞はなにもいわなかったが、表情で祥子に同意しているようだった。当の那羅の顔つきにも、いい当てられた犯人の緊張はさらに感じられない。

「つまらないジョークだな、桜井君。ちっとも笑えないぜ」

にやにや笑いながらいうのに、京介はにこりともせず答える。

「別にジョークをいったつもりはありません」

「へえ。すると純然たる侮辱というわけだな。前世紀なら手袋を叩きつけている場面というわけだ」

「決闘にはなりませんよ。僕は暴力は嫌いですから」

「ことばの暴力だって充分に暴力の内だぜ。すると君はなにかい。ぼくが十年前はカリに振られた恨みで橋場氏を殺して、今度はインチキＬＳＤを売りつけられたのに怒って猿渡を締め殺したというつもりか。知らなかったよ、自分がそんな殺人鬼だったとは」

「どうでもいいです、動機なんて」

ぴしりといい返されて、さすがに那羅の顔から笑いが消えかかる。京介は相変わらず静かな表情、というよりは無表情だ。

「殺したのはあなたであって僕ではない。動機はあなたにとって問題なので、僕にではない。なぜ十年前あなたが橋場氏の死ぬことを望んだのか、猿渡さんをわざわざ本館の二階まで連れていったのは、初めから殺すつもりだったのか否か、そんなことはどうでもいい。話したいのならご自分で話せばよろしい。僕がしようとしているのは、あなたの行為を立証することです。それにはこれひとつで充分だ」

そして左手の白い紐を、もう一度目の高さに上げて見せる。しかし那羅はまた笑う。

「どうしてそんなものが物証になるんだい。ただの紐じゃないか。このホテル全体で、いったい何着のバスローブがあると思う。現に君だって同じものを着ていて、同じ紐が腰に巻きついているじゃないか」

それには答えず京介は立ち上がる。腕を吊った三角巾さえなければ、とても負傷しているとは見えない身のこなしだ。

「二階へ行きませんか、皆さんも。実物を見ていただいた方がわかりやすいし、僕が誤魔化しているのでないこともわかってもらえるはずです。大丈夫ですよ、吉村さん。山置さんも。猿渡さんの遺体にはシーツをかけておきましたから」

那羅は馬鹿にしきったような笑い方をすると、

「いいとも。それじゃ行こうか、皆で」

先に立って、しかし急ぎもせずに歩き出す。山置や多聞らも顔を見合せたが、しぶしぶいっしょに歩き出した。一番最後から続こうとした蒼は、

(あれ、ナンディは？……)

いつの間にか彼の姿が消えていたことに、いまやっと気づいた。いつから外していたのだろう。京介がマリファナのことをしゃべり出したときは、確かにいたと思ったのだが。探しに行きたい気もしたが、京介たちはもう階段を鳴らして二階に上がっている。時間はなかった。

京介のことば通り猿渡の死体は、籐の寝椅子ごとすっぽりと白布で覆われていた。それを遠巻きにして並んだ一同を振り返って、彼がいう。

「どなたか申し訳ありませんが、そのシーツをめくって猿渡さんが着ているバスローブを見て下さいませんか」

「ぼくは手を出さない方がいいんだろうね」

那羅は相変わらず、たるんだような笑いを顔から消さない。

「おい、山置。葬儀屋の息子。見ろよ」

「い、いや。遠慮しとく」

「ちぇっ、わかったよ。俺がやりゃあいいんだろ」

多聞がひょいとしゃがんで、持ち上げたシーツの下を覗きこんだ。

「ほい、見たぜ。確かにこれはホテル備え付けのバスローブだな」

「ベルトはありますか」

「いや、ないな。桜井がいま持ってるのが、それなんじゃないの」

「ローブのサイズを見て下さい。左の裾の内側に、マークをつけた布がついていたと思います」

「うへ、さすがに気味悪いな。ええっと。——ああ、Sだ」

（あ……）

蒼は声を呑む。同時に京介は丸めていた紐を、飾り糸が目に入るように伸ばして見せる。その糸は青、つまりMサイズのベルトだ。では猿渡の首に巻きついていたのは、彼のローブのものではあり得ない。Sの飾り糸は赤のはずなのだから。

「あなたの紐は何色ですか。うまく結べないはずですね、那羅さん」

見返った京介の視線の先で、那羅が相変わらず薄く笑っている。だがその手はポケットから出て、腰のあたりを押さえていた。蒼は思い出す。猿渡の死体を見つけた朝、那羅のバスローブ姿が妙にだらしなく見えたこと。自分の紐で猿渡を締め殺した彼は、サイズと色の関係には気づかないまま、その腰から抜いたベルトを巻いていたのだ。

「もうひとつ教えてさし上げましょうか。橋場さんの事件でも、実はひとつだけ物証が残されているのです。彼が死んだとき着ていたインド製のシャツを、カリは洗わないでビニール袋に入れて保存していた。それにはっきりと白い粉末が見えました。化学分析にかければ容易に、さっきの僕の推論は裏付けられるはずです。

那羅さん。あの朝あなたがあれほどあわてて、橋場氏のシャツをめくり上げたのも、彼の胸を見ることなんかが目的だったのじゃない。その顔を皆の目から隠してしまいたかったのでしょう？　鼻孔の周囲についたままのヘロインが、朝日に照らされて妙にはっきりと見えた。誰かがそれに気づいてしまうのではないかと、恐ろしかった。だから——」

「あっはははははは——」

京介のことばは、ふいに那羅の高笑いでさえぎられた。顔が崩れるほど大口を開いて笑っている。体が前後にぐらぐらと揺れる。

「あは、あは、あはははは——」

そのまま倒れるのではないかと蒼は思った。しかし何度目か、腰から身を折るようにして起きた彼の手には、

「動くなよ、桜井君。今度は腕だけじゃ済まないぜ」

不格好な回転式の拳銃が握られていた。

2

「これでも射撃の方は、ハワイやグアムで何度も経験済みなんだ。手入れもろくにしてないボロの拳銃だが、これだけ近けりゃあ外す心配はない。ごらんの通り撃鉄も起きている。弾がちゃんと出るかどうかは、確かめない方がいいんじゃないか」

その銃口を見返して、相変わらず感情の現われない声で京介はいう。

「僕を撃ったのも、やっぱりあなただったんですね」

「ちぇっ、まったく可愛げがないな、君は。少しは驚いてみせたらどうだい。せっかくカリの部屋から持ち出した、赤いサリーまで着てやったのにさ」

那羅は本気で悔しがっているようだった。

「念の為にいっておくが、さっきはわざと外したんだ。探偵にはご不満かもしれないが、ぼくは殺人鬼じゃない。好き好んで人を殺す趣味はないんでね」

「それはわかっているつもりですよ。あなたが盛った薬のせいで倒れていた蒼を、わざわざ追って連れ帰って下さったほどですからね。あれはなんだったんです、さしずめ睡眠薬のハルシオンですか」

「知らないな。サルのピルケースに入ってたやつだから、どうせそんなものだろうとは思ったがね。君の出方がどうにも気に入らなかったから、実験ついでに置かせてもらったのさ。半日でもひっくり返っていてくれれば、その間に逃げるなりなんなりできるだろうってな。この坊やを見つけたときはほんとうをいうと、あのまま首をひねって川にでも投げこんでやろうかと思わないでもなかったが。まあ、止めておいたよ。寝顔があんまり無邪気だったし」

那羅の薄ら笑いは、そんな自分の感傷を恥じてでもいるようだ。確かに彼がその気だったら、わざわざ首を締めなくとも雨の森の中に放置されていただけで、肺炎くらいにはなっていたかもしれない。殺されはぐった蒼としては複雑な気分だった。

「あの後吉村さんが急に騒ぎ出して、僕たちの見ている前で飛び出していったのも、家探しの時間を作るためだったんですね」

「そこまでお見通しってわけか。その通りだよ。彼女には無理やり頼みこんで一芝居してもらって、後は新館のぼくの寝室に隠れていてもらったのさ。なぜわかった?」

「僕の怪我を見たとたん襲われたとわかったらしいので、銃声の聞こえるところにいたのだろうなと思ったんです」

「馬鹿女め」

口をゆがめて吐き捨てた。祥子の顔が引き攣れる。まだ信じられないという表情だ。彼女はなにも知らなかったらしい。

「そこまでして見つけたのがそのピストルひとつですか」

「探していたのはカリの死体さ。だがとうとう見つからなかった。はっきりいってぼくはいまも疑っている、というよりほぼ確信しているよ。あの女は死んだふりをしているだけに違いないってな。

そうだ。探偵にはどうでもいいそうだが、犯人としてはやはり動機を明らかにしないわけにはいかない。というより聞いてもらいたい。猿渡は最初からカリの協力者だったのさ。インドで偶然カリと再会して、危ない橋を渡ってるところを助けられたとかいってたが、なあに、ヤクにからんだ弱味でも握られたのに決まっているさ。この二、三年前からあいつは彼女のスパイになって、ぼくたちの懐具合や仕事の内情やトラブルや、そんなことまで探り出して報告していたらしい。

そして罠に誘いこまれたぼくたちが簡単に逃げ出したりできないよう、道しるべのリボンを外したのもあいつなんだ。なんのことはない。先に車で来て森の中に隠れていて、ぼくたちが歩き出したら後をつけながらリボンを外してきただけのことだ。カリが自殺したとき、ぼくたちにマリファナを勧めたのも予定の内だったんだ。足留めさせておけといわれていたらしい。それだけでもただの自殺とは思えないだろうが。えッ、ナンディ？」

名前を呼んでみて初めて、彼がこの部屋にいないことに気づいたらしい。ちぇっと舌打ちした那羅は、

「いないのか、あいつは。おかしいな。またなにかたくらんでるんじゃないのか。桜井君。もちろん君もサル同様、最初っからグルなんだろう？　ここまで来てのオトボケはほとんどアンフェアだぜ。——おい、なんとかいったらどうだ！」

左腕に載せた銃口が、ぐいとしゃくり上げるように動く。方向は京介の胸にぴたりと向けられたままだ。しかし彼の表情はまるで変わらない。少しは怖がってみせた方がいいのではないかと、蒼は思ったほどだ。

「事実を述べても最初から信ずる気のない人に、なにもいおうとは思いませんよ」

そのそっけない口調もまた、那羅を刺激するのだろう。唇に張りついた笑いが、次第に剣《けん》呑《のん》なものに変わりつつある。だが、先に切れたのは多聞だった。

「那羅ァ！」

突然大声でわめかれては、那羅もそちらを振り返らざるを得ない。

「それじゃほんとうなんだな。全部おまえがしたことなんだな。橋場さんも猿渡も、おまえが殺してあんな目にあわせたのかよ！」

顔を真っ赤にそめてまくしたてる大男に、那羅はわずかに苦笑をもらす。

「おっと多聞、間違ってもらっちゃ困るな。ぼくが橋場氏に対してやったことは正確にいえば、頼まれた薬を渡すとき聞いた注意事項を伝えなかったことと、ドアの下に脱いだサンダルをつっこんだこと、それだけさ。

別に絶対に死んでほしいと思ったわけでもない。彼の鼻の穴に直接ヘロインを注ぎこむチャンスがあったとしても、たぶんやりはしなかったろう。サンダルにしたって祥子があれほどラリッてなければ、すぐ気づいただけのことだ。といって彼の死顔を見ても、後悔はまるでしなかったがね」

「それじゃ、彼のあの胸の傷はどうなるんだ」

「知らん。ぼくだって知りたいくらいだ」

那羅は首を振った。

「馬鹿野郎。そんなことが信じられるわけがない――」

「おまえが信じられなくとも、それが事実なのだから仕方ない。サルのときだってそうさ。なにも最初から殺すつもりなんかなかった。

薬があったら抜いてやるつもりで荷物を探ってたら、赤いリボンの束が出てきた。木から外したものの捨てる場所も時間もなくて、そのままつっこんであったんだ。問い詰めてやろうと思ったが、あそこで大声を出したらおまえらに気づかれる恐れがある。それでちょっと話さないかと誘ったら、インチキＬＳＤの弱味もあるからな。大してためらいもしないで、あいつはおとなしくついてきたよ」

「でもあんたはそれから彼を締め殺して、お腹に石まで載せたんだわ」

祥子がその独り言めいた話に、突然割って入る。

「その上あんな赤い粉を振りまいて、あたしの靴で跡をつけて、あたしに疑いを向けさせようなんてしたわ。橋場さんのときだってあたしにドアの鍵がわりをさせて、おかげであたしが誰よりも、疑われることになったんだわ。いったいどうしてなのよ。あんたそんなにあたしが嫌いなの？」

銃口も目に入らないのか、怒りに顔を染めて詰め寄る。たじろいだのは那羅だった。さっきまでの薄笑いも消え、ピストルは前に向けたまま後じさる。

「ち、違う。そうじゃないんだ、祥子」

「なにが違うのよ。言い訳できるならいってみなさいよ！」

「ぼくは自分のバスローブの紐で、あいつを締め殺した。逃げようとして、紐がなくなっているとまずいと思って、だけど首から外したらあいつが生き返ってきそうで、だからあいつの腰から抜いたのを自分に巻いて、そのまま逃げ出してきた。それだけなんだ。

　廊下のドアの、鍵はかけたかもしれない。夢中だったから、よく覚えていない。だが石も粉も足跡も、そんなことはなにひとつやっちゃあいないんだ」

「そんな、うそよ」

「ほんとだ。ほんとなんだ！」

　青ざめた那羅の顔には、汗が一面に吹き出している。

「荷物から抜いたリボンを見せて、あいつをとっちめてやろうと思った。カリの企みをすべて吐き出させてやるつもりだった。ところがいざ話し始めてみると、全然そうはいかなかった。サルはぼくが橋場さんを殺したのを知っているというんだ。あいつはぼくといっしょにインド人の家に行って、ぼくが橋場氏宛ての薬を預るのもそばで見ていた。そのころは英語がまるで駄目だったから、話の内容まではわからなかったはずだ。だけど後になっていろいろ考えたら、ぼくのしたことに気づいたんだといった」

「それで揺すられたのか」

　顔をしかめて多聞が尋ねる。

「金よりも、ぼくに薬屋の仲間になれっていうんだ。さもないとぼくが薬をやったと、会社に密告してやる――」

「馬鹿だな。そんなことならサルも同罪じゃないか」

「サルが警察につかまったら、今度は橋場氏殺しの件がばらされる。どちらにせよぼくには逃げ場がない。あいつは笑うんだ。学生時代はエリート面してさんざっぱら人を三枚目扱いしていたおまえが、行き着いたところはただの勤め人。それでもまっとうな社会人の、看板をなくすのは恐いだろう。

たとえ立件はされなくとも殺人容疑で取り調べられて、おまわりにこづきまわされて、留置場で臭い飯喰わされて、やっと釈放されたってどうせ会社は首だ。どうだ、そんなのは嫌だろう。だが俺みたいなプータローはいまさら麻薬で挙げられたって、なくすものなんかないんだって」

那羅は泣いていた。蒼の耳にはあの夜ドア越しに聞いた、猿渡の笑い声がよみがえる。いつ止むとも知れないヒステリックな狂笑。道化めいた彼の顔にはおよそそぐわない、箍《たが》の外れかかったような、おぞましい黒い高笑い。蒼は思う。

(あの人はたぶん那羅さんに、嫉妬していたんだ――)

「涼しい顔だな」

那羅の顔が上がっていた。真っ赤に充血した目で彼は京介を凝視していた。

「君はいつもそういう顔なんだ。娑婆でうごめいている虫けらみたいなぼくたちの悩みなんか、自分にはなんのかかわりもない。そういう顔をしている。昔から君はそうだった。ぼくは君を見たとたんわかった。いや、わからせられた。猿渡なんかを子分にしてエリートぶっているぼくだって、つまりはあいつと同じ虫けらの一匹でしかないんだってことを。

こうして十年経って再会してみて、それが間違っていないことがわかった。ほんとうの選良は君だ、桜井君。君と較べればぼくもサルも橋場さんも、一山いくらの凡人なんだ。ぼくらが歳を喰って、学生時代には溢れるほど持っているつもりだった夢も可能性もなくして、ただの薄汚れた大人になっていくのに、君はそうしていつまでも彼岸の存在でい続けるんだ」

那羅のそのことばは彼を囲んで立ち尽くしていた者たち、特に多聞と山置に奇妙な衝撃を与えたようだった。那羅を見つめていた目が、いまは京介に向いている。そこには確かに那羅への共感があった。

「もうすぐ四十になろうとしていた橋場さんの絶望も、いまのぼくになら理解できる。ぼくは馬鹿だったよ。殺すべきはあの可愛そうな橋場亜希人なんかじゃない。君だ。桜井京介、君だったんだ」

しかし京介は、端正な眉を微かにしかめただけで答える。

「僕は世俗的な成功を求めたことなど一度もありませんよ、那羅さん」

頰に朱が走った。那羅の、そして多聞と山置の。

「そうだろうとも！」

那羅は叫んだ。

「いかにもそうだろうさ。君はそんなもの、自分からがつがつ求めたりはしない。だが世の中が君という人間を、そう長くほってはおかないだろう。君は生まれながらにすべてを約束された強者だ。勝利者だ。求めなくともすべては向こうからやって来る。だが忘れない方がいい。そんな君の足元にも寄れないぼくたちだって、ちゃんと生きているんだってことをな！」

「――くだらない」

それが京介の答えだった。

「そんな自己憐憫があなたの存在意義ですか。それで少しでも心が慰められるなら、いいですとも、いくらでも僕を恨みなさい。妬《ねた》みなさい。だが自分を弱者と呼んで、そこに座りこむことで誤魔化せるくらいの苦痛なら、いっそ初めから口になどしないがいい」

那羅の顔がゆがむ。ピストルを握った右手が震える。

「貴様なんかに――」

彼はうめいた。

「畜生、畜生、貴様なんかに――」

那羅の右手が動く。銃口が京介の額を照準する。

「この距離から撃たれれば、貴様の男振りも一段と上がるだろう。どうだ、少しは怯えてみろ。怖がってみろよ、この野郎！」

頭の上で天井がミシリと鳴った。だが蒼以外の誰もそれには気づかない。そっと目を上げた。天井の巨大な扇風機が動いている。スイッチなどいれてはいないのに。いや違う。それは回っているのではなく落ちようとしているのだ。その下にいるのは、祥子だ。

危ないという警告の声が、ちゃんと喉から出たかどうか確信が持てない。すべてはまるで映画のストップモーション。落ちてくる鉄の扇風機。茫然と上を見たまま動けない祥子。叫ぶ多聞。叫ぶ山置。そして立ち尽くす祥子に向かって飛んだ、那羅。

我に返ると朦々とほこりの舞う部屋の中で、祥子は突き飛ばされたように尻をついている。他の人間は皆無傷で立っている。床の中央に落ちてひしゃげた扇風機。その下に那羅がいた。足を鉄の翼に砕かれて、気を失っていた。

3

「これで終わりなの？　全部？」

尋ねた蒼に、

「そうだ。全部終わりだ」

京介の声が返る。腹の立つほど無感動な口調は、いまも変わらない。二人は二階のヴェランダで、ひんやりと濡れた闇を眺めていた。

「橋場氏と猿渡さんを殺した犯人は明らかになった。その犯人が橋場氏を殺したいと思った理由も。謎はなにもない」

那羅は突然落下してきた扇風機から祥子を身を挺して守った。その行為以上のどんなことばもいらない。祥子が誤解していたように、那羅は狩野都を橋場と争っていたのではなかった。彼女は少しも気づこうとはしなかったが、彼が見ていたのは祥子だけだったのだ。

橋場に繰り返し祥子と別れるよう迫ったが、彼は聞き入れなかった。なにかを決断できるような精神状態では、彼はすでになかった。カリは俺の宿命だというあのことばを、那羅も聞かされた覚えがあるという。インドでヘロインに手を出し、その酔いに溺れながらわけのわからぬことばをつぶやくばかりの橋場は、すでに自堕落で薄汚い中年男でしかない。かつての尊敬の思いは、反転して侮蔑と嫌悪に変わった——

いま彼は手当を受けてベッドで眠っている。手当といってもありあわせの木で副木《そえぎ》を当てて縛っただけだから、苦痛は相当なものだろうが、枕元には祥子がいる。自分をかばったのが那羅だとわかったときの、彼女の表情は複雑だった。しかしいまも祥子は、彼のベッドから離れようとはしない。

「那羅さん、自首するのかな」

「たぶんな」

どっちでもいいことだといいたげに、京介は相槌を打つ。

「橋場さんのシャツが残ってたって、あれ嘘でしょ？」

「ああ、嘘だ」

よくあんな状況で、出まかせのはったりなんて口に出来るものだ。

「それにしてもさ、恐くなかったの？　ピストル突きつけられて」

「どう、かな」

京介は少し笑ったかもしれない。

「だって、偶然扇風機が落ちなかったら、撃たれてたよ」

「偶然じゃないさ」

「え？——」

「偶然じゃない」

それ以上彼はいわない。蒼は室内の明かりに薄く照らされた、その美しい横顔を見上げる。闇を背景にすうっと伸びた鼻筋が、光を点したように白い。彼岸の存在、と那羅はいった。蒼も少しはそれに共感する。

「だけどさ、謎はなにもないなんていっていいの？　全然そんなことないじゃない。橋場さんの死因はヘロインだったとしても、胸にすごい陥没傷があったのは事実なんでしょ？　猿渡さんのときだって、あの石とかサフラン粉とか、足跡とか、ちっとも解決されてないじゃない」

「すべてを話すつもりはないといったぞ」

「そんなのずるいや！」

蒼は口を尖らせた。

「納得できないよ。その他にだっていろいろあるじゃない、橋場さんがいったっていう変なことばのこととか、アルダ、なんだっけ、あの神様のことも聞きたいし」

京介は左肘をヴェランダの手すりに載せて、ちょっと考えるふうだったが、

「じゃ、ひとつだけ話そうか」

京介のけち、と思ったが、とにかく聞きたいのでうなずいておく。

「橋場さんが口にした謎のことばというのは、確かこんなふうだったかな。『カリは俺の宿命なんだ。遊びのつもりだった暗号が俺を縛っている。たぶんもう逃れることはできないんだ』って」

「うん。吉村さんがいったのは、そんなだったね」

「これは彼のいった通り、誰にもいわない遊びのつもりだったんだろうな。橋場という姓を持った彼が、狩野という名の女優と知り合った。シヴァとカーリー、ヒンドゥー教の夫婦神を彼は連想した。そしてどうせなら自分の主宰する演劇の仲間にも、インド神話にちなんだ名前の人間がそろえばおもしろいと思い、そういう名の人を優先的に集めたんだ」

「神話にちなんだ名前？」

そんな特別な名前の人なんて、いただろうか。

「山置さんは死の神ヤマ、彼の実家が葬儀屋だというのもよく似合っている。多聞さんは四天王のひとり多聞天、これはインドでは富の神、宝石や鉱山の神クベーラだといわれる。家が質屋で貴金属を扱っているのもうまい暗合だ。吉村さんは姓の吉と名前の祥を合わせて吉祥天、これはインドのラクシュミー、豊饒の女神だ。猿渡さんは『ラーマーヤナ』で、ヴィシュヌの化身であるラーマに仕える猿神ハヌマンの見立てじゃないかと思う」

「那羅さんは？」

「もしかすると橋場さんは那羅延夫という彼の名前を見たとき、こんな遊びを思いついたのかもしれない。インド神話の神々はさまざまなかたちで仏教に取り入れられて、神名も漢訳されているが、那羅延天《ならえんてん》というのはサンスクリットのナーラヤーナ、ヴィシュヌの別名の一つなんだ。ヒンドゥー教にあって主神の地位をシヴァと二分する最大のライバル、そしてラクシュミーの夫でもあるヴィシュヌさ」

「そうなんだ……」

「ハヌマンがヴィシュヌに手下のように付き従う。ヴィシュヌがラクシュミーに恋をして、シヴァを非難する。当人たちにもいわないまま独り遊びのように集めてきた名前が、現実に影響を与え出した。橋場さんはそんな気持ちになったかもしれない。それがさっきのようなことばになった——」

「でも、カーリーとシヴァは夫婦なんでしょ？」

「なにものにも撃ち負かされることない強力な神シヴァを、地に倒した唯一の存在がカーリーだった。悪魔を殺してその血をすったカーリーは、血に酔って大地を砕かんばかりに踊り続け、夫をその足下に踏みにじるまで踊り止むことがなかったといわれるんだ」

夢が目の前をよぎった気がした。高笑いする黒い女神。その足の下で痙攣する男の体。

「そんな夢、見た気がする」

「階段の正面に絵が貼ってある、十本の腕を広げて踊るカーリーの絵だ。足元にはシヴァが踏まれている」

「ああ、そうか……」

蒼はため息をついた。いつも薄暗くて、ぼんやりと黒いかたちのほかは見えないと思っていたが、その印象はちゃんと潜在意識に刻まれていたのかもしれない。

「それじゃ、ねえ、京介。やっぱりあれは狩野さんがやったの？」

だが彼は答えない。ヴェランダにもたれていた体をゆっくりと回すと、そのまま背中をつけて下に座りこんでしまう。

「京介？」

「ちょっと疲れたな。明日帰れるかと思うと、ほっとするよ」

「やっぱり、帰っちゃうんだ。この建物は、全然調べなくていいの？」

「ああ、いい」

無雑作に首を振る。

「――蒼、悪いけど喉が渇いた。水をもらってきてくれないか」

その声がいくらかかすれていた。

「具合悪いの？　傷、痛む？」

「いや。ただ少し熱があるかな。大したことはない」

「わかった。すぐ戻るから」

「そう急がなくていい。ナンディの様子も見ておいで」

彼は那羅が負傷した後になって姿を現わした。特に驚くふうも見せず無残な怪我の手当をし、飲み物や軽食を整えるとまたいつの間にかいなくなってしまった。蒼は本当のところ、彼と話したくてたまらなかったのだ。

足音の響く階段を下りて、人のいない食堂から配膳室を出た。壁はないので右手はそのま ま、すぐ川になっている。蒼は足を止めた。闇の中空に火が燃えていた。あざやかな朱色の炎が、ぼうぼうと燃え立っていた。それは狩野都が自殺した、あの川の中の大岩のいただきに違いなかった。

（でも、その岩の上でなにが）

「危ないです、足元」

いきなり腕を摑まれぎょっとする。いつの間にかすぐそばに人がいた。

「あまりそちらに歩くと、落ちます」

「ナンディ。あれは、君が？……」

「はい、私です。カリを燃やしています」

「狩野さんを」

「あなたがいったように、カリは冷凍庫の中にいました。全部終わるまではカリを、燃やすことできなかった。でも、もういいです。カリの魂、安んじて地上を離れます」

全部終わったと、彼もまたいうのだ。京介のように。

歩き出す彼について、蒼も歩く。新館を回って川へ下る傾斜路へ。ごうごうという川音が前から迫ってくる。立ち止まって目を上げれば黒い岩の上に、茶毘《だび》の炎が赤く望まれる。赤い衣をまとって踊っているように、と蒼は思う。

「だけどぼくにはまだ、わからないことがたくさんあるんだ」

不服な顔の蒼に彼は微笑む。茶毘の火明かりを受けて、おぼろにその横顔が浮かぶ。

「なに、わかりませんか」

「だって、那羅さんはサフラン粉なんて撒いてないっていうし」

「あれは私。みんな私」

「でも、どうやって——」

「あなた隣に寝ている、知らなかった。それで少し変なことになりました」

つまり彼が現場に出入りした経路は、蒼がいた寝室とは無関係だったということだ。

「少しくらい謎、残っていた方がいいですね」

ちょっと笑うような声で、彼は蒼の質問を封じてしまう。

「答え聞く、あなたきっとがっかりしますから」

ことばがとぎれた。

「——橋場さんのことは？」

「ああ、あなたまだ知らない。あれはカリがしました」

「えッ——」

こともなげにいわれて、蒼は絶句した。

「それじゃやっぱりロープで、屋上から下に下りたの？」

「いいえ」

「だって、他にどんな方法が」

「さっきあなた見たはず。天井のファン落ちてあの人の足を折った。インドの古い家の大きなファン、あれと同じ。とても重い鉄だから」

「同じって、でも、あの朝もあんなふうに扇風機が落ちてたっていうの？　そんなの聞いてないよ！」

「あのときファン、壊れていた。工事に来て、屋上から穴を開けて、でもまだ直らない。工事は途中、仮止めだけしてあった。カリその根元にロープを結んで、屋上のリンガの台に結んであったね。踊りながらナイフでロープ切ると、ファン落ちる」

「でもそれじゃ、また元通り引き上げておかなきゃならないはずだよ」

「そうしましたよ」

「無理だよ。何キロあったのか知らないけど、人の肋骨をへし折れるほど重いものを、女の人がまた垂直に引っ張り上げるなんて」

「できました。ロープ、リンガに結ぶ。台座から外して、台車に載せて屋上のへりまで運ぶ。手すり越しにガンガへ投げこむ。その重さでファン、上がります。そうしたらもう一度元の位置で固定する。私も手伝いました。翌朝はリンガなくなっていた。でも皆あわてていて、誰も気づかなかったね」

「そうか。君はあの屋上にいたんだ」

「はい。私カリが好きだった。だから彼女の望むこと、なんでもしました」

「それじゃあやっぱり狩野さんは、橋場さんを殺すつもりだったの？　たまたま那羅さんのせいで先に死んでしまっただけだってこと？」

「カリ、悪人でしょうか。あなたそう思いますか」

蒼は首を振った。

「そんなことぼくにはいえないよ。でもわからないんだ。都さんがなぜ橋場さんを殺そうとしたのか。ただの三角関係のもつれとかそんなのだったら、いまになって過去をあばこうなんてしたはずもないし」

「カリは——」

いいかけて彼はふっと口を閉ざした。蒼のかたわらを離れて川へ歩く。二歩、三歩。ゆっくりと振り返った。茶毘の赤い火を背にして、そのほっそりとしたシルエットが浮び上がる。

「ナンディ……」

「カリは、シヴァを待っていた——」

声が耳に届く。たったいままで聞いていた青年の声でありながら、どこか狩野都の声音を思い出させる低いつぶやきが。

「雄々しく、力と知識に満ちた半身。あれほどすべてを捧げて愛した者を。カリはどうしてもあきらめられなかった。

受け入れることができなかった。シヴァはもういないのだということを。そこにいるのは橋場という、ひとりの疲れ果てた男でしかないということを。薬に溺れ、女に溺れ、もはやカリの捧げる愛に耐えることもできない、哀れなただの男だということを。

愛さなければ憎むこともなかった。憎しみがつのるほど愛もつのった。

いつかカリはあの玄《くろ》い女神カーリーそのままに、シヴァをその足で踏みにじることを思うようになった。それはでも、憎しみが愛を越えたからではない。憎んで捨てるにはあまりにも、愛が強すぎたからだった。

それでもカリはまだ待っていたのだ。あの夜も。あの最後の夜も。橋場がカリの踊りを見るために来てくれるなら、カリはヒマラヤの娘白いパールヴァティーとして踊るだろう。衰え疲れた男にも、慈愛の笑みを差し出すことができただろう。

だが彼は来なかった。待ち続けても来なかった。いまごろ彼はこの足の下で、ラクシュミーの豊満な体を掻き抱いているに違いない。シヴァは最後までカリを裏切ったのだ。いやあれはシヴァではない、ただの橋場だ。

白い女神は捨てられた。流された涙は女神の肌を焼き、憎しみの黒に変えた。これ以上待つことはできない。カリは女神カーリーとして、自らを裏切ったシヴァの上にリンガのかたちした鉄塊を打ち落とす。汝がまことのシヴァならばよみがえれ、腐れた人の身を捨てて。だからあれは決して殺人ではない、儀式だった。シヴァを再生させるための。少なくともその瞬間、カリはそう信じていた——」

またふうっと、声が途絶えた。青年の声に混じっていた、カリの気配が消えた。その背後で赤い炎が燃え尽きようとしている。ふたりを包んでいた闇もいまは薄れ、代わって灰色の朝靄が川の上を渦巻きながら流れていく。

「那羅さんは、カリの儀式を汚したんだね」

「そう、カリにしてみれば」

都が乗り移ったようなさっきの声とは、対照的なひどく醒めた口調で彼はつぶやいた。

「けれど橋場にとっては、どの死も死には違いない。カリに那羅を責める権利があるのかどうかも、私にはわからない。わかるのは、終わったということだけ」

「でも、もしかしたら橋場さんだって、最後にはそれを望んでいたかもしれない」

「え?……」

蒼を見つめる黒い瞳が、驚いたように丸くなった。

「橋場が、望んでいた?――」

「彼だってきっと、好きで都さんを裏切ったわけじゃない。ヘロインに溺れたりしたんでもない。自分でもどうにもならなかったんだ。だからあの籐椅子の上でゆっくりと意識が消えていくのを感じながら橋場さんは、頭の上で踊っている彼女の思いをちゃんとわかっていたのかもしれない。そしてカリの手で殺されることを望んだのかもしれない。そう思ったら、いけないかな」

消えようとしている火葬の火に向かったまま、彼はなにもいわなかった。だが蒼は見たように思った。その琥珀色の頬を、ひとすじひかるものがすべり落ちていくのを。

彼の目の中でため息にも似た低い音とともに、岩の上の火葬の山がゆっくりと崩れる。

水に落ちていく焼け焦げた布や木のかけら。

その中に混じってはっきりと見えた、黒い頭蓋骨。

「連れて帰りたいけど、無理でした」

彼は低くつぶやいた。

「でもすべての川、海に行きます。すべての海、ひとつになります。だからきっと、また会えます」

火葬の名残りはたちまち水に呑まれ、もう見えない。

「これから君はどうするの、ナンディ」

彼はゆっくりと振り返った。微かに漂う朝靄をまとって、ふたつの大きな目が蒼を見た。

その頬にすでに涙はない。

「皆さんにすみませんでした、いって下さい。私たくさんうそつきました。吉村さんにもごめんなさい、いって下さい。私あの人に、悪いことしました。それから桜井さんには、ありがとうと。カリの部屋のクローゼットに電話あります。繋がります」

「ナンディ、君……」

「お別れします」

「待ってよ、そんないきなり」

「でも、もうみんな終わりましたから。私の役目も終わり」

「また会えるんだろう？　どこかで」

「いいえ、私インド帰ります、もう日本には来ません」

「じゃあぼくが行くよ。君のところへ」

蒼が差し出した手を、しかし彼は後じさって避けた。

「いいえ。本当に、さようなら。──ナマステ、蒼」

初めて名前を呼んでくれたのだと、気づいたときには彼の姿は朝靄の中に消えている。だが蒼にはまだ信じられなかった。まさかこのまま彼が、どこかに行ってしまうなどとは思えなかった。

しかし上に戻って家の中のどこを見ても、すでに彼の姿はない。川水に呑まれて消えたあの茶毘の骨のように、それきり蒼の目の前から彼は本当に消えてしまったのだ。

電話は彼がいい残した通り、都の部屋のウォークイン・クローゼットの中で見つかった。そしてそれ以外のものも。蒼が見たオーディオのようなものは、客室と本館の各室に仕掛けられた隠しマイク、隠しカメラだった。

エピローグ──インドからの手紙

1

W大学神代研究室気付で一通のエアメイルが桜井京介宛てに届いたのは、年も替わった二月の末のことだった。

休み中で人気もない大学の研究室に久しぶりにやってきた京介は、だがたまった郵便物に手をつけるでもない。気のない顔で書架から二、三冊本を引き出したかと思うと、もうなにをいわれても聞こえない顔で読み耽《ふ》けっている。仕方なく蒼が受付けから運んできた、机の上の山をせっせと選り分けていた。

例の赤と青の斜め線に囲まれた、変哲もない航空便の封筒だ。がさりとした紙質や印刷の色合いが、どことなく古めかしい。差出人の名前は『田村』とだけある。だがその住所は『C/O HOTEL ASHOKA, AMRITSAR, INDIA』、インドからだった。

思わず心臓がどきんとなる。京介の顔をうかがう。彼はいつものように、とっくに気がついていた。蒼の手から封筒を取り上げると、ためらいもなく開いて読み始める。表情は少しも変わらない。ただ眉間にひとすじ縦皺が刻まれている。

あの一連の事件が法的にはどのような決着を見たのか見ないのか、蒼はほとんど知ることができないでいた。奇妙なくらいあわただしく次々と用に追い回されている内、一月二月と日が経って年を越している。記憶はいやでも遠退いていく。考えてみるとそれも、京介の企みだったのかもしれない。

「なにが書いてあるの、京介。なにかナンディのこと？」

それには答えず彼は、読み終えた手紙をたたんで封筒ごとすべらせてよこす。薄いエアメイル用の便箋が幾枚か、それとサービスサイズの写真が一枚。逆光の上にピントもぼけていたが、写っているのは確かに見覚えのある横顔だ。ただ蒼の記憶にある顔と較べると、目の下にたるみのようなものができて、頬はこけて、ひどく年取ってしまったように見える。手紙を開こうとして、蒼はふとためらった。

「――読んでもいいの」

「どちらでも、好きにしたらいい」

彼がそう答えることは、初めからわかっていた気がした。

2

こんにちは。

ぼくは現在ユーラシア大陸を、東から西へ旅行中の二十一歳の日本人学生です。バンコクに片道航空券で入り、そこから可能な限り陸路や、どうしようもないときは飛行機を使って、バングラデシュからインドまで来ました。

先日インドのバラナシに滞在したとき、ある人から桜井さんへ頼まれものをしました。けれどぼくが日本に戻るのはまだだいぶ先になるので、ともかく手紙でお知らせしておくつもりになりました。

その人と出会ったのはバラナシの、ガンジス河に近い巡礼宿です。宿といってもなにもない大部屋で、体のきかない老人たちが何十人も床にじかに寝て死ぬのを待っている、日本人の感覚としては収容所のようなところです。でもけっして不潔ではありません。一度慣れてしまえば、耐えられないということもありません。

ぼくは写真を撮りたいと思ってそこに行ったのですが、いざとなるとことばは通じないし、どうしていいかわからなくてバカみたいに立ちすくんでいました。するとその人が日本語で話しかけてくれたのです。

もちろんちゃんとした日本語でしたが、顔を見るととても日本人には見えないし、若いのか年取っているのか、いえ、それよりも赤いサリーを着ているけど女の人にも見えず、左手は手首から先がないし、ぼくはずいぶんとまどいましたが、その人はとても親切でした。

巡礼宿は信者の寄進で経営されているそうで、食事もぼろぼろのごはんに野菜のカレー汁といった、ぼくらから見れば粗末なものですが日に二回出されます。その人は体の動かない年寄りに食事をさせたり、病人の世話をしたりしているということでしたが、その人自身どこか悪いところがあるように見えました。

インド人からはナンディと呼ばれていて、ぼくもその名前で呼ぶようになり、バラナシにいた十日ほどの間何度も顔を合せ、話もけっこうしましたが、その人自身のことはよくわからないままでした。

明日はバラナシを発とうと決めた晩、そのナンディが急にぼくの泊まっている安宿に訪ねてきました。宿の名前は教えてありましたが、彼が来たことはそれまで一度もありませんでした。そしてぼくに桜井さんの大学の住所を見せ、日本に帰ったらここへ届け物をしてほしいというのです。

ぼくがすぐには帰らないといっても、それでもいいといってお金と口を閉じた封筒を渡そうとするので、一度ぼくは断りました。麻薬とかそういうものを、自分でも知らないまま運ばされることがあると聞いていたからです。

するとナンディは封筒を開けて、赤い表紙のパスポートを見せました。「私にはもう不要のものですから」というのです。「それはあなたのパスポートなのですか」とぼくは聞きました。すると彼はデータのページと写真を貼ったページも見せてくれました。写真はいまよりずっと若くは見えるものの、確かに彼自身の顔でした。名前はもちろんナンディではありませんでしたが。

「あなたはほんとうに日本人なんですね」「そうです」とナンディは答えます。「パスポートがなかったら困るでしょう」「もう日本には戻らないのですか」ぼくはしつこく尋ねました。「それならどうして自分で始末しないのです」と彼はいいます。好奇心というよりは、なにかトラブルに巻きこまれるようなことがあっては大変だと、本気で心配だったのです。

「捨てたのです、何度も。河に投げたことも、火に落としたことも。でもどうしてかまた私の手に戻ってきてしまう」そういいながらナンディは、笑うように泣くように顔をゆがめました。日本まで持ち帰るのが面倒ならあなたの手で破棄してほしいとまでいうのです。ぼくはますます混乱するばかりでした。

日本からインドまで旅してきて、外国にいてパスポートというものがどれほど大切か、ぼくにはよくわかっていたからです。パスポートがなければ日本に帰れないだけでなく、インドから他国へ出国することもできません。トラベラーズ・チェックの両替にも必要ですし、なにかあっても身分を証明することができなくなります。それを自分から放棄するなんて自殺行為です。とうてい理解できないことです。

ナンディはしばらく黙っていました。それからまるでひとりごとのように、いろいろなことをいいました。ぼくがわかったのは、どうやらこれは詐欺とかそういうものではないらしいということだけで、意味はほとんど不明でした。でも桜井さんが読めばわかるかもしれないので、覚えている限りをできるだけ正確に書いてみることにします。

十年前自分はインドで人を殺した。心から愛し、また憎み、憎みながらも愛することを止められない人だった。決して後悔はしなかったが、といって以前の生活を続ける気にはなれなかった。そのまま日本には二度と戻らないつもりでヒジュラの群れに身を投じ、十年が過ぎた。

しかし死期が近づいたと感じたとき、あるきっかけがあって自分の中に奇妙な疑いが生まれた。自分の犯したと信じてきた罪が、もしかしたら思っていた通りのものではないのかもしれない。自分が殺したと信じてきたあの人は、もしかしたら他人の手によって命を奪われていたのかもしれない。

罪をそそごうとは思わなかった。むしろそれを取り戻したいとさえ思った。だがその真相をつきとめたいと日本に戻ったばかりに、さらにふたりの人間が死ぬこととなった。

ひとりは大切な息子だった。インドに生まれ育った者を寒い日本に連れていって、医者に見せる間もないままあっけなく死なせてしまった。もうひとりも自分に利用されたために、殺されたようなものだ。

だからもう自分は二度と日本に戻ってはならない。日本人としての名前も永遠に捨てなくてはならない。だが何度パスポートを捨てようとしても、駄目だった。

「私は自分がこれほど弱い人間だとは思わなかった。どうか助けて下さい、お願いします」そういって彼は泣きながら、出ていってしまいました。後にはまた封をされたパスポートの入った封筒と、百ルピー札十枚が残されていました。

翌朝ぼくはもう一度、河岸の巡礼宿を訪ねてみました。けれどナンディに会うことはできませんでした。朝早くに立ち去ってしまったらしいのです。誰に聞いてもどこへ行ったかわからない、といってもことばのせいであまり通じていなかったのかもしれませんが、宿の管理をしているバラモンは英語ができるので、彼をつかまえて聞きました。

「ナンディはどこへ行った?」するとバラモンは、「あいつはおまえのなんだ?」と聞き返すのです。彼はぼくの友人だというと、小馬鹿にしたように笑って、あれはヒジュラだというのです。彼は日本人だ、とぼくがいっても、日本人だろうとインド人だろうと、ヒジュラはヒジュラだというのです。確かに前夜ナンディの口からも、そのヒジュラということばは聞いた覚えがありましたが、意味がわかりません。ヒジュラとはなんだと聞きましたが、バラモンもそれ以上はまるで取り合ってくれませんでした。

要領を得ない書き方ですみませんが、これがぼくが桜井さんに手紙を書くことになったいきさつです。

バラナシを離れてから、夜行列車で乗り合わせたインド人の大学生から、十年くらい前に日本人でヒジュラについて調べて、本を書いた人がいるはずだ、ということを聞きました。彼の親戚の男の人がそのOTANI（小谷？　大谷？）という名の日本人の友人で、いろいろ手伝ったことがあったそうです。ただ彼も肝心のヒジュラの意味については、困ったような照れたような顔をするだけでなにも教えてくれず、逆にあまりそうしたことを人に尋ねたり、大声で口にしたりしない方がいいといわれてしまいました。

なにかインドの宗教上のタブーにかかわることなのかもしれません。あるいはカースト中の被差別民といった意味なのかもしれません。でもそうすると日本人でも、というのがよくわからなくなってきます。

明日ぼくはインドを離れて、列車でパキスタンのラホールに行きます。パスポートは手紙に同封しようかとも思いましたが、なくなったりするとまずいのでぼくが保管しておくことにします。

これからパキスタン、イラン、トルコを通ってヨーロッパに行きます。もし入れるようだったら、シリア、ヨルダン、イスラエル、エジプトにも行くつもりです。日本に帰るのは半年以上先のことだと思いますが(金がなくなったらそれで終りですが)、無事帰れたらきっとこのパスポートを持ってお訪ねします。そのときもしおさしつかえなかったら、ナンディがどういう事情を抱えた人間だったのか、少しでもお話いただけたらと思います。

田村はじめ

P・S　バラナシで撮った写真がデリーで焼きつけてきたので同封します。ナンディはとても写真を嫌がっていたので、写っていたのはこっそりシャッターを押したこれ一枚です。

読めば読むほど混乱し、考えれば考えるほどわからなくなる思いで、のたくったような文字の列を辿り終えた蒼は、その同封されていた写真をもう一度見直した。確かにそれは彼だ。頬がこけてやつれて、まるで老人のようにさえ見えるけれども。それからなんの気なしに写真を裏返し、そこに書きつけられていた文字に気づいた。

『もしぼくが旅行中にパスポートをなくしたりすると大変なので、せめてコピーを取って送った方がいいかと思いましたが、ナンディが封筒を貼ってしまったのでできません。それでぼくがちらりとだけ見たパスポートのデータ欄の文字を書いておきます。手紙を書き終えてから思いついたので、こんな場所ですが。
名前、MIYAKO　KARINO,
性別、MALE,
本籍、TOKYO,
誕生日の日付はわすれましたが、年は1962でした。田村』
頭の芯で鐘が鳴っている。なにも考えられない。大声で叫んだつもりなのに、蒼の喉から出たのはなさけないほどかすれた声だけだった。
「——どういうことなの、京介。これっていったい、どういうことなの？」
「どうって？」
蒼のうわずった声に、京介はいつもの口調で問い返した。
「質問の内容を具体的に述べよ」
「この、田村さんが出会ったのは誰？　ナンディなの、それともカリ？」
「それは質問ではないようだな」
確かに京介のいう通りだった。その人物は『MIYAKO KARINO』という名前の日本のパスポートを持っていて、写真でも同一人物だったといわれているのだから。でも——

「でもこの写真に写っているのは、ナンディだ！」

蒼は机の上の写真を指差す。

「ずいぶん面変わりしちゃってるけど、ぼくは見違えたりしないよ。これはぼくが会ったナンディだ！」

いってしまってから、蒼ははっと息を呑む。

「まさか……」

「そう。ぼくたちがナンディとして出会ったのは、彼だ」

「まさか、そんなことって……」

「だがそうとしか考えられない。ぼくたちが恒河館で会ったのは、最初から最後まで彼、狩野都という女優ただひとりだったんだ」

3

確かに狩野都とナンディは、ただの一度もいっしょに顔を見せたことはなかった。蒼が彼を見たと思ったのは、最初の夜の温泉の湯気越しの影と、食堂でうたた寝していたときの声と気配、それから翌日はヴェランダにいるのを遠目に眺めただけだ。その彼が本格的に姿を見せるようになったのは、都が自殺してからだった。

「でも狩野さんはあんなに太っていて、背もナンディより低くて……」

「カリはいつも長袖の下着の上からサリーを着て、喉も首もスカーフで覆っていた。体つきはなにか巻きつければ太ったように見せられたろうし、首はちらりと見せるくらいなら、メーキャップ用のラテックスを盛り上げてもたるんでいるように作れたろう。身長は膝の曲げ具合で誤魔化せる。歌舞伎の女形がやるように」

「でも、手は。左手のことは？」

「左手がないのは、ナンディではなくカリだったんだ。インドにいる間に自殺をはかったのかもしれない。ぼくたちが見たカリの手は、義手だった」

　変だよ、そんなはずないよといい返そうとして、しかし蒼は思う。一番初め、温泉の湯気越しに見た人影が、駆け去る直前に足元から拾い上げたなにか。あれが義手だったのだろうか。

　そういえば都はほとんど左手を使わなかった。食事は右手だけを使うのがインドの習慣だといっていたし、両手を使わなければおかしいような場合は、さりげなく蒼に手伝わせて切り抜けていた。そしてあの踊り。自殺する前に見せた舞踏は左手を動かしていたが、それは人形振りの踊りだった。

「たぶん右手の指と左の義手の指に糸を繋いで、動かしていたのだと思う。それを不自然でなく、踊りの技巧と見せられたのもカリのテクニックがあればこそだろうが」

「そして、自殺したと見せかけてナンディと入れ替わった？」

「ああ。だからその直前はいつものサリーではなくて、イスラム教徒のチャドルのような布で全身を覆っていたんだろうな。その下には体形を誤魔化すような服は脱いで、ナンディの黒服を着ていたのだろうから」

「それじゃ、ぼくたちが狩野さんの遺骸として見せられたのが、ナンディだったの？　あの、最後の晩岩の上で火葬されたのが？」

「そうだな。蒼が見た繊細な絵を描いた左利きの青年は、僕らが恒河館に着く前に、死んでいたのだろう。たぶん、肺炎かなにかで」

「だって、ぼくは何度もナンディと話したんだよ。彼の身の上のこととか、インドのこととか」

あれがすべて作り物の、演技だったというのだろうか。それはナイフで刺されるより、もっと手ひどい裏切りのように蒼には感じられる。

「作り物というのは、たぶん正しくない」

京介は淡々と訂正した。

「狩野都は女優だった。それも演じるというよりは神降ろしの巫子のように、役そのものを憑けてしまう型の。ガートルードになればまさしく、そこにいるのは血肉を備えたガートルードだ。だからおまえが話したのは、やはりインド人ナンディだったんだろう。

自分のせいで愛する息子を殺してしまったカリは、その息子を演ずることで彼をよみがえらせた。カリは同時にナンディだった。単なるトリックとしてではなく、そうすることがカリにとっても唯一心の救いだったのだと思う」

「信じられない、なんだか、とても——」

しかし京介は広げたままの便箋をたたみ直し、写真とともに封筒に収めると、胸ポケットにしまって立ち上がる。

「もう夕方だ。そろそろ帰るか」

「待ってよ！」

蒼はその腕に飛びつく。

「京介は知っていたの？　最初っから？」

「知っていたってなにを？」

京介は逆に聞き返す。その平静な口調が、すべてを語っている気もしたが、

「なにをって、全部だよ。ちゃんと話してくれるまでは、ここから出さないからね！」

京介は仕方なさそうに、もう一度腰を降ろした。

「最初に引っ掛かったのは、霧積の明治建築というところだった」

「そんなときから？」

それじゃまるっきり出だしからだ。

「霧積のリゾートは明治三十三年の山津波で、ほとんど壊滅したといわれている。当時の建物でいまに残っているのは、一番奥にある金湯館という山小屋風の宿だけだ。そんな場所にいくら手を入れてもホテルとして使えそうな、しかもあの招待状に書かれていたような立派な建築が残されていたものか。調べれば調べるほどそれが疑問だった」

「そんな大規模な災害だったの」

「ガイドブックなんかだと客が嫌がるのを警戒して、筆を抑えるところもあるかもしれないな。とにかくそういう疑問を抱えて見た恒河館は、やはりどこかおかしかった。ぼくの感覚には違和感があった。スケールが狂っているっていうか」

妙に浮かない顔でそれを眺めていた、京介の表情が思い出される。

「スケールっていえばぼく、少しだけ計測してみたんだよ。ええと、細かい数字は忘れちゃったけど、柱間とか、暖炉回りとか、やけにすっきりした整数値でね」

京介はあきれたような顔になる。

「なんだ。それならおまえにも、とっくにわかってたんじゃないか」

「わかってたって、なにが？」

「使ったのは普通のメジャーだろう？」

「うん。ただの二メートル尺」

「明治の建築をメートル尺で計って整数値が出るものか。設計に使うのは尺寸か、外国人の設計者ならフィートインチだろう」

「あ……」

そんなこと、考えてもみなかった。

「それじゃあの建物は、明治建築じゃなかったんだ――」

「そう、偽物だった。カリがメイクで老けを装っていたように、化粧直しをした古い建物のように見せながらマイクやカメラを隠していたし、抜け穴まであった」

「抜け穴？」

そんなのまるで初耳だ。

「猿渡さんが死んだあの部屋は真下の一階にある使っていない部屋から、直接上がれるようになっていたんだよ。反対側ではシャワー室になっている小部屋に階段か梯子があったのだと思う。二階だけでなく、屋根裏までね」

「そうか。ナンディはそこから扇風機を落としたんだ」

那羅の握った拳銃が放たれそうになった、あのとき。そして猿渡の死体に、あんな粉飾をつけたときも。

「でもやっぱりずるいよ。抜け穴なんてフェアじゃないよ」

「そうともいえない。ヒントはちゃんとあった。現に僕はそれで気づいたんだ」

「なに、ヒントって」

「恒河館の階段は、やけによく響いたろう?」

「うん」

「カリが自殺する直前、食堂に下りた僕はわざとドアから離れなかった。それも少し隙間を残しておいて、ずっと外の物音には注意していた。カリが階段を下ってきたなら、気づかないはずはなかったんだ」

「そう、か——」

「もういいかい?」

「だめッ!」

蒼は正面から京介の顔を睨み付ける。

「狩野さんのメイクのことは、すぐ気がついたの?」

「あれは、そう。でも向こうも僕に気づかせるつもりだったと思う」

「そうなの?」

「気づいたとして僕がどういう態度を見せるか、それもカリの賭けだったはずだ。僕は協力すると、それに答えた。確かに那羅さんがいった通り、僕はグルだったといえないこともない。——もちろん」

すっと視線を外して、彼はことばを続ける。

「その時点で先の展開を読んでいたわけじゃない。集まった連中を観察して、少しは話も聞いて、カリの気が済むような結論が出せればいいと思っていた。それが連中の反応が思った以上に悪くて、しかもカリが自殺した。あの自殺自体は狂言臭く感じられたけど、もう僕にはカリがどこまでのつもりでいるのか、確信が持てなくなっていた。へたに犯人探しなぞすると、カリは本気で復讐を企てるかもしれない。といって『ナンディ』を捕まえて問い詰めてみたところで、ろくな結果が出るとも思えない。僕は動きようがなくなった。だらしのない話さ。やっぱり探偵なんて柄じゃないんだ」

「じゃ、狩野さんがナンディだって気がついたのは？」

「コーヒーの味だ」

「コーヒーの？」

「最初の晩おまえが寝てから、カリは目の前でコーヒーをいれてくれた。水に漬けたネルの濾《こ》し袋を右手の指だけで器用に畳んで、指と手のひらで水を切ってみせた。だがそのコーヒーは、やっぱり少しだけ水っぽく感じた。普通あのネル袋は、両手の間に挟んでぐっと絞って使うものだからね。いくらインドの習慣にこだわるにしても、こんなことまで気にしなくてもいいだろうにと思ったよ。もっともカリは僕ならば、気がついても口には出さないと安心していたんだろうが」

　京介の口元にふっと疲れたような笑みが浮かぶ。

「そうなの？　どうして？」

「あとで九日の朝におまえが運んできたコーヒー、ナンディのいれたコーヒーも同じ味がした。気がつかれたくなかったら、いくらでもやりようはあったはずさ」

「あ、だから京介、目の前で彼がいれたのかって、聞いたんだ——」

「さあ、帰るぞ」

「待ってってば！」

「まだなにかあるのか」

京介は今度こそ不快げに顔をしかめる。蒼はひるまない。

「京介は知ってたの？　他の人は知らなかったんだよね。狩野さんが、男だったってこと」

田村の書いてきたパスポートの性別欄は『MALE』、その意味するところは間違えようもない。いやそれだけでなく、蒼はナンディの着替えるところを見ている。それだけでも彼と都が同一人物だなどとは、考えようのないことだった。

「——知らなかった」

「うそだい、だってさっきちっとも驚かなかったじゃないか！」

京介は答えない。

「でも他の人はみんな狩野さんを女性だと思ってた。信じて疑いもしなかった。つまり、あの人は、舞台の上だけじゃなく日常でも女性として振る舞っていたわけで、それに、橋場さんの恋人で——」

ことばを探して蒼は詰まる。

「オカマだったのか、とでも聞きたいのか？」

逆に京介に聞き返された。

「あるいは同性愛者、あるいは服装倒錯者。だがそんなことばがいったい、ひとりの人間のなにを説明しているんだ？　生物学的に持って生まれた性を疎外することなしには生きられない、そういう人間はさほど珍しい存在じゃない。もっと奇想天外な、ありとあらゆる反自然と倒錯を演じ続けてきたのが人間なんだ。

もしあらゆる生物が遺伝子を乗せて未来へ送るための船でしかないなら、こうした倒錯者はまさしく淘汰されるべき不適格な遺伝子以外のものではないだろう。だがいくらそうして各世代に淘汰され、消滅させられても、常に絶えることなく存在する人類の中の数パーセントとはいったいなんなんだ？　それはほんとうに人間にとってなんの意味もない、消されるべき汚点でしかないというのか？」

京介の薄色の目が蒼を見つめている。憤っているとも、悲しんでいるともつかない彼の表情。しかしそれはすでに、蒼に向かって語られていることばではないようだった。

「——さあ、店じまいの時間だ」

今度こそ彼は立ち上がる。ポケットから出した眼鏡を顔に押しこむ。

「そんなに急いでどこ行くのさ」

「飲みに」

「ええ、誰と？」

「ひとりで」

一年に一度あるかないかという事態だった。

「聞いてないよ、そんなの」

「いま決めた」

「じゃ、ぼくも行く」

「だめだ」

とりつく島もない。

「じゃもうひとつ、もうひとつだけ」

蒼は必死で食い下がった。

「ヒジュラってなんなの？」

「インド人社会における遊芸人カーストの一」

「それだけ？」

「おそらくは『アルダナリスワル』とかかわりがある」

いいながら京介の右手はドアノブにかかっている。

「ちょっと、待ってってったら」

待とうともしない代わりに彼の部屋の鍵が、蒼の手の中に飛んできた。
「本棚のどこかに手紙に出てきた本がある。そんなに知りたいなら探してみろ」
「京介は？」
「わからない。たぶん、夜中までには帰る」

しかし結局その晩彼は帰らず、六畳一間の本棚、押入、天袋に詰めこまれた何千冊の本の中から、ようやくそれらしい一冊を蒼が掘り当てたときには、冬の遅い朝が白みかかっていた。表紙は包装紙のカバーで隠されていて見えない。だが見返し紙に文字があった。『桜井京介さんへ　狩野都より　ARDHANARISWARは私の希望です。1984、12、15』都が日本を去るときに、京介に贈っていった本というのがこれだったのだ。

紙をめくる。著者大谷幸三、タイトルは『性なき巡礼』。

さすがにくたびれて、すぐ活字を追う気にはなれない。ただぼんやりとその題名を眺めながら、蒼は思う。いまはインド人ナンディの名を名乗る狩野都は、ヴァラナシを離れてどこへ旅立ったのだろう。あるいは聖なるガンジスの流れをさかのぼって、ヒマラヤの水源へとでも巡礼に発ったのだろうか。

目を閉じると見えてくる気がした。荒涼とした岩と砂の山道。かたわらを流れ下る川の水、泡立ちきらめきながら走っていく急湍《きゅうたん》の水ばかりが、水晶よりも透明で清い。

そこをゆっくりと杖にすがって歩いていく、赤いサリーの後ろ姿。老婆のような、青年のような。だがいくら目で追い続けても、彼が振り返ることはない。

彼は振り返らない。もう二度と会うことはない。だがその姿が自分の記憶から消えることもまたないのを、蒼は知っていた。

もしほんとうに輪廻というものがあるのなら、いつの日かここではないどこかで、また会えるかもしれない。人ではなくとも、あの国のやさしい目をした白い牛、寺院の庇に止まる二羽のつばめ、それともガンガの流れに泳ぐ淡水イルカになってでも。

そう考えていけないはずはない。彼自身が望んだかどうかはわからないにしても、彼の声はこうして蒼のところまで届いたのだから。彼もやはりいくらかは、そのことを望んでくれたのだと思えないことはないのだから。

(君は気づかなかった。少なくとも気づかないふりをした。どうしてぼくがあんなにも、君に人を殺すようなことをして欲しくなかったか)

(でも君は最後に、ぼくの名前を呼んでくれた。ぼくは忘れない。この先きっと一生、君のことを)

(そうして数えられない時が流れて、愛も憎しみも性も嫉妬もすべて遠いものになってしまったそんな未来に逢うことができるなら、ぼくはきっといおう。君にいいたくて、とうというえなかったことばを)

だから、それまでは。

蒼は目を閉じてつぶやいた。彼の残された生が少しでも安らかであることを祈りながら。

「——さよなら《ナマステ》、カリ、……ナンディ」

……アルダナリスワルは、その内部にプラスとマイナスを持っているのだ。

……だからあの神像は、人間の生命の根底を、その両性具有で示そうとするのだ。……

大谷幸三著　『性なき巡礼』より

ノベルス版あとがき

私が初めてインドの土を踏んだのは一九八〇年の秋のことだった。その頃すでにソ連のアフガン侵攻とホメイニのイラン革命によって、ロンドンからカトマンドゥへ通ずるヒッピー旅行者の黄金ルートは寸断され、彼らの楽園といわれたカヴールは戦火に晒《さら》されていた。三月末の横浜港から始まった私たちの旅はソ連、ヨーロッパ、中東、そして空路この二国を飛び越えてパキスタン経由インドに達した。

私とインドとの出会いは臆面もなくタバコやボールペンを欲しがる国境役人と、ついで襲ってきた激烈な下痢に象徴されるように、決して劇的でも美的でもなかった。それどころか私はインドに打ちのめされ、発熱し、ミカンとバナナ以外のなにも食べることのできない状態で、あらゆるものにおぞけをふるい、息も絶えだえにネパールへと脱出した。だがその混沌、美と醜、貧と富、死と生の交錯する社会の強烈さは焼きごてを当てられたように魂の底に残り、十四年という歳月の果てにひとつの奇怪な物語を生み出した。そのことの不思議さを、いま改めて思わずにはいられない。

シリーズ・ミステリとしての『建築探偵桜井京介』の中で、『玄い女神』はおそらくは異色作ということになる。作品の質には自信があるものの、まだシリーズのイメージも固まっていない第二作でカラーの違うものを出すことに、いささかのためらいもなかったといえば嘘になる。だが私はこの話を、どうしてもいま書きたかった。その理由もあるが、これ以上個人的な感慨を垂れ流すのは止めておこう。

シリーズはもちろんまだまだ続く。次作では京介の指導教授神代宗氏が帰ってきてレギュラーに加わる。あの京介の先生なのだからただの人ではない。主人公を喰ってしまう可能性も充分にある。乞う御期待。

ひとつお断りがある。本作の主要人物『狩野都』の名前は吉野朔実さんのマンガ『少年は荒野をめざす』から借用した。私の大好きな作品だが内容的な関連は一切ない。

例によって最後に感謝のことばを。建築関係のアドバイスをいただいた早稲田大学の池亀彩さん、巻頭の作図及び内容のモニターをいつも務めてくれている我が旅と人生の相棒半沢清次氏、的確な評で私の魂をえぐりつけ確実に作品の質を高めて下さる講談社文芸図書第三の宇山日出臣氏、ほかスタッフの方々。シリーズ第一作『未明の家』を読んでくれた全国の読者様。皆さんのおかげでまた新しい本を出すことができました。どうかこれからもよろしく。

そして今回初めて私の本を読んでくれたあなた、読もうとしているあなたにも。ありがとう、みんな大好きだよ。

ではお待たせしました。スパイスをめいっぱい利かせた『建築探偵』第二作です。

文庫版あとがき

本書は一九九五年一月に講談社ノベルスから刊行された『建築探偵桜井京介の事件簿』シリーズの第二作である。第一作『未明の家』同様、文庫化にあたって細部に相当数の改訂、及び書き足しをほどこしたが、ミステリとして、また物語としての内容はなんら変わっていない。

ノベルス版のあとがきでも触れているが、インドという国は私には格別強烈な記憶がある。その匂いだけでも読者に感じていただけたらと、筆を走らせたものだった。私が最初に海外に出た年から、今年でなんと二十年。海外旅行の事情も変わり、旧きバックパッカー旅行者の時代を知っている者には、考えられないようなこともある（やらせの貧乏旅行をテレビで番組にするような、ね）。

インドとていつまでも変わらないはずはない。また、変わらないでいいはずもない。しかしどうかその変化が悪しき現代文明の後追いにならぬように、ガンガの流れはいつまでも神聖であるようにと、願うのも一外国人の感傷でしかないのだろうが。

作中の終末近くに登場したヒジュラについては、何人かの読者からお問い合わせをいただいた。『性なき巡礼』が絶版で手に入らない、といった声も聞いた。だがその後私の知る限りでも、以下のような本が刊行されている。興味がおありの方は、図書館などを利用してお調べいただきたい。知識というのは他人から与えられるのを待っているものではなく、そうして自ら獲得していくものではないだろうか。

『ヒジュラ——インド第三の性』石川武志著　青弓社
『ヒジュラ　男でも女でもなく』セレナ・ナンダ著　青土社

ノベルスで進行中の本シリーズも、今年でようやく八冊目に到達した。登場人物が物語とともに年齢を重ねていくことについては、依然反対の声もある。確かに巻を重ねるほどネタバラシの危険や、途中からの読者の当惑など、マイナスの面が増えていくことは否定できない。

だが、しかたないではないか。生まれ、成長し、やがて老いて死ぬ。それが人間なのだ。どんなに辛くとも私はそれを肯定したい。肯定できる物語を書いていきたい。というわけで、いましばらくおつき合い下さいませ。

篠田真由美

主要参考文献

インド神話　ヴェロニカ・イオンズ　青土社
インド神話入門　長谷川明　新潮社
性なき巡礼　大谷幸三　集英社
歓喜の街カルカッタ　D・ラピエール　河出書房新社
インドの大道商人　山田和　平凡社
危ない薬　青山正明　データハウス
法医学入門　八十島信之助　中央公論社

解説

千街晶之

一九九四年に刊行された『未明の家』を第一作とする篠田真由美の「建築探偵桜井京介の事件簿」（以下、建築探偵シリーズと呼称する）は、現時点での最新作『仮面の島』（二〇〇〇）で八冊（うち短篇集一冊）を数える。

過去のヨーロッパを作品の舞台に選ぶことが多い篠田にとって、建築探偵シリーズははじめて現代の日本を舞台にした小説であった。現実社会と隔絶《かくぜつ》された異世界ではなく、現実と地続きの設定で〈館ミステリ〉を書く。この珍しい試みによって、結果的にこのシリーズは現代本格としてのアクチュアリティを具《そな》えることになったのだと思う。この解説では、現在の本格シーンにおけるシリーズの独自性について述べてみたい。

私は篠田真由美という名前を、彼女が『琥珀《こはく》の城の殺人』（一九九二）で作家デビューする前から知っていた。いや、別に顔見知りだった訳ではなく、雑誌『幻想文学』及び『BGM』（『幻想文学』の姉妹誌として刊行された書評誌だが、3号で休刊）に、主に探偵小説や幻想文学についての書評をしばしば投稿していた人物として記憶していたまでのことである。

その舌鋒《ぜっぽう》は時としてなかなか辛辣《しんらつ》であったが、それがおのれの美意識や文学観に妥協しない潔《いさぎよ》さに由来するものであることは明らかだった。そして、西欧の文芸や美術や歴史に対する並々ならぬ愛情、敢えて言えば偏愛が感じられた。

だから、篠田がまず一八世紀ヨーロッパを舞台にした古式豊かな探偵小説でデビューを果たしたことは、私には意外でも何でもなかった。現代の日本を舞台にした作品でデビューしたら、きっと驚いただろうけれども。

日本人作家による、ヨーロッパ（それも大抵は過去の）を舞台にした高踏《こうとう》的な歴史小説や幻想小説は、作品数で見るなら少ないとは言えないかも知れない。一九九〇年代で言うなら、佐藤亜紀や佐藤賢一の登場は篠田のデビューとほぼ同時代と見ていいし、少し遅れて高野史緒も戦列に加わった。探偵小説においては皆川博子の『死の泉』（一九九七）がその代表的作例だし、服部まゆみの作品からもその種の志向は大いに感じられる。

だが、皆川が『死の泉』で吉川英治文学賞を受賞し、佐藤賢一が『王妃の離婚』（一九九九）で直木賞を受賞し、また一方で平野啓一郎が中世ヨーロッパを舞台にした『日蝕』（一九九八）で芥川賞を受賞して話題を攫《さら》うようになった昨今はともかく、九〇年代前半の文芸畑の状況は、こういった傾向の作家・作品にとって居心地がよかったとは言い難いだろう。

日本ファンタジーノベル大賞のような（こう言っては何だが）ローカルな文学賞はともかく、直木賞、吉川英治文学賞といったメジャーな賞は、この傾向の作品には基本的に冷淡だったし、（藤本ひとみのような例外はあったにせよ）売れ行き的にもさほどの成果は挙げ得なかった。

実際、篠田の場合も、ヨーロッパ史を背景にした探偵小説は売れないと編集者に言われたことが建築探偵シリーズ始動の理由のひとつであるらしい――「『過去』と『海外』っていうのはやっぱり二重苦のようなものらしいですよ（笑）」（『ニューウェイヴ・ミステリ読本』所収のインタヴューより）。『琥珀の城の殺人』のような作品ばかり書いて暮らしていけたらそれに越したことはないだろうが、版元からそれなりの売り上げを期待されるプロの物書きとしてはそうもいかない。といって現代の日本にはさしたる思い入れはない。このジレンマに直面した篠田は、強いられた現実性に拮抗《きっこう》し得るふたつの異物を作品世界に持ち込む方法論を選んだ。そのひとつが建築に関するペダントリーであることは言うまでもないだろう。いまひとつは、桜井京介という探偵役の〈美貌〉である。

美貌に恵まれた名探偵自体は、必ずしも珍しい存在とは言えないかも知れない。男性の探偵なら、S・S・ヴァン・ダインが生んだファイロ・ヴァンス、高木彬光が世に送った神津恭介あたりが代表格だろうか。〈必ずしも事件解決に積極的でない名探偵〉としては京介の先駆である笠井潔の矢吹駆も、かなりの美青年として造型されている。女性の探偵なら、二階堂黎人の作品に登場する二階堂蘭子などが直ちに想起されるだろう。

だが、彼らと桜井京介とを同列には扱えない。例えばヴァンスは叔母の莫大な遺産で日々をひたすら優雅に送るディレッタントであり、神津恭介は旧制一高在学中にドイツの学会から博士号を授与された天才である。矢吹駆はチベットの導師のもとで神秘的修行を積んだ経験を持っており、二階堂蘭子は貴族院議員を祖父、警視庁副総監を養父に持つ名門の令嬢である。

つまり、彼らはたいていその美貌に釣り合うだけの後光を登場時から具えているのだ。財産、社会的地位、家系、学業、あるいは神秘的な体験。それらは彼らを一般人から際立《きわだ》たせ、一種の神話的存在であると示すための目映《まばゆ》い光背《こうはい》だ。彼らの美貌も、せいぜいその光背の一環でしかないだろう。

京介の場合はそうではない。彼は初登場時から一介の大学院生でしかないし、最新作『仮面の島』の時点でも、肩書なし、限りなくフリーターに近い建築研究者——という、なんともあやふやな存在だ。無論、社会的にさして強力な立場とは言えないし、血筋や財産といった後光効果とも縁がない(京介の過去や出自に関しては不明の点が多いので、まだ断言は出来ないけれども)。ただその尋常ならざる美貌のみが彼の特殊性を演出しているのだ。『未明の家』には「決して逆説ではなく、顔は桜井京介の最大の弱点なのだ。人目を引きすぎるほどに特異な容貌というものは、醜であろうと美であろうと一般人には重荷である」という記述がある。確かに一般論としてはその通りだろう。だが、神津恭介や矢吹駆のような立場にある者が、自らの美貌を重荷としていちいち気にしたりするだろうか。彼らが自らの美貌を意識しないのは、そもそも「一般人」ではないからである。最初から神話的キャラクターとして生きる者が、自らが天界の住人であることを証明するしるしを弱点にする筈はないのだから。一方、京介は（名探偵の最低必要条件たる頭脳と弁舌の冴えを別にすれば）絶世の美貌以外に衆に抜きんでた特権性を持たない市井《しせい》人でしかない。だからこそ美貌は弱点として作用する。

本来なら神話の世界で暮らすべき者が市井で生きるには、京介の先輩に当たる美形探偵たちなら考えてみたこともなかったであろう類の苦労が伴う。それまで篠田が描いてきたような耽《たん》美《び》的ヨーロッパの世界ならばさして場違いでもなかったろうに、味気なき現代日本に登場させられたために、彼はその美貌を長い前髪で隠さなければならない。

だから桜井京介には、天帝の咎《とが》を受け、贖罪《しょくざい》のため人間に身をやつして地上を彷徨《さまよ》う、流浪の天使の面影がある。京介は何故美しい建築に心惹かれるのか。彼は建築を通じて、ふるさとたる天界の記憶を懐かしんでいるのかも知れない。

だが……美麗な洋館の面影を通じてあり得べきふるさとを恋い焦がれていたのは、実は作者たる篠田真由美その人だったのではないか。デビュー作『琥珀の城の殺人』、歴史小説

『ドラキュラ公　ヴラド・ツェペシュの肖像』（一九九四）、探偵小説としては第二作に当たる『祝福の園の殺人』（一九九四）……と、自らがこよなく愛する過去のヨーロッパの幻影を思うがままに書き綴ってきた篠田が、版元の要請によって初めて書くこととなった現代の日本。否応なしに直面させられた失楽の現実。

その意味で建築探偵シリーズには、自らの偏倚《へんい》な志向とプロ作家としての立場との狭間《はざま》に何とかして道を切り拓こうとする篠田の苦心が刻み込まれている。過去のヨーロッパが舞台ならともかく、現代の日本を舞台にして壮麗善美を尽くしたゴシック趣味満載の物語など、荒唐無稽すぎて書けるものではない。いや、綾辻行人のようにクローズド・サークル的設定を繰り返し用いた、はなからリアリティに背を向けた書き方ならばそれも可能ではあろう。新本格では既にお馴染みの、パラレル・ワールドを設計するという手もある。しかし、篠田は敢えて現代日本としての一応の現実性を具えた世界設定に、〈洋風建築〉と〈美貌の名探偵〉という違和感のあるモチーフを放り込んだ。それは綾辻らの前例の踏襲を虞《おそ》れたというより、彼女のヨーロッパ志向、ゴシック志向がそれだけ骨がらみであったからこそに違いない。楽園を逐われ流謫の境遇を託つ天使の面影を探偵役に背負わせたのは、古《いにしえ》のヨーロッパという偏愛対象を〈禁じ手〉として封じられた篠田自身の屈託の無意識的反映だったのではないか。だが、それが篠田の作家的可能性の拡がりを促したことも否定し難い。現代日本を舞台にするという枷《かせ》を彼女に与えた版元の選択は、たぶん正解だったのだろう。

建築探偵シリーズが、他の作家が書いた〈館ミステリ〉に較べて異彩を放つ点はそれだけではない。古来、探偵小説に登場する城館とは大抵、何も起きないうちから既に血と死の匂いを漂わせる妖気の磁場であった。後世の探偵作家たちのゴシック風な〈館幻想〉に決定的影響を与えたポオのアッシャー家然《しか》り、米国長篇探偵小説の中興の祖ヴァン・ダインのグリーン家然り、戦前日本探偵文壇の妖星・小栗虫太郎の黒死館また然り。篠田にとっての翻訳探偵小説ベストワンだというディクスン・カーの『髑髏城《どくろ》』など、題名からして怪奇そのものである。ところが、そういった館ミステリへのオマージュとして生み出されたわりには、篠田の建築探偵シリーズに登場する洋館群には不思議と暗鬱さ、禍々《まがまが》しさが稀薄ではないだろうか。むしろ、『未明の家』の黎明荘や第三作『翡翠の城』（一九九五）の碧水閣《へきすいかく》などがまさにその典型なのだが、憎悪や呪詛よりも、報われない愛の悲傷に充ちている場合が多いように思える（というか、憎悪や呪詛さえもが強固な愛の裏返しとしてしか描かれない）。このシリーズの舞台となる建築のうちの幾つかは、報われることなく行き場を喪った切ない人間の愛の、哀しいメッセンジャーの使命を帯びて登場するのだ。

言葉ではついに届けられなかった想いを、物言わぬ建築に仮託してこの世に刻もうとする——それは一見エキセントリックな、浮世離れした行為に映る。だが、ムガール帝国第五代皇帝シャー・ジャハーンが、死せる皇妃ムムターズ・マハルのために白亜の霊廟建築タージ・マハルを造営した史実を想起してほしい。ローマ帝国五賢帝のひとりハドリアヌスも、寵愛する美少年アンティノウスの夭死《ようし》を悼んでエジプトに一都市を建設させたという。人の想いはかたちを持たないが、建築はその不壊性の故《ゆえ》に、変わることなき想いを雄弁に語る物証となり得る。それは、古の異国の君侯においても現代日本に生きる者においても変わりはしない。だから、人の想いを建造物によって象徴化することは、エキセントリックどころか普遍的な営為なのだ。

従って、このシリーズがホワイダニット（動機捜し）の要素を重視して書かれ、しかもその多くが歪《いびつ》な愛のかたちを暴く物語に仕上がっているのは、モチーフが建築である以上、実は必然的なのである。いや逆に、愛の物語を探偵小説の形式を借りて綴るために篠田が選択したモチーフが建築であった、と言うべきなのか。いずれにせよそれが、旧来怪奇性と不即不離の関係にあった〈館ミステリ〉に、新たに清澄な新境地を開拓したことは間違いないのである。

さて、本書『玄い女神』は建築探偵シリーズの第二弾として、一九九五年一月に講談社ノベルスから刊行された作品である。十年前にインドで起きた橋場亜希人《はしばあきひと》の変死事件に不審を抱く女優・狩野都《かりのみやこ》（現在はインド風プティ・ホテル〈恒河館《ごうがかん》〉を群馬の山中に建て、そのオーナーに収まっている）は、当時の旅行仲間たちの中に橋場を殺害した犯人がいるので、その正体を暴くのに協力してほしいと旧知の桜井京介に持ちかける。だが、外界と連絡を取ることが不可能な状態に陥った〈恒河館〉では不審死が連続、京介までも危機に晒《さら》される。

本書のノベルス版あとがきで篠田は、「シリーズ・ミステリとしての《建築探偵桜井京介》の中で、『玄い女神』はおそらくは異色作ということになる」と述べている。どこが異色かについては、シリーズ第五作『原罪の庭』（一九九七）のノベルス版あとがきで「『玄い女神』ではどんでん返しの効果も考えて、建築の割合は意識的に少なくした」と著者自身が説明している。確かにシリーズの他の作品に較べると謎解きと建築との絡みは弱く、登場人物同士の関係を読み解くことに重点が置かれた作品として仕上がっているけれども、実は異色作たる所以《ゆえん》はそれだけではなく、いつもは名探偵として振る舞うことを厭う京介が、依頼人が旧知の人物ということもあって、珍しく事件解決に対して積極的になるところも、この作品の特異性ではないだろうか。

また、少なくとも『未明の家』で登場した時の京介は、内心はともかく、表面的には第三者的な冷徹な態度を最後まで崩さなかった。しかし本書では、苦悩を露《あらわ》にする彼の姿が見られる。つまり、前作の段階ではまだ輪郭が判明した状態でしかなかった京介が、人間的な実体を持って浮かび上がってきたとも言えるのだ。シリーズのその後の展開を考え合わせるなら、京介が必ずしも俗世の些事《さじ》から超然とした人物ではなく、成長し苦悩するキャラクターであるという方向づけが定まったのは本書であると考えてもいいのではないだろうか。その意味で、本書は二作目にしてシリーズの方向性を決定したターニング・ポイントとなったと言えそうだ。

無論、本書は独立した作品として読んでも面白い。特に中盤の推理合戦の緊迫感にはただならぬものがあり、また最後のどんでん返しの演出も鮮烈である。シリーズ中でも上出来の部類に入る作品のひとつとしてお薦めしておこう。

※本作品は、一九九五年一月、講談社ノベルスとして刊行されました。
文庫化にあたり、一部改筆いたしました。

|著者|篠田真由美　1953年東京都生まれ。早稲田大学第二文学部卒、専攻は東洋文化。1991年に『琥珀の城の殺人』が第2回鮎川哲也賞の最終候補作となり、作家デビュー(講談社文庫所収)。1994年に建築探偵・桜井京介シリーズ第一作『未明の家』を発表。以来、傑作を連発し絶大な人気を博している。シリーズは他に『翡翠の城』『灰色の砦』『原罪の庭』『美貌の帳』『桜闇』『仮面の島』がある。

玄《くろ》い女神《めがみ》 建築探偵桜井京介《けんちくたんていさくらいきょうすけ》の事件簿《じけんぼ》

篠田真由美《しのだまゆみ》

講談社文庫

定価はカバーに
表示してあります

2000年7月15日第1刷発行
2002年12月2日第5刷発行

発行者――野間佐和子

発行所――株式会社 講談社

東京都文京区音羽2-12-21　〒112-8001

電話 出版部 (03) 5395-3510
販売部 (03) 5395-5817
業務部 (03) 5395-3615

デザイン―菊地信義

製版――株式会社廣済堂

印刷――信毎書籍印刷株式会社

製本――加藤製本株式会社

Printed in Japan

落丁本・乱丁本は購入書店名を明記のうえ、小社書籍業務部あてにお送りください。送料は小社負担にてお取替えします。なお、この本の内容についてのお問い合わせは文庫出版部あてにお願いいたします。

ISBN4-06-264940-3

講談社文庫刊行の辞

二十一世紀の到来を目睫に望みながら、われわれはいま、人類史上かつて例を見ない巨大な転換期をむかえようとしている。

世界も、日本も、激動の予兆に対する期待とおののきを内に蔵して、未知の時代に歩み入ろうとしている。このときにあたり、創業の人野間清治の「ナショナル・エデュケイター」への志を現代に甦らせようと意図して、われわれはここに古今の文芸作品はいうまでもなく、ひろく人文・社会・自然の諸科学から東西の名著を網羅する、新しい綜合文庫の発刊を決意した。

激動の転換期はまた断絶の時代である。われわれは戦後二十五年間の出版文化のありかたへの深い反省をこめて、この断絶の時代にあえて人間的な持続を求めようとする。いたずらに浮薄な商業主義のあだ花を追い求めることなく、長期にわたって良書に生命をあたえようとつとめるところにしか、今後の出版文化の真の繁栄はあり得ないと信じるからである。

同時にわれわれはこの綜合文庫の刊行を通じて、人文・社会・自然の諸科学が、結局人間の学にほかならないことを立証しようと願っている。かつて知識とは、「汝自身を知る」ことにつきていた。現代社会の瑣末な情報の氾濫のなかから、力強い知識の源泉を掘り起し、技術文明のただなかに、生きた人間の姿を復活させること。それこそわれわれの切なる希求である。

われわれは権威に盲従せず、俗流に媚びることなく、渾然一体となって日本の「草の根」をかたちづくる若く新しい世代の人々に、心をこめてこの新しい綜合文庫をおくり届けたい。それは知識の泉であるとともに感受性のふるさとであり、もっとも有機的に組織され、社会に開かれた万人のための大学をめざしている。大方の支援と協力を衷心より切望してやまない。

一九七一年七月

野間省一

高杉　良　広報室沈黙す(上)(下)
高杉　良　会社蘇生
高杉　良　炎の経営者(上)(下)
高杉　良　小説日本興業銀行全五冊
高杉　良　小説巨大証券
高杉　良　社長の器
高杉　良　祖国へ、熱き心を〈東京にオリンピックを呼んだ男〉
高杉　良　大合併〈小説第一勧業銀行〉
高杉　良　その人事に異議あり〈女性広報主任のジレンマ〉
高杉　良　人事権！
高杉　良　濁流(上)(下)〈組織悪に抗した男たち〉
高杉　良　小説消費者金融〈クレジット社会の罠〉
高杉　良　小説新巨大証券(上)(下)
高杉　良　局長罷免―小説通産省
高杉　良　首魁《しゅかい》の宴《うたげ》〈政官財腐敗の構図〉
高杉　良　指名解雇
高杉　良　燃ゆるとき
高杉　良　挑戦つきることなし〈小説ヤマト運輸〉
高杉　良　辞表撤回

高杉　良　銀行大合併〈短編小説全集(上)〉
高杉　良　エリートの反乱〈短編小説全集(中)〉
高杉　良　社長、解任さる〈短編小説全集(下)〉
高杉　良　権力必《ひっ》腐〈日本経済混迷の元凶を糾す〉
竹本健治　ウロボロスの偽書(上)(下)
高橋源一郎　ゴーストバスターズ〈―冒険小説―〉
高橋克彦　写楽殺人事件
高橋克彦　倫敦《ロンドン》暗殺塔
高橋克彦　悪魔のトリル
高橋克彦　総門谷
高橋克彦　北斎殺人事件
高橋克彦　歌麿殺贋《さつがん》事件
高橋克彦　バンドネオンの豹《ジャガー》
高橋克彦　聖豹紀《ジャガー・センチュリー》〈バンドネオンの豹《ジャガー》〉
高橋克彦　蒼《あお》夜《や》叉《しゃ》
高橋克彦　広重殺人事件
高橋克彦　北斎の罪
高橋克彦　総門谷R阿黒篇
高橋克彦　総門谷R鵺(ぬえ)篇

高橋克彦　総門谷R小町変妖篇
高橋克彦　1999年〈対談集〉
高橋克彦　星封陣
高橋克彦　炎立《ほむら》つ　壱　北の埋み火
高橋克彦　炎立つ　弐　燃える北天
高橋克彦　炎立つ　参　空への炎
高橋克彦　炎立つ　四　冥き稲妻
高橋克彦　炎立つ　伍　光彩楽土〈全五巻〉
高橋克彦　見た！世紀末〈対談集〉
高橋克彦　白妖鬼
高橋克彦　書斎からの空飛ぶ円盤
高橋克彦　こいつがないと生きてはいけない
高橋克彦　高橋克彦版　四谷怪談
高橋克彦　降魔王
高橋克彦　鬼
高橋　治　秘伝
高橋　治　男波女波(上)(下)〈放浪一本釣り〉
高橋　治　名もなき道を(上)(下)
高橋　治　星の衣

講談社文庫　目録

陳　舜臣　阿片戦争　全三冊
陳　舜臣　中国五千年　(上)(下)
陳　舜臣　中国の歴史　全七冊
陳　舜臣　小説十八史略　全六冊
陳　舜臣　戦国海商伝　(上)(下)
陳　舜臣　琉球の風　全三冊
陳　舜臣　中国詩人伝
陳　舜臣　インド三国志
千野隆司　逃亡者
津村節子　智恵子飛ぶ
津本　陽　塚原卜伝十二番勝負
津本　陽　拳豪伝
津本　陽　修羅の剣　(上)(下)
津本　陽　勝つ極意 生きる極意
津本　陽　危地に生きる姿勢
津本　陽　下天は夢か　全四冊
津本　陽　鎮西八郎為朝
津本　陽　幕末剣客伝
津本　陽　武田信玄　全三冊

津本　陽　乱世、夢幻の如し　(上)(下)
津本　陽　前田利家　全三冊
津本　陽　加賀百万石
津本　陽　真田忍俠記　(上)(下)
津本　陽　秀吉私記
津本　陽　旋風陣信長〈変革者の戦略〉
津本　陽　勇《ゆう》のこと〈坂本龍馬、西郷隆盛が示した変革期の生き方〉
津本　陽
童門冬二　徳川吉宗の人間学〈変革期のリーダーシップを語る〉
津本　陽
江坂　彰　信長・秀吉・家康〈勝者の条件 敗者の条件〉
津村秀介　能登の密室〈金沢発15時54分の死者〉
津村秀介　海峡の暗証〈函館着4時24分の死者〉
津村秀介　裏街
津村秀介　孤島
津村秀介　東北線殺人事件〈久慈・熱海殺人ルート〉
津村秀介　伊豆の死角
津村秀介　飛騨の陥穽〈高山発11時19分の死者〉
津村秀介　山陰の隘《あい》路〈米子発9時20分の死者〉
津村秀介　迂回の殺意〈伊東着16時27分の死者〉
津村秀介　巴里の殺意〈ローマ着18時50分の死者〉

津村秀介　逆流の殺意〈水上着11時23分の死者〉
津村秀介　仙台の影絵〈佐賀着10時16分の死者〉
津村秀介　真夜中の死者
津村秀介　伊豆の朝《あさ》凪《なぎ》〈米沢着15時27分の死者〉
霍見芳浩　脱・大不況
霍見芳浩　日本の再興〈生き残りのためのヒント〉
司　凍季　さかさ髑髏は三度《たび》唄う
綱島理友　それマジ!?〈話のネタに困ったとき読む本〉
角田　實　サブリミナル英会話
津島佑子　「伊勢物語」「土佐日記」を旅しよう〈古典を歩く2〉
弦本將裕　12動物60分類完全版マスコット占い
津原泰水　妖都
津原泰水監修　エロティシズム12幻想
津原泰水監修　血の12幻想
津原泰水監修　十二宮12幻想
司城志朗　心はいつも荒野
土屋賢二　哲学者かく笑えり
塚本青史　呂后
土屋　守　イギリス・カントリー四季物語〈My Country Diary〉

2002年9月15日現在